लौट आ, ओ धार

लौट आ, ओ धार

दूधनाथ सिंह

राधाकृष्ण प्रकाशन

ISBN : 978-81-7119-242-7

लौट आ, ओ धार (संस्मरण)

पहला संस्करण : 1965
पहली आवृत्ति : 2022
This book is printed on **Print on Demand** Technology : 2026

मूल्य : ₹ 595

प्रकाशक
राधाकृष्ण प्रकाशन प्राइवेट लिमिटेड
जी-17, जगतपुरी, दिल्ली-110 051
शाखाएँ : अशोक राजपथ, साइंस कॉलेज के सामने, पटना-800 006
पहली मंजिल, दरबारी बिल्डिंग, महात्मा गांधी मार्ग, प्रयागराज-211 001
1, अनमोल सोराबजी संतुक लेन, धोबी तलाव, मरीन लाइंस, मुम्बई-400 002
वेबसाइट : www.radhakrishnaprakashan.com
ई-मेल : info@radhakrishnaprakashan.com

LOUT AA, O DHAR
by Doodhnath Singh

मानू के लिए

मानुष पेम भएउ बैकुण्ठी।
नाहिं त काह छार भरि मूठी।।

—जायसी

इस किताब के बारे में

इस किताब में सन् १९५७ से १९७७ तक की कुछ स्मृतियाँ संकलित हैं। और यह प्रयास कतई पूर्वनियोजित नहीं था।

१२ अक्टूबर, सन् १९९३ को मेरी पत्नी ने श्री सुमित्रानन्दन पन्त की कविताओं पर दो घंटे का एक संगीतबद्ध कार्यक्रम प्रस्तुत किया। उनके सम्पूर्ण जीवन और काव्य पर एक परिचयात्मक टिप्पणी, बीच-बीच में उनकी चुनी हुई कविताओं का पाठ और फिर उन्हीं कविताओं का रागबद्ध गायन। श्रोताओं में मैं भी था। मैंने सोचा, घर चलकर डायरी में कुछ लिखूँगा। लेकिन सुनते-सुनते मैं कहीं और भी था। उनके अन्तिम कुछ वर्षों में जो उनसे थोड़ा संग-साथ था। वे जैसे थे और जैसा कि 'मैं' उन्हें जानता था। तो घर लौटकर मैं बिल्कुल गुम हो गया। लेकिन उन्हीं मे नहीं, क्योंकि संग-साथ तो पूरे इलाहाबाद के पर्यावरण, गली-कूचों और साहित्यिक मौसम की उठा-पटक से भी था। अपने गाँव-घर, परिवार और कितने-कितने लोगों से भी था। वह सब कुछ 'लकलक' करता हुआ दमक मारने लगा।

इस तरह, यह पूरी किताब एक आदिम, दीप्त स्मरण के विस्फोटक क्षणों में लिखी गयी। फिर भी यह सम्पूर्ण संस्मरण या आत्म-स्मरण नहीं है। उस धुन में जो 'विच्छुरित' हुआ, उसी के कुछ रंग-बिरंगे, जलते हुए 'ब्रश-स्ट्रोक्स' हैं—कभी आगे-पीछे, कभी पीछे-आगे आते-जाते, अक्रमबद्धता के निजी ढाँचे में बँधे हुए। इसीलिए इसका शिल्प आवर्तों में बँधा हुआ है।

इसको कुछ भी कह सकते हैं। यह डायरी है। संस्मरण है। आत्मवाची गद्य है। टिप्पणी है। आलोचना है। कथा-वृत्तान्त है। अपने साहित्यिक जीवन के प्रारम्भिक वर्षों की दुखती धड़कन से छेड़छाड़ है। और सबसे अधिक अनेक लोगों की धुँधली और चमकती छवियों से मेरा आत्म-संवाद है। यह एक रंगीन मोज़ैक है। विधाओं में एक तोड़फोड़ है। गद्य का आन्तरिक अवकाश है।

और अन्ततः बीते हुए समय से मेरी दुबारा बोलचाल है।

इसमें बहुत सारे जाने-पहचाने और अनाम लोग हैं जो स्मृति के आलोक में सजधजकर बार-बार पलटकर आते हैं। इसमें सुमित्रानन्दन पन्त हैं जो पूरी किताब में गुँथे हुए हैं। इसमें शमशेर बहादुर सिंह हैं, ज्ञानरंजन हैं, मेरे गुरु धीरेन्द्र वर्मा हैं और बहुत सारे प्रसंगों के साथ स्वयं इलाहाबाद भी है। और सब कुछ के नाते मैं भी। और मेरे उन दीप्त स्मरण के क्षणों में सहसा चमककर आने वाले अनेक चित्र-खण्ड भी।

तो यह किताब एक लम्बे ख़याल-गायन की तरह है जो बहुत दूर द्रुत में भटकती हुई पुनः आलाप पर लौटती है।

२१ जून, १९९४ — **दूधनाथ सिंह**

इलाहाबाद

लौट आ, ओ धार

१

शाम को (१२-१०-९३) पंत जी की कविताओं पर एक विवेचनात्मक काव्य-पाठ और फिर उसी कविता का संगीतबद्ध गायन सुना। संगीत-एकेडमी के हॉल में—एक मंच-प्रस्तुति।

अहे निष्ठुर परिवर्तन !
तुम्हारा ही ताण्डव नर्तन
विश्व का करुण विवर्तन
तुम्हारा ही नयनोन्मीलन
निखिल उत्थान-पतन।
अहे वासुकि सहस्रफन !
लक्ष-अलक्षित चरण तुम्हारे चिह्न निरंतर
छोड़ रहे हैं जग के विक्षत वक्षस्थल पर
शत-शत फेनोच्छ्वसित, स्फीत फूत्कार भयंकर
घुमा रहे हैं घनाकार जगती का अम्बर
मृत्यु तुम्हारा गरल दन्त, कंचुक कल्पांतर
अखिल विश्व ही विवर
वक्र कुण्डल
दिङ्मंडल।

२

कविता के इस उदात्त अँधेरे में, फिर भी, इस कवि का भुलाया नहीं जा सकता। हम उसे बार-बार विस्मृति में डालते हुए भी, उसे खोना नहीं चाहते। क्यों यह लगता है कि वे बहुत बड़े थे ? कविता के भीतर छिपी हुई वह कौन-सी बात है ? वह कौन-सी चूक है जो चाहे जितनी साफ़ दिखाई देती हो, हम कवि को फिर भी दरकिनार नहीं कर सकते। अथवा क्या इसलिए कि उनसे मेरे परिवार के व्यक्तिगत सम्बन्ध थे ? बहुत ज़्यादा न सही, लेकिन कम भी तो नहीं। क्या इसलिए कि उन्होंने ही मुझे इस शहर में वास्तविक रूप से बसाया ? यानी कि मेरे यहाँ टिकने में मदद

की। कुछ इस तरह कि जैसे यह कुछ भी न हो।

क्या इसलिए कि वे निःस्वार्थ प्रेम करने वाले अद्भुत और अविश्वसनीय प्रजाति के एक अवशेष थे ?

क्यों ?

यह सच है कि वे न होते तो मैं न होता। जो भी हूँ मैं—जैसा भी।

लेकिन इस बात को वे कभी स्वीकार न करते। वे लजा जाते—बच्चों की तरह।

३

श्री सुमित्रानन्दन पन्त एक मझोले क़द के आदमी थे। छोटा, बन्द गले का कोट, एक ख़ास शैली का—कमर से ज़रा-सा नीचे तक (जैसा कि प्रिंस कोट का चलन नहीं है। या शायद कालाकाँकर में उन्होंने इस शैली का कोट अपनाया हो।) पहनते थे। नितम्ब कुछ भारी और टाँगें पतली—शायद बुढ़ापे के कारण या मधुमेह का पुराना मरीज़ होने के कारण। वे रोज़ अपने हाथ से 'इन्सुलिन' की सुई लगाते थे। बालों को एक ख़ास ढंग से अपने भव्य ललाट पर सजाते थे। मैं जब मिला तो उनके बाल कम होने लगे थे और लगभग आधे पके। मैं सोचता था कि अगर बालों की शैली बदल दी जाय, अगर उनका ललाट खुल जाय तो वे कैसे लगेंगे। शायद बालों के कम होते जाने की वजह से वे अपने चौड़े होते माथे को छिपाये रखने के लिए ऐसा करते थे। नहीं, यह सिर्फ़ क़यास है। वे अपनी 'पहचान' बदलना नहीं चाहते थे। वे हमेशा दाढ़ी-मूँछ बनाये रहते थे—साफ़-सुथरे और पवित्र। उन्हें कभी लटपट भेस में नहीं देखा। घर में भी नहीं। उन्हें कभी औचक नहीं पकड़ सका। वे तुरन्त सचेत हो जाते होंगे। संस्कृति और नफ़ासत तुरन्त उन पर चढ़-दौड़ती होगी। क्योंकि दरवाज़ा खटखटाने पर अगर वे तुरन्त खोलें भी तो वे उतने ही स्निग्ध, कोमल और चमकदार दिखाई पड़ते थे। जैसे वे नहा-धोकर हमेशा किसी के इन्तज़ार में तैयार बैठे हों। गर्मियों में वे छोटा, आधी बाँह का बुशशर्ट और पतली मोहरी का पैण्ट पहनते थे। उन्हें कभी कुर्ता-पायजामा पहने या चादर ओढ़े, बाहर निकलते, या घर के भीतर भी नहीं देखा। उनकी आवाज़ पतली और कुछ-कुछ स्त्रैण थी और चाल में भी स्त्रैणता का हल्का-सा ख़म था। उनकी नाक इतनी नुकीली, सुडौल और सुन्दर थी कि उसे छूने का मन करता था। उनके होंठ

पतले, थोड़ा फैले हुए और कोनों पर तीर की तरह नुकीले थे। दंत-पंक्ति अत्यन्त सघन, सुन्दर और चमकती हुई। तब उनके दाँत नकली नहीं थे। आगे भी, शायद, नहीं। लेकिन वे पोपले-मुँह कभी नहीं दिखे। वे कविता बहुत ख़राब पढ़ते थे। कभी-कभी बनावटी ढंग से अपनी आवाज़ भड़कीली और गरजदार बनाने की कोशिश करते थे। उन्हें अपनी आवाज़ पर भरोसा नहीं था। लेकिन वे मज़ाक के 'मूड' में होते तो बहुत अच्छे, चुभते हुए मज़ाक करते थे। खुलकर हँसते थे और आप कोई सामान्य बात भी कहें तो जैसे उनको विस्मय होता था। वे कहते थे—'अच्छाऽऽ....।' कुछ अचम्भे के भाव से। ऐसा, शायद, इसलिए कि उन्होंने बाहरी दुनिया से अपने को काट लिया था। इसीलिए बाहर की हवा-पानी लेकर आये हुए लोगों के प्रति उनकी गहरी रुचि रहती थी। वे बातें—दीर्घ, निरर्थक गप्पें, हँसी-मज़ाक, परनिन्दाएँ कहने-सुनने के लिए तरसते रहते थे। वे घंटों हँसते-बोलते रहते थे। इसके लिए शान्ता जी उन्हें कभी-कभी आगन्तुकों के सामने ही डाँटकर मना करती थीं। यह डाँट-फटकार, शायद, तब शुरू हुई, जब उन्हें पहली बार 'हार्ट अटैक' हुआ था। उसके बाद उन्हें ज़्यादा बोलना मना था। लेकिन वे मानते कहाँ थे ! वे बच्चों की तरह आदेशों का उल्लंघन करते थे।

४

इलाहाबाद के लेखकों में वे मात्र अकेले व्यक्ति थे, जो मेरी बीमारी में सेनेटोरियम (रसूलाबाद घाट पर स्थित) में मुझे देखने आये थे। जिस तरह पन्त जी आये थे, उस तरह वही आ सकते थे। एक अनहोनी घटना थी वह—उनका आना। वे छुपकर आये थे—बिना बताये। इतनी दूर रिक्शे से। वे ऐसा कर सकते थे—यही आश्चर्य का विषय था। जब वे पहुँचे तो वह मरीज़ों से मिलने का समय नहीं था। दिन के ग्यारह बज रहे थे लगभग। उन्होंने पता किया होगा और कोने से एक नर्स उनके संग प्रकट हुई। भीतर हॉल में मुझे जगह नहीं मिली थी। 'स्पेशल वार्ड' में जगह नहीं थी। और अगर होती भी तो मैं इतना विपन्न था कि वहाँ भर्ती नहीं हो सकता था। ख़ून की क़ै करता हुआ मैं एक लावारिस लाश की तरह लाकर डाल दिया गया था। और मैं घर वालों को बिना बताये मरना चाहता था। मैं क्या कहता कि मैं क्यों बीमार पड़ा ! तो बरामदों में 'बेड' लगे थे। मेरा 'बेड' नम्बर ३७ था। उस बरामदे में कुल ४० 'बेड' थे। जिस कोने से वे प्रकट हुए

उसके बाद मेरा तीसरा बेड था। नर्स उन्हें पास लाकर खड़ी हो गयी। वे इतने उदात्त और शालीन लग रहे होंगे कि उसकी जाने की हिम्मत नहीं पड़ी। मैं 'राउण्ड' (डाक्टर के) के बाद नाश्ता करके थोड़ा उनींदा था। उन्होंने नर्स को जगाने के लिए मना किया और मेरे 'बेड' के बगल में रखे ऊँचे स्टूल पर बैठने ही जा रहे थे कि मेरी आँखें खुल गयीं। वे मुस्कुराये। मैंने हाथ जोड़े तो उन्होंने मेरे जुड़े हाथ अपने हाथों में ले लिये। फिर उन्होंने मेरा माथा छुआ।

'बुख़ार तो नहीं है।' उन्होंने कहा।

'अभी रहता है।' मैंने कहा।

उन्होंने कहा, 'अब इसकी (टी०बी०) दवा निकल आयी है।' और चुप हो गये।

यह जगह उनके आने लायक नहीं थी। वे बीमारियों से बहुत डरते थे। और तिस पर टी० बी०। और उस पर एक ऐसा रोगी जो लगातार कई दिनों तक ख़ून उगलता रहा हो। लेकिन वे स्टूल पर बैठे थे—निर्भय, विरक्त और शान्त। सितम्बर महीने की अन्तिम तारीखें रही होंगी, क्योंकि मुक्तिबोध की मृत्यु की ख़बर (१५-९-६४) आ चुकी थी और उसके कुछ ही दिनों बाद वे आये थे। मुझे लगा कि मैं कहूँ कि वे हाथ धो लें। उन्होंने मुझे छुआ है। और यहाँ से जायँ। क्योंकि वहाँ अगल-बगल मरणासन्न अवस्था में लेटे हुए कई मरीज़ उन्हें ताक रहे थे। मुझे उनका वह छूना, पहला और अन्तिम था। बाद के १३ वर्षों के उनके जीवन में फिर उनके स्पर्श का कोई अवसर नहीं मिला। जैसे वे एक स्वप्न लोक से आये थे। वे बाहर देखते रहे—बेहया के बैंगनी, तुरहीदार फूलों को, जो बरामदे के बाहर बेतरतीब ढंग से खिले हुए थे।

'कितने अच्छे लगते हैं !' उन्होंने कहा।

मैं सिर्फ़ मुस्कुरा दिया।

नर्स चली गयी थी। मैं उनके बैठे रहने से घबरा रहा था। अपने लिए नहीं—उन्हीं के लिए। मैंने देखा—वे स्टूल पर टँगे हुए हैं और उनकी टाँगें हवा में हिल रही हैं। तब तक मेरी हैसियत ही क्या थी। चार-पाँच कहानियाँ छपी थीं। और कहानी लिखने वालों के दल से मेरा कोई वास्ता नहीं था। मैं कलकत्ते से ही अस्वस्थ होकर लौटा था। तब ? तब उन्होंने कैसे यह निर्णय लिया ? कि वे आयेंगे—अकेले। मुझे देखने।

'मैं चलूँगा।' एकाएक उन्होंने कहा तो मुझे तसल्ली हुई।

'मैं छिपकर आया हूँ।' उन्होंने कहा और जैसे अपनी शरारत पर हँसे। 'डेढ़ बजे तक शान्ता लौटती है। मुझे न पाकर डर जायेगी। गुस्सा

भी करेगी। फिर बताना पड़ेगा। बता दूँगा तो डाँटेगी। तो चलता हूँ।'

ये बातें इतनी मारक थीं कि मेरा मन हुआ—अभी मर जाऊँ।

'यहाँ साँप तो नहीं आते ?' एकाएक उन्होंने उठते हुए पूछा।

'पता नहीं। मुझे उठना मना है।' मैंने कहा।

'ख़ूब खाया करो।' उन्होंने कहा, 'फल, दूध और अण्डे...।' उनकी आवाज़ बरामदे में एक हल्की धुन की तरह थी—यहाँ से वहाँ तक फैली हुई।

फिर उनको जाते हुए देखा। बरामदे के कोने से उन्होंने मुड़कर देखा नहीं।

सिर्फ़ चले गये।

५

शाम को जब मेरी पत्नी फल-वल लेकर आयी तो मेरा बहुत मन हुआ, बता दूँ। लेकिन उसके लिए मना था। क्योंकि पन्त जी का कहना था कि निर्मल भोली बच्ची है और वह शान्ता से बता देगी और तब वह मेरा 'चेक-अप' कराने लगेगी। वे अजीब ढंग से रहस्यमय लग रहे थे। जैसे बच्चे कोई छोटा-मोटा गुनाह करके अपनी माँओं से डरते हैं—और वे कई दिनों तक डरे रहते हैं। क्या पन्त जी के साथ भी ऐसा ही था ? बहरहाल, मैंने उनका मान रखा और बात आई-गई हो गयी। बाद के दिनों में वे इस एक वजह से ही मुझे और प्यार करने लगे। क्योंकि हम उनके राज़दाँ थे। हालाँकि मेरी नज़र में यह कोई राज़ नहीं था।

मेरे पास एक तस्वीर है—बल्कि दो तस्वीरें हैं। एक तस्वीर, जिसमें मैं किसी विषय पर बोल रहा हूँ और पन्त जी बैठे हैं। उनकी एक उँगली उनकी सुघड़ नाक के पास है। उसमें अधिकांश बड़े लोग हैं—जैसे प्रो० एहतेशाम हुसेन, अमृत राय आदि। दूसरी तस्वीर—जब मैं यूनिवर्सिटी में 'आधे-अधूरे' का निर्देशन कर रहा था। वे अगली पंक्ति में बैठे हैं। उनकी उँगली, बदस्तूर, उनकी नाक के पास है। यह उनकी अदा थी। वे नमस्कार भी अपने को 'नमस्कृत' करते हुए करते थे। उन्होंने ही मुझे यूनिवर्सिटी में नियुक्त कराया—बावजूद अध्यक्ष के विरोध के। और मेरी पत्नी को रेडियो में, जिसमें शिवानी 'विशेषज्ञ' थीं।

जब हम जाते थे उनके यहाँ—हमारे बच्चे तब बहुत छोटे थे। फाटक से घुसते ही दोनों उनके घर के चारों ओर फैले बगीचे में भाग जाते। हमारे

बच्चे इतने ख़ूबसूरत थे कि उनसे हमारे आभिजात्य का संदेह होता था। हालाँकि मैं जानता था, हमारे भोले-भाले किसान-पूर्वज उनमें उगते हुए थोड़े सँवर गये हैं। उनकी रूप-छवियाँ निखर आयी हैं—कुछ इस तरह, जिसे वे कभी नहीं जानेंगे। हमारे बेटे की अद्‌भुत सुन्दर, और बड़ी-बड़ी आँखें देखकर उन्होंने उसका नाम रखा, 'अनिमेष'। हमारी मुटल्ली बेटी का नाम उन्होंने रखा—'स्वप्नवासवदत्ता'। यानी कि पूरी की पूरी किताब। लेकिन हमने बाद में बेटी का नाम बदल दिया। वैसे हमने कभी कहा नहीं, लेकिन उन्हें यह सब अच्छा लगता था। वे कुँवारे थे और सद्‌गृहस्थ। उनका घर एकदम सादा, किसी भी कलात्मक विशेषता से रहित, उल्टा-सीधा, सामान्य था। इस तरफ़ उन्होंने कभी ध्यान नहीं दिया। कमरे छोटे-छोटे थे। एक बार जब वे कुछ बीमार थे, अपने पढ़ने-लिखने के कमरे में हल्के-से लेटे थे। लेकिन वे लेटने वाले लिबास में नहीं थे। बाक़ायदा पैण्ट-बुशशर्ट पहने हुए थे। यानी वे पूरी तरह मुक्त तभी होते होंगे जब आने वालों का खटका गुज़र जाता होगा। उन्हें अक्सर ज़ुकाम हो जाता था। 'विक्स' की सुँघनी वे अधिकतर अपनी उँगलियों में थामे हुए दीख पड़ते।

मेरे बच्चे जब बगीचे में भाग जाते तो वे चिन्तित हो जाते। मेरी सुन्दरी-सी, हल्की-फुल्की बीवी उनके पीछे दौड़ती और उन्हें पकड़कर कमरे में लाती। वे निश्चिन्त हो जाते। मेरे लड़के को खाने-पीने की चीज़ों में बड़ी रुचि थी। वह आने वाली प्लेटों का इन्तज़ार करता, कसमसाता रहता। लेकिन उनके यहाँ खाना-पीना कुछ ख़ास नहीं होता था। सिर्फ़ चाय-शर्बत, कुछ नमकीन और बिस्किट, या कभी-कभी सेब-अमरूद या मौसमी फलों की कुछ कटी हुई फाँकें। मेरा बेटा निराश हो जाता और घर चलने की ज़िद करने लगता।

एक बार मेरी बेटी ने पूछा, 'पापा, क्या पन्त जी के बाल सचमुच के हैं ?'

मैंने कहा, 'हाँ'।

'तो फिर वे इतने गन्दे तरीके से बाल क्यों बनाते हैं ?'

मैं ज़ोर से हँस पड़ा था।

६

वे युवावस्था में कैसे लगते होंगे ; वे कौसानी में कैसे रहे होंगे ; वे कालाकाँकर में क्या करते होंगे ; उदयशंकर के साथ वे कैसे दीखते

होंगे—यह सब कुछ मेरे लिए अनुमान का विषय था। निराला के साथ के झगड़ों ने उनके मन पर क्या असर डाला होगा ? क्योंकि वे सिर्फ़ प्यार करने के लिए बने थे। अपने कवि-जीवन के बारे में वे क्या सोचते होंगे ? क्या वे सचमुच विश्वास करते होंगे कि एक कवि के रूप में वे अभी भी जीवित हैं ? क्योंकि बाद के दिनों में कविता में वे जो कुछ भी कर रहे थे—सिर्फ़ एक छटपटाहट थी। वे तैरना भूल चुके थे और डूबने से बचने के लिए हाथ-पाँव मार रहे थे। इस बेचैनी ने उनको किस तरह आहत किया होगा ! जबकि ऊपर से वे बिल्कुल शान्त दिखते थे। वे समझते थे कि शायद इस रियाज़ से ही कुछ निकल आये। शायद शब्द-सम्पदाएँ दया-भाव से उन्हें कुछ दे दें। शायद वे बच जायँ।

यह जो विचारों का परिवर्तन है उनमें—वह सबूत है कि वे ज़मीन से कटे हुए कवि हैं। तभी तो सिर्फ़ विचारों की दुनिया में सचेत रूप से भ्रमण करते हैं। विचारों की यह शब्द-बद्ध यायावरी—यही उन्हें ले डूबी। शुरू के दिनों में वे एक नयी भाषा के निर्माण में जुटे रहे और शब्दों के साथ एक विस्मय-विमूढ़ भोले शिशु की तरह खेलते रहे। शुरू की कविताओं में अपनी ही ईजाद की हुई जादूगरी में वे रीझे हुए रहे। कोमलता, अतिसंस्कारिता, भलेमानसपन उनसे छल कर बैठा। एक अच्छा मनुष्य बने रहने में उनका कवि-जीवन निकल गया। क्या वे जानते थे कि वे वास्तव में बर्बादी के रास्ते पर हैं ? शायद नहीं। ऐसा क्यों ? इसलिए कि जीवन से उनका सम्पर्क टूट गया था। इसीलिए वे गपियाने के लिए भी तरसते रहते थे। उन्होंने अपनी देह को सजाने-सँवारने, सुघर बने रहने में बहुत समय गँवा दिया। इसी में उनकी आत्मा का शृंगार छिन्न-भिन्न हो गया। जब वे कविता की बाज़ी हार गये तो शब्द-जाल में उलझ गये। उनकी प्रतिभा धीरे-धीरे रेत हो गयी। उनका यह जीवित अवसान, उनके लिए कितना दर्दनाक रहा होगा। अगर वे सचमुच सामान्य बने रहते, अगर वे फक्कड़ होते, अगर उनसे लोग घृण-प्रेम साथ-साथ करते, अगर वे भुगतते होते, टूटते-सँवरते होते, अगर उन्होंने जीवन-दान दे दिया होता—तो वे अपने अन्तिम दिनों में कितने समृद्ध-सुखी (कविता में) होते। क्योंकि उनके पास स्वयं-निर्मित अपार शब्द-सम्पदा थी। लेकिन आश्चर्य कि वे दिनों-दिन दरिद्र होते गये। आत्मा के अभावों ने उनकी काव्यात्मा को छिन्न-भिन्न कर दिया। वे भागते रहे—कभी उदयशंकर की तरफ़, कभी कालाकाँकर के एकान्त में, कभी महर्षि अरविन्द की तरफ़, कभी वेदों की ओर, और अन्त में प्रकृति के प्रांगण में। जहाँ से उन्होंने शुरू किया था, वहीं वे लौटना चाहते थे। लेकिन यह कहाँ सम्भव था ? उनकी कविता-कौसानी उनसे दामन छुड़ाकर निकल भागी थी। यह

प्रत्यावर्तन-यात्रा असम्भव थी उनके लिए। ऐसी अवस्था में हताश होकर वे अपने प्रारम्भिक 'विस्मय' की ओर लौटे—लेकिन कविता में नहीं—एक अनाथ बालिका को गोद लेकर। और जिस तरह बच्चे एक बूढ़े आदमी को थकाते हैं, उसी तरह वे थक गये। और जीवन—वह निर्भ्रांत, शान्त, रेत हुआ जीवन भी उनके हाथों से फिसल गया। इतिहास में ऐसे तेजस्वी, मानवीय, देवोपम कवि के साथ यह दुर्घटना अक्षम्य है।

७

उन्हें मैंने पहली बार कब देखा था ? ऐनीबेसेण्ट हॉल के मंच पर—१९५७ के 'लेखक-सम्मेलन' में। उन्हें पहचानने में देर नहीं लगी। 'पल्लविनी' की तस्वीर जैसे साक्षात् मंच पर आ-बैठी हो। तस्वीरों और किताबों से निकलकर अक्सर वे मंच पर आ जाते थे। तब मैं एम० ए० का विद्यार्थी था। और दुबले-पतले, लम्बे क़द-काठी के नामवर सिंह मंच का संचालन कर रहे थे। वहाँ नाना प्रकार के लेखक एकत्र थे और 'काव्य-शास्त्र-विनोद' जैसे पूरे वातावरण में खुशबू की तरह फैला हुआ था। एक बौद्धिक मेला जैसा लगा हुआ था। सब तरफ़। कौन नहीं था ! लगभग सभी या अधिकांश लोग ! सिर्फ़ रामविलास शर्मा या राहुल जी को छोड़कर। अपनी घनी मूँछों के बीच अचानक छत-फाड़ ठहाका लगाते आचार्य हजारीप्रसाद द्विवेदी। दीवार से पीठ टिकाये, खुले गले का पुराना-धुराना कोट पहने, पोपले मुँह वाले मुक्तिबोध। सभी को अत्यन्त ध्यान और परिश्रम से सुनते एकाग्रचित्त शमशेर। गहन-गम्भीर, निर्जन आत्माभिमानी मुद्रा में इधर-उधर जाते, बहुत मुश्किल से मुस्कुराते, डरावनी ठण्डक से लैस—श्रीकान्त। अपनी बचपन की हँसी को वयस्क बनाने की चेष्टा में जैसे ठगे हुए अशोक वाजपेयी। और एकान्त-शान्त मलयज। और अनेक लोग—सभी लोग। यह पहचानना था...प्रवेश था मेरा, साहित्य और साहित्यिकों के बीच में अनजाने ही। तब मैंने लिखना शुरू ही किया था। कुछ बन नहीं रहा था। और यहाँ के कुछ स्थानीय लेखक 'निकष' में अपनी कविताएँ छपाकर महान बने घूम रहे थे। धर्मवीर भारती और लक्ष्मीकांत की ये औरस सन्तानें, जो आज कविता में कहीं नहीं हैं। लक्ष्मीकांत की प्रेत-छाया और अज्ञेय के बिम्बों की चमक ने उन्हें ग्रस लिया। 'नयी कविता' की जो एक शब्द-शिल्पावली बनी थी, उसमें बहुत आसान था, कुछ चमकते हुए शब्दों को उठा लेना और चमत्कार की मुद्रा

में कविता की पाँत में आकर बैठ जाना। ऐसे बहुत सारे लोग बैठे तो बैठे ही रहे। यही होना था और यही हुआ। लेकिन तब मैं नितान्त अकेला था और मुझसे कुछ नहीं बन रहा था। मुझे लग रहा था कि 'रचना' के भीतर होना और उसे पकड़ पाना—कितना कठिन है ! जबकि दूसरों की लगाई बंसी में फँसी मछली को झटका देकर निकाल लेना, और फिर यह दावा करना, कि यह मैंने पकड़ी है—कितना आसान। इसी में बहुत सारे लोग मारे जाते हैं और उन्हें अन्त तक यह पता भी नहीं चलता कि दुर्घटना हो चुकी है। कला के क्षेत्र में ऐसे लोगों की वजह से हमेशा एक धुन्ध-सी छायी रहती है। लेकिन मैं तो अपनी ही बंसी लगाना चाह रहा था। मैं इसमें थक रहा था और बीमार हो रहा था और दिन-दिन-भर सड़कों-गलियों, पुलों और इलाहाबाद के बाहरी निर्जनों में निरर्थक भटकता रहता। जबकि सब लोग एक आड़ की तलाश में थे, मैं मैदान ढूँढ़ रहा था। उन्हीं दिनों यह सम्मेलन हो रहा था। जब सब लोग साहित्य-रस में सराबोर हो रहे थे, जब मुक्तिबोध के उन्नत, साँवले ललाट पर खिंची हुई नसें धड़कती हुई दिख रही थीं—जब वे शमशेर के घर पर अपनी कविताओं का पाठ कर रहे थे—उन्हीं दिनों मैं उनमें शामिल होने और उनसे अलग दिखने के प्रयत्न में धीरे-धीरे गल रहा था। मुझे टी० बी० हो रही थी। और मैं उस बीमारी के संग-संग एक घने, यातनादायी, अभूतपूर्व प्रेम में लिप्त था। मेरी नसें टूट रही थीं।

वे इन सब लोगों के बीच में थे—प्रजापति की तरह, अपनी सन्तानों के बीच। आराम से, चमकते, लगातार मुस्कुराते, सबका अभिवादन लेते, उँगलियों में 'विक्स' की सुँघनी पकड़े हुए। बन्द गले के कत्थई कोट में अपने भव्य ललाट पर रेशमी बालों को सलीके से बिछाये हुए—

'धरा है मैंने सिर पर देवि, घने रेशम से लहरे बाल'।

वह उनका प्रथम दर्शन था—अलभ्य, अनिर्वचनीय। वे उन सारे दुनियाबी लेखकों के बीच आकाश से उतरे हुए देवदूत की तरह लग रहे थे। यानी कोई था, जो परम्परा के छत्र की तरह तना हुआ था। कोई था, जो रहस्यमय था—अपने असमय अवसान में भी। वह, वे नहीं थे जो सब थे। वे निश्चिन्त और प्रसन्न दिख रहे थे—जबकि चारों ओर तनाव था, एक ऐतिहासिक विद्वेष और भ्रम से पैदा हुआ तनाव...एक अभूतपूर्व शंका, एक आहत अभिमान की स्पष्ट छाया। लेखकों के चेहरों पर दुख और उदासी की छाप स्पष्ट थी। लेकिन उन पर नहीं। क्यों ? आख़िर क्यों ? क्या वे सब कुछ पा चुके थे या अपनी ऐतिहासिकता में अक्षुण्ण और संतुष्ट थे ? या वे जानते थे कि वे गुज़र चुके हैं। क्या इतिहास-पुरुष

होने में ही उनकी सार्थकता थी ? लेकिन यह सब तो मैं अब सोचता हूँ। तब तो वे सिर्फ़ विस्मित कर देते थे।

८

उसी एनीबेसेण्ट हॉल में बाद के दिनों में मैंने उनकी दुर्दशा देखी। वाचस्पति पाठक, बालकृष्ण राव, रामस्वरूप चतुर्वेदी, यानी 'परिमल' के लोगों ने अपने पतन-काल में 'विवेचना' नामक एक संस्था बनायी थी। उसी में हर महीने किसी एक महत्वपूर्ण कृति पर कोई आलोचक अपनी आलोचना पढ़ता था। फिर उस पर बहस होती थी। लोग आसमान पर चढ़ा दिये जाते थे या बुरी तरह लतियाये-लथेरे जाते थे। 'विवेचना' के ये लेख और बहसें 'माध्यम' (सम्पादक-बालकृष्ण राव) में छपती थीं। पन्त जी का महाकाव्य 'लोकायतन' प्रकाशित हो चुका था। उसी पर एनीबेसेण्ट हॉल में 'विवेचना' की गोष्ठी थी। पूरा गिरोह वहाँ उपस्थित था। पन्त जी भी थे। यही उनका भोलापन था। या शायद ललक। शायद स्वीकृति की बलवती इच्छा। शायद अपनी कृति के बारे में जानने-सुनने की वेगवती उत्कंठा। वे थे—और वहीं, उसी मंच पर थे। और पाइप पीते हुए विजयदेव नारायण साही थे, जो अपने तार्किक आतंक के लिए सर्वत्र जाने जाते थे। या अपने कमर-दर्द के लिए, या लोहिया के पट्ट-शिष्य और भदोही कालीन-बुनकरों के ट्रेड-यूनियन के नेतृत्व के लिए। या जाड़े के दिनों में कम्बल ओढ़कर अकेले ताश खेलने के लिए। तो षड्यन्त्र सम्पूर्ण था। उसकी बुनावट और व्यवस्था पूरी तरह चाक-चौबन्द थी। घेरेबन्दी हो चुकी थी और हमारा इतिहास-सिद्ध कवि इन बातों से बिल्कुल अनजान था। कितनी विचित्र बात थी कि तथाकथित 'सुसभ्य', 'सुसंस्कृत' बुद्धिजीवियों का गिरोह उन्हें घेरे हुए था और उन्हें पता भी नहीं था। वे बहला-फुसलाकर लाये थे—उन्हें बलि-वेदी के आसपास, और अब इन्तज़ार कर रहे थे। गिरते हुए सुल्तान अक्सर अपनी मौत और अपने पतन के पहले सघन, निर्मम अत्याचारियों की भूमिका निभाते हैं। 'परिमल' वालों ने भी यही किया। उनके सरदार श्री विजयदेव नारायण साही ने, जो अपनी तर्क की लत से परेशान रहते थे—यहाँ उस तर्क को ताक पर रख दिया। बहस में भाग लेते हुए उन्होंने केवल एक वाक्य कहा—'लोकायतन न तो मैंने पढ़ा है और न कभी पढ़ूँगा।' यह उनका ईमानदार प्रवचन हो सकता है लेकिन पहले से ही दाँव हारे हुए कवि के लिए यह आघात गहरा था। पन्त जी हँसे नहीं। उन्होंने

टाला भी नहीं, जैसी कि उनकी आदत थी। वे विनम्र भी नहीं हुए, जैसे कि संस्कारत: वे थे। वे फुंकार उठे। उनका वह वक्तव्य 'रेकार्ड' नहीं हुआ—क्योंकि इसकी कोई व्यवस्था नहीं थी। लेकिन वैसा सार्थक, सारगर्भित, विश्लेषण और तर्क से समृद्ध, सघन चिन्तन से युक्त, वाणी के आलोक से चमकता हुआ—पारदर्शी भाषण मैंने आज तक फिर नहीं सुना। वे मात्र अपना बचाव नहीं कर रहे थे— बल्कि नहीं ही कर रहे थे। वे आक्रमण पर उतर आये थे। उन्होंने अपने ऊपर हुए आक्रमण की धज्जियाँ उड़ाकर रख दीं। उन्होंने अपनी कविता-देह से सारी आलोचनाओं को मरी हुई मक्खियों की तरह झाड़कर फेंक दिया और यह कहते हुए उठकर चले गये कि, 'आप नहीं पढ़ेंगे—मुझे आने वाले पीढ़ियाँ पढ़ेंगी।' उनके पूरे वक्तव्य में उनकी वाणी का ओज देखने लायक था। उनकी हल्की, पतली, संगीतात्मक, स्त्रैण आवाज़ एक दहाड़ में बदल गयी थी। यानी उनमें पौरुष था, जिसका प्रदर्शन वे नहीं करते थे।

उनकी बात में सच्चाई है। विजयदेव नारायण साही और उनके सहयोगियों के बारे में कुछ नहीं कहा जा सकता, लेकिन पन्त में ऐसा कुछ है कि पीढ़ियाँ लगातार उनके आकर्षण-विकर्षण में बँधी रहेंगी। शमशेर और मुक्तिबोध ऐसे ही उनकी ओर आलोकित निगाहें नहीं उठाते। पन्त को अपमानित किया जा सकता है, उन्हें भुलाया नहीं जा सकता। क्यों ? ऐसा क्यों है ? ऐसा क्या है उनमें—जो कभी-कभी घनघोर अनिच्छा पैदा करता है और कभी गहन आकर्षण ? क्या वे एक ऐसे जादूगर हैं जिनकी जादूगरी का नेपथ्य कभी-कभी उघड़ जाता है ?

जो भी हो, उनका वह ऐतिहासिक बहिर्गमन बहुत 'ट्रेजिक' था। वे उससे कभी भी उबरे नहीं। धीरे-धीरे उनका क्षय होने लगा—उनके स्वास्थ्य का, उनके एकान्तीकरण का, उनकी कविताई का। उनकी कविता शब्द-कोषों में सिमट कर रह गयी।

९

आज बाहर से लौटा तो 'प्रकाशन-समाचार' का नया अंक आया हुआ था। उसके मुख-पृष्ठ पर 'पन्त-ग्रन्थावली' के प्रकाशन की सूचना थी। उनका वही सुन्दर रेखाकंन छपा हुआ था। यह पन्त की लोकप्रियता का पुनरागमन नहीं है। यह उनके इतिहास-सिद्ध होने को भुना लेने का उपक्रम है। यहाँ

'लोकभारती प्रकाशन' ने उनका कितना अपमान किया ! तब एक दूसरे प्रकाशक—'राजकमल प्रकाशन' की शीला संधू ने उन्हें उबारा था। लेकिन सच्चाई तो यह है कि आज के प्रकाशकों को हिन्दी लेखकों से कुछ भी लेना-देना नहीं। ये उनकी संस्कृति, उनके रख-रखाव, उनके जीने-मरने—यानी उनके जीवन-अस्तित्व से कहीं से भी जुड़े हुए लोग नहीं हैं। इनके लिए लेखक मात्र धन्धे की एक इकाई है। यानी हिन्दी में लेखक-प्रकाशक का रिश्ता संस्कृतिधर्मी नहीं है। वह निरा व्यवसाय है। लूट का धन्धा वह पहले भी था लेकिन तब के प्रकाशक-लेखक सम्बन्ध कुछ और थे। लेकिन इधर के प्रकाशक लेखकों से नफ़रत करते हैं। वे रॉयल्टी की रकम को लेखक द्वारा अपने को लूटा जाना कहते हैं। अधिकांश प्रकाशक तो यह कहते हुए पाये जाते हैं कि रॉयल्टी देकर प्रकाशन चल ही नहीं सकता। यानी, अगर व्यवसाय चलाना है तो लेखक को लूटो। अपने स्वत्व, अपने उत्पाद पर किसी का अधिकार नहीं है तो लेखक का। अगर है भी तो उसके भीतर मर्मवेधी तिकड़म हैं। फिर पचास साल बाद आप सार्वजनिक हो जाते हैं। आप अपने हक से बाहर फेंक दिये जाते हैं। लेकिन आप जनता और समाज के हक में सार्वजनिक नहीं होते—आप प्रकाशकों के हक में सार्वजनिक हो जाते हैं। आपकी कृति एक ऐसे उत्पाद में बदल जाती है, जिसमें मुँह मारने, जिससे अपना घर भरने का अधिकार सभी को मिल जाता है। पूछिये कि तुलसीदास या कबीर या वेदव्यास, प्रेमचन्द, निराला या पन्त या प्रसाद पर तुम्हारा क्या अधिकार है ? ऐसे में वे कानून की राह दिखाते हैं। और तिस पर तुर्रा यह कि ये कहते हैं कि ये ही हमें लेखक बनाते हैं। यानी आप लिखने से लेखक नहीं बनते, छपने से बनते हैं। धन्धा रॉयल्टी देकर नहीं चल सकता, घूस देकर, लूटकर चल सकता है। यही तुर्रा श्रीमन्त वाचस्पति पाठक को भी था। उन्हें गर्व था कि उन्होंने प्रसाद, पन्त, निराला, महादेवी—सभी को लेखक बनाया। जबकि वे राय कृष्णदास के दरबारी थे, प्रसाद और विनोदशंकर व्यास के पिछलग्गू और बिड़ला के चाकर। और इसी नाते 'भारती-भण्डार' के मैनेजर।

१०

लीडर-प्रेस के कम्पाउण्ड में जहाँ पाठक जी रहते थे, वहीं, उन्हीं के साथ, उनके बाहर वाले कमरे में मैं भी कुछ दिन रहा। प्रेस के पीछे ही वह मकान

था। उसमें एक आँगन, दो बड़े-बड़े हॉलनुमा कमरे थे जिसमें वह पति-पत्नी और उनकी इकलौती लड़की, मुन्नी रहते थे। तब उनकी माँ भी थीं जिन्हें श्वेत कुष्ट था। जिसमें मैं रहता था, वह कमरा मुख्य मकान के बाहर था और उनका ड्राइंग-रूम हुआ करता था। उसी में उन्होंने मुझे जगह दी। उनके यहाँ जो भी आता, यानी अंतरंग—उसे वे अपने आँगन या सोने के कमरे में बुला लेते। इसलिए बैठक का उपयोग कम ही होता था। सिर्फ़ कभी-कभी साहित्यिक बैठकों के लिए। उनकी पत्नी हमेशा आँगन या बरामदे में रहतीं—या ज़्यादातर रसोई में। और वह पानदान लिए अपने पलंग पर। उनके सोने के कमरे में चारों दीवारों से लगी, छत को छूती, आल्मारियों में किताबें ही किताबें थीं। उन आल्मारियों को छूने की ज़रूरत कभी नहीं पड़ती थी। वहाँ सब कुछ करीने से था और एक अजीब-सा अन्धापन कमरे में व्याप्त था। सीलन और अँधेरा और पलंग के नीचे रखे पीकदान की बू...। वे हमेशा मुँह में पान दबाये बोलते और हमेशा व्यंग में अपमानित करते हुए बोलते थे। मुझे मुन्नी को पढ़ाने की एवज़ में वह रहने की जगह मिली थी। तब मैं निखहरे तखत के लिए, न जाने कहाँ से पैसे जुटाकर एक गद्दा-तकिया और एक रज़ाई-चादर ले आया। लेकिन मैं मुन्नी को कभी-कभी ही पढ़ाता था और जब पढ़ाना होता तो चुपके से कमरा बन्द करके भाग लेता। इससे वह नाराज़ होती। वह तब भी थोड़ी गदबदी-मोटी और बदज़बान थी। पिता की तरह ही हमेशा व्यंग और अपमानित करने के लहज़े में बोलती। इसीलिए मैं पढ़ाने से कतराता रहता और भाग जाता था। फिर काफ़ी रात गये मैं लौटता, जब कालोनी का मुख्य फाटक बन्द हो जाता। मैं कैलास से कहकर फाटक खुलवाता। फिर चुपके से जाकर कमरे में पड़ रहता—यह सोचते हुए कि सुबह न जाने क्या दुर्गति होगी। इस तनाव में मुझे नींद नहीं आती। तब मैं बाहर निकलकर लॉन में टहलने लगता, या आम के पेड़ के नीचे, पत्थर की बेंच पर बैठ जाता। फिर थोड़ी देर में भीतर चला जाता—इस डर से कि अगर पाठक जी कहीं जग गये, तो वे न जाने क्या समझें। क्योंकि किसी भी तरह की अस्वाभाविक ज़िन्दगी से वे चिढ़ते थे। अपने प्रारम्भिक दिनों में लगातार उन्हें ऐसे ही अराजकों से पाला पड़ा था। वे काफ़ी कुछ सहते रहे थे। फिर वे अचानक बहुत डरपोक हो गये—अपनी तन्दुरुस्ती को लेकर। बहुत नियम से रहने लगे और पुरानी दुनिया को तह करके उन्होंने सदा के लिए रख दिया। सिर्फ़ साहित्यिक तिकड़म, निजी आराम, कदमबोसी करने वालों की रद्दी से रद्दी किताबें भी दूसरे प्रकाशकों से छपवा देना—यही उनकी दिनचर्या और यही उनका मनोरंजन रह गया था।

उसके पहले मेरे पास रहने की कोई जगह नहीं थी। किराया न दे पाने

की वजह से बार-बार अपना बिस्तर, बाल्टी और लोटा और किताबें छोड़कर मुझे भागना पड़ता था। पुरुषोत्तम नगर से, फिर मुट्ठीगंज से और उसके पहले चैथम लाइन्स वाले उस कमरे से। इस तरह मैं लगभग बेपर्द और निहंग हो गया था—एक ऐसे भिखारी की तरह जिसके पास अपने लुगड़े भी नहीं बचते थे। फिर मैं नये स्टेशन के हॉल के आख़िरी कोने में सोने लगा। रात में कई बार पुलिस और कई बार कोई दूसरा खूँखार आदमी मुझे उठा देते। वे यह मानने के लिए तैयार नहीं थे कि मैं भी इसी दुनिया में एक मुसाफ़िर हूँ। इन्हीं स्थितियों में दया करके उन्होंने वह कमरा मुझे दिया था। वहाँ किराया नहीं देना था लेकिन उस लड़की का सामना करना था, जिसे देखते ही मेरी रूह फ़ना हो जाती थी। वह खाना भिजवाती तो कुछ इस तरह जैसे किसी भिखमंगे को दे रही हो। या कि मैं ही इतना टूट गया था कि मुझे ज़रा-सी कोई ऐसी हरकत भी ठेस पहुँचाती थी। मेरे पास कुछ भी तो नहीं था। मेरा आत्मसम्मान भी नहीं बचा था। या वह किसी भीतरी कोने में छिपा हुआ बैठा था—फ़रार हो गया था और लोग उसे खोज-निकालने और पटक-पटक कर रौंदने को व्याकुल थे।

११

उस कमरे में मेरे पहले बहुत लोग रह चुके थे। निराला, पाण्डेय बेचन शर्मा 'उग्र', भगवती प्रसाद वाजपेयी, पं० इलाचन्द्र जोशी, और कभी रमानाथ अवस्थी भी। वहाँ निराला की लुंगी लगाये, एक आदमक़द तस्वीर थी। इसी कमरे में बैठकर उन्होंने 'राम की शक्तिपूजा' लिखी जो लीडर-प्रेस से निकलने वाले 'भारत' अख़बार में छपी थी। वहाँ उग्र की भी एक वैसी ही नंग-धड़ंग तस्वीर थी, जिसमें जनेऊ पहने हुए वे शून्य में देख रहे हैं। भगवतीप्रसाद वाजपेयी और विनोदशंकर व्यास की भी। और स्टालिन-कट बालों में रमानाथ अवस्थी की भी। किसी-किसी तस्वीर में पाठक जी भी थे। एक तस्वीर में निराला जी की गोद में छोटी मुन्नी बैठी हुई है। एक समूह-तस्वीर 'परिमल-स्थापना दिवस' वाली भी थी, जिसमें धर्मवीर भारती की हँसुली की हड्डियाँ उभरी हुई दिखाई देती हैं। इसी कमरे में, जब मैं एक दिन भरी दोपहरी में सो रहा था, अचानक भुवनेश्वर आये। वे अपने पैरों में बोरे के टुकड़े सुतली से बाँधे हुए थे। गाल धँसे, बाल बेतरतीब, रूखे-सूखे—घास की तरह। आँखें पपोटों के अन्दर। और काँधे पर कम्बल। उन्होंने दरवाज़ा खटखटाया। मैंने खोला। हमने एक-दूसरे को घूरकर देखा।

वे मेरी बगल से निकल कर अन्दर आ गये और सोफ़े पर बैठ गये। मैं खड़ा-खड़ा उनका मुँह ताकता रहा। मैं उन्हें पहचानता नहीं था। उन्होंने पूछा, 'पाठक नहीं हैं?'

'ऑफ़िस में होंगे।' मैंने कहा।

वे तत्काल उठे और बाहर निकल गये।

थोड़ी देर में पाठक जी ने अन्दर झाँका। मैं हड़बड़ाकर उठ-बैठा।

'क्या कर रहे हैं ?' उन्होंने अत्यन्त रुखाई से पूछा।

'कुछ नहीं, लेटा था।' मैंने कहा।

'लेटे रहिए।' उन्होंने अत्यन्त तुर्श आवाज़ में कहा, जैसे लेटना कोई गुनाह हो।

मैं उठकर खड़ा हो गया।

'भुवनेश्वर आये थे ?' उन्होंने फिर पूछा।

'जी ?' मेरे अचम्भे का ठिकाना नहीं था।

'एक पागल आदमी आया था यहाँ ?' उन्होंने फिर कहा।

'हाँऽऽ।' मैंने कहा।

'कहाँ बैठा था ?'

'अन्दर, सोफ़े पर।' मैंने कहा।

'और आपने उन्हें बैठने दिया ? आप पर इस कमरे की ज़िम्मेदारी है।' वे बोले और झमककर चले गये।

तो उसी ऐतिहासिक, संक्रामक कमरे के एक कोने में मैं पड़ा रहता था—एक बच्चे की तरह, जो असमय ही वृद्ध और उपेक्षित हो गया हो, और घर के लोग उसे बाहर डालकर चैन से हों।

१२

और तभी एक रात पाठक जी ने अचानक मुझे धर लिया। रात के एक-डेढ़ बजे होंगे। हालाँकि उनकी देर तक जागने की आदत अब नहीं थी। इसलिए मैं निश्चिन्त रहता था। लुकते-छिपते आकर मैं ताला खोल रहा था—बहुत धीमे, जिससे कोई आवाज़ न हो, कि अचानक अँधेरे में उनकी कड़कती आवाज़ आयी—'आ गये ?'

वे बगल के लॉन में टहल रहे थे जहाँ गुलाबों की खुशबू भरी थी।

वे फूलों के बड़े शौकीन थे। उन्होंने बड़े लोगों के सारे शौक पाल लिए थे। वे अब फुर्सत में थे। वहाँ जगह कम थी, फिर भी कई 'पीस' काले गुलाबों के, गमलों में सजे हुए थे। मैं चुपचाप ताला खोलकर खड़ा था।

'मीरगंज (इलाहाबाद का वेश्यालय) जाते हैं ?' उन्होंने अत्यन्त कटु-तिक्त स्वर में कहा।

'दोस्तों के साथ था। गप्पों में रात ज़्यादा हो गयी।' मैंने कहा।

'गप्पें भी हाँकते हैं आप ? यह मधुर संवाद आधी रात के बाद बोला जा रहा था।

मैं इसका क्या उत्तर देता !

'कौन हैं आपके दोस्त ?' उन्होंने फिर पूछा।

'प्रभात, देवकुमार और ज़हीर।' मैंने कहा।

'कहाँ बैठे थे ?'

'अटाले में।' मैंने कहा।

'अटाले में ? उन्होंने अचम्भे और चिढ़ से कहा, 'वह तो मुसलमानी मुहल्ला है !'

'वहाँ ज़हीर मुझे ले गया था। वह एक लम्बी गद्य-कविता लिख रहा है—'सूर्यगाथा'। उसी को सुना रहा था।' मैंने कविता की बात की, कि शायद बात बन जाये। वे नये लेखकों-कवियों के बीच उठते-बैठते थे। लेकिन उनमें कविता कहीं भी शेष नहीं थी। वे आगे कुछ बोले नहीं, मुड़े और चले गये। फिर फाटक बन्द होने की आवाज़ आयी। मैं अन्दर गया। बत्ती जलायी। बुझायी। फिर जलायी। और फिर बुझा दी। उधेड़बुन लगी हुई थी। दूर नदी की ओर से एक टिटिहरी टिहुँकती हुई आयी और भोर के सन्नाटे को चीरती हुई लौट गयी। मैं बिस्तर पर बैठा लेकिन फिर उठ गया। और सुबह होने के पहले ही मैं अपना बोरिया-बिस्तर छोड़कर फिर भाग गया।

१३

उसी कमरे में एक दिन पन्त जी आये थे। सोफ़े और कुर्सियों पर धूल थी। मैं भूलकर भी न उन पर बैठता था, न उनकी साफ़-सफ़ाई करता था। मैं अपने बिस्तर तक सीमित रहता था। और मैं रहता ही कितना था। हालाँकि उसी कमरे में मैंने 'रक्तपात' 'आइसबर्ग' और 'सपाट चेहरे वाला आदमी' जैसी कहानियाँ लिखीं। तो पन्त जी वैसे ही चमकते हुए, हँसते हुए आये।

मैं उस वक़्त लेटा था। शायद दिन के ग्यारह बज रहे थे, क्योंकि पाठक जी दफ़्तर जाने को थे। वे उन्हें लेकर बैठक में आये। लेकिन वहाँ तो सोफ़े और कुर्सियों पर धूल की एक झीनी परत बिछी थी और कोने में एक चुचड़ा-मुचड़ा, मैला-कुचैला आदमी लेटा था, जो शायद दो-तीन दिनों से नहाये भी नहीं था। पन्त जी ने पहले सोफ़े-कुर्सियों की ओर देखा और चिढ़े हुए पाठक जी ने भी, कि मैं धूल भी नहीं पोंछ सकता। पन्त जी ने तुरन्त रूमाल निकाला और नाक पर लगा लिया। मैं घबराहट में उठ-बैठा। वे तब तक मुझे जानते नहीं थे। मैंने प्रणाम किया तो उन्होंने अपनी स्वाभाविक 'आत्म-नमस्कार' की मुद्रा में जवाब दिया। पाठक जी इस क्षणांश में चुपचाप चिढ़े हुए खड़े रहे।

'दूधनाथ जी हैं।' उन्होंने व्यंग के लहज़े में मेरा परिचय दिया।

'अच्छा-अच्छाऽ, क्या करते हैं आप ?' पन्त जी ने उसी विस्मय के लहज़े में पूछा, जो उनके स्वभाव में रचा-बसा था।

'जी, मैं कुछ नहीं करता।' मैंने कहा।

'यह तो बड़ी अच्छी बात है।' पन्त जी ने तपाक से, हँसते हुए कहा।

मैं भौंचक उन्हें देखता रहा—खड़े-खड़े।

'सब लोग कुछ-न-कुछ तो करते ही हैं। कोई ऐसा भी हो, जो कुछ नहीं करे।' वे हँसे।

'आइए, चलें। दफ़्तर में बैठते हैं।' पाठक जी को यह संवाद नागवार गुज़र रहा था।

पन्त जी उनके साथ चले गये। जाते हुए उन्होंने नमस्कार किया।

यह नमस्कार—यही वह पहला परिचय था। मैंने सोचा—यह आदमी जो कवि है, क्या है ? दरअसल क्या है ?

उनके नमस्कार में न औपचारिकता थी, न छूटकर भागने की जल्दी। वह एक शिशु का नमस्कार था, जिसे सिखाया गया हो—'नमस्ते करो बेटे !' वैसा ही निश्छल, निरावरण, निर्भाव नमस्कार। और मोहक नमस्कार। कि आप उठें और चूम लें। लेकिन यह कहाँ सम्भव था !

१४

यूनिवर्सिटी से लौटते हुए जब भी कचहरी की तरफ़ से आता हूँ, स्कूटर अनायास ही उस पतली, घुमावदार सड़क पर मुड़ जाता है। उसी से

निकलकर मुख्य सड़क पर आ जाता हूँ—मार्कण्डेय के यहाँ जाने के लिए। 'कस्तूरबा गांधी मार्ग'—अब यही इसका नया नाम है। पन्त जी का वह 'घर' इस मुख्य सड़क पर नहीं है। उसकी ओर घर की पीठ है। फिर भी उनका पता होता था—१८-बी०-७, के० जी० मार्ग। उस परिसर में बसे सभी बँगलों का मुख्य द्वार इस छोटी सड़क पर है। दाहिनी ओर वह फाटक है, जो उन बँगलों के अन्दर जाता है। उनके घर के सामने वह नीम का विशालकाय वृक्ष अब नहीं है, जो अपनी छाँह में इतना घना था कि उसके नीचे रुककर धूप-छाँही खेल देखते ही बनता था। अब वहाँ एक सूना मैदान है। बहुत दिनों बाद जब कोई पेड़ अपनी जगह छोड़ता है तो वहाँ एक निरावृत सूनापन छोड़ जाता है। एक डाल भी जब टूटती है तो पेड़ के गर्भ में अचानक एक सूना मैदान बन जाता है। वही वहाँ है—एक निचाट सूनापन, अँधेरे-उजाले में भभकता हुआ। घर, शायद, बन्द है। ब्रजेश भी अब नहीं हैं, जो बगल के बँगले में रहते थे और मुझसे उम्र में बड़े होने के बावजूद (वे लॉ करके एम० ए० हिन्दी में आये थे।) हमारे साथ एम०ए० में थे और छात्र-संघ के अध्यक्ष हुए थे। बहुत पीने-पाने और उच्च रक्तचाप से अचानक ही उनका देहावसान हो गया। उनका परिवार अभी वहीं रहता है। लेकिन वह तीर्थ, शायद बन्द है। या कि उसमें कोई और आ गया है? पिछले दिनों अपनी (या पन्त जी की) पालित पुत्री के साथ शान्ता जोशी 'लोकभारती' में मिलीं थीं। वे अब लड़की को लेकर दिल्ली रहने लगी हैं। तब की वह छोटी-सी बच्ची, जिसे पन्त जी एक चिड़िया की तरह अपने बुशशर्ट में छिपाने का खेल खेलते रहते थे, अब कितनी लम्बी हो गयी है। उसका विवाह होने वाला है। और शान्ता जी—झुर्रियों से भरी, बेपनाह बूढ़ी। जैसे कि वे कितनी बड़ी हैं ! जब कि वे हैं नहीं। लेकिन मैंने पूछा नहीं कि वह 'घर' उनकी स्मृति में सुरक्षित रखा जायेगा कि नहीं। डर लग रहा था कि वे कह न दें कि उसमें कोई और रहता है। कुँवर नारायण की एक कविता है :

घर रहेंगे
हमीं उनमें रह न पायेंगे
समय होगा
हम अचानक बीत जायेंगे।

तो घर तो वह वहीं है। सब कुछ वैसा ही। लेकिन वे कहीं अनन्त लोक में खो गये हैं। निराला वाला घर भी बन्द है। कमलाशंकर और उमाशंकर—दोनों ने गेरुआ धारण कर लिया है। दोनों बलिया के निकट अपने गाँव सागरपाली चले गये हैं। और वह घर बन्द है। गली में लोग आते-जाते हैं—पहचानहीन। अब कोई झाँककर नहीं देखता कि बाहरी

कमरे में तखत पर पंडित जी (निराला) बैठे हैं या नहीं। और वे, अँधेरे को घूरती बड़ी-बड़ी आँखें—या नैन—वहाँ नहीं हैं। आज निराला जी की पुण्य-तिथि है और वह घर बन्द है। नरेश मेहता इन्दौर में रहते हैं और उनका भी घर अक्सर बन्द रहता है। शमशेर के उस ऊपर-नीचे, तह-दर-तह बने तीन कमरों वाले घर में कोई और आ गया है। वहाँ बीच वाले कमरे के बार्जे पर एक 'कूलर' लगा हुआ है। नीचे 'जस्ट फ़िट टेलर' की दूकान जस-की-तस है। सिर्फ़ उस बुढ़ऊ दर्जी की जगह, दुपलिया टोपी और खिचड़ी दाढ़ी में दो अधेड़ 'सिंगर' पर बैठे दिखाई देते हैं। अभी पिछले वर्ष बाबा नागार्जुन जब रिक्शे पर मेरे साथ लोकनाथ की मलाई खाने जा रहे थे तो अचानक ही वहाँ उतर गये। यह सड़क माल लदे ठेलों और रिक्शों की अनवरत खड़खड़ में सिर धुनती रहती है। नागार्जुन ने अपनी कमर थोड़ी सीधी की, छड़ी पर अपने को साधा और फिर अपना सिर ऊपर उठाया। उनकी आँखें गीली थीं। क्या लिखते हैं शमशेर उनके बारे में ? इतनी उत्फुल्ल, इतनी धड़कती हुई, साकार कविता :

बाबा हमारे, अली बाबा
नागार्जुन बाबा !!
मौज से भूख और अभाव को
बहलाते हुए
मेरे अली बाबा !
गीतों का दस्तरख़्वान बिछाये
कविताओं का जाम चढ़ाए
अभावों की गहरी छाने....
आये मेरे बाबा, अली बाबा...

लेकिन बस, घर को देखना भर था। शमशेर वहाँ नहीं हैं। हमारे गुरु धीरेन्द्र वर्मा का घर किसी कबाड़िये ने खरीद लिया है। श्रीपत राय अपनी स्मृति से अदृश्य होकर पुन: अपने पुराने घर ड्रमण्ड रोड पर आ गये हैं। और अमृत राय 'धूप-छाँह' में ज़्यादातर बन्द रहते हैं। महादेवी के घर पर रामजी का कब्ज़ा है। वैसे बहाना 'ट्रस्ट' का है। और 'ट्रस्ट' कुछ करता नहीं। और 'साहित्यकार संसद' पर किन्हीं करुणेश जी ने अपने को महादेवी का असली वारिस घोषित कर दिया है। वैसे महादेवी की बहन की लड़कियाँ भी कुछ इधर-उधर कर रही हैं। मैं नहीं जानता कि पन्त जी 'हिन्दू हॉस्टल' के किस कमरे में रहते थे। 'एडेल्फ़ी' अब गिरा दी गयी है जिसमें वे बच्चन के साथ रहते थे। मेरे पास तो उसी के० जी० रोड वाले घर की स्मृति है। और वह अपने एकान्त में सुरिक्षत है अभी भी। फाटक से घुसो तो बगल वाले बँगले में जो आदमी चुपचाप बाग़बानी करता हुआ मिलेगा,

वे प्रोफ़ेसर जोशी हैं। वे बहुत कम बोलते हैं और अभी भी वही रहते हैं। लेकिन उस बँगले तक जाने का साहस नहीं होता, जो पन्त जी का 'घर' हुआ करता था।

१५

हम अपने पूर्वजों के स्मृति-चिह्नों को सुरक्षित रखने में विश्वास नहीं रखते। हम दहन और विनाश और उपेक्षा और तिरस्कार में यकीन रखते हैं। हमारी 'उदासी' और हमारी 'विस्मृति' दार्शनिक है। यह पदार्थवाद है जनाब, कि हम उनकी स्मृतियों को यथार्थ में जानें। यह निरा भौतिक होना है। यह दुनियाबीपन है। यह पच्छिम है, जो चढ़कर बोलता है। इससे हमारा रहस्य थोड़ा छीजता है। हमारा अद्वैत धूमिल होता है। हम इतिहास और जीवन को निचाट तथ्यों के रूप में नहीं देखना चाहते। हम पुराण-कथाएँ रचते हैं। प्रक्षेप करते हैं। हम इतिहास को धुन्ध में लपेटकर रखना चाहते हैं। यह धुन्ध ही हमें किंबदंतियों तक ले जाती है। फिर हम मिथक रचते हैं। तब हमारे लिए व्यक्तित्वों में घुसपैठ सरल हो जाती है। हम उन्हें मनमाना रूप दे सकते हैं—अपने अनुकूल गढ़ सकते हैं। इसीलिए—इसीलिए अपने पूर्वजों से जो हमें मिलने वाला है, उसे ले लेते हैं। फिर उन्हें भूल जाते हैं। 'रामचरितमानस' हमारे लिए काफ़ी है। उसके बाद गोसाईं जी हमारे लिए मिथक हैं। अत: यह महत्वपूर्ण नहीं है कि वे कहाँ रहे, किन जीवन-स्थितियों ने उनका निर्माण किया। वे कैसे खाते-सोते, उठते-बैठते थे ; उनके मानसिक संघात क्या थे---यानी जब उन्होंने कहा कि—

'कबहूँ मन बिस्राम न मान्यो'

तो उनकी मनस्थिति में क्या चल रहा था। अर्थात् आदमी के रूप में वे कैसे थे ? उनके दुख-दर्द, उनकी हँसी-उदासी, उनका विक्षोभ, उनकी पराजयें, उनके जीवन के उतार-चढ़ाव...यानी कि एक सहज-सरल आदमी—इसको जानना और उसकी सुरक्षा का सवाल, ये सब पूरब की शैली में नहीं हैं। इससे हमारा रोमांचक रहस्य नष्ट होता है। हमारी इन्द्रजालिकता के इन्द्रधनुषी रंग और उसका आधा चाँद एकाएक हमारी संस्कृति के आकाश से धुल जाता है।

पिछले साल एक दिन मैं बनारस गया तो चुपके से 'लमही' चला गया। प्रेमचन्द का घर अरक्षित खड़ा है। कहीं-कहीं पानी की धार से हरी-हरी

काई और पीपल के पौधे घर की गाँठ फोड़कर निकल आये हैं। वही उनकी सजावट है। लोग अमृत राय से पूछते हैं तो वे कहते हैं, 'प्रेमचन्द कोई मेरे बाप ही थोड़े थे, वे तो पूरे देश के हैं।' अपनी जगह पर एकदम सच है लेकिन अमृत राय एक लेखक भी तो हैं। हिन्दी में अगर कोई 'जोड़ा-साँको' है तो वह तो लमही वाला घर ही है। हिन्दी जाति एक कृतघ्न जाति है—क्या यह कहा जा सकता है ? पन्त जी का घर तो किराये का था। वह तो सरकारी मकान था। उस पर बहुत सारे अफ़सरों की आँख थी। लेकिन वह आँख, आँख ही रह गयी। अभी पता चला कि उसे एक न्यायमूर्ति जी के प्रिय पुत्र के नाम 'एलॉट' कर दिया गया है। अब उसमें चैम्बर बन रहा है। शब्द-साधना की जगह अब वहाँ कानून की साधना होगी। शब्द-साधना से क्या बना ? कानून की साधना से वहाँ हुन बरसेगा। फिर वे उसे तोड़ेंगे और धीरे-धीरे उसकी जगह पर एक विशाल भवन उग आयेगा। क्यों न हो ! कानून के हाथ संस्कृति और कविता के हाथ से बहुत लम्बे होते हैं ! हमारी दीप्त स्मृति का अर्थ ही क्या है ! शान्ता जोशी भी किसी लफड़े में नहीं पड़ना चाहती थीं। उन्हें शान्ति और सुकून की तलाश थी। पन्त जी से जो मिलना था, उन्हें मिल गया। अब उनके निवास को उनकी यादगार में सुरक्षित रखने में क्या रुचि हो सकती है ! जब कि यह सम्भव था। आसान भी था। लेकिन अभिजात लोगों की चमड़ी तितली के पंखों की तरह होती है। उँगलियों से छुओ नहीं कि रंग लग जाता है। इसलिए लोग बच-बच के चलते हैं। अपना प्रसाधन धूमिल नहीं होने देते। पहाड़ों से इलाहाबाद आते हैं, इलाहाबाद से दिल्ली। फिर दिल्ली से लंदन, बॉन और न्यूयार्क। फिर ? उसके आगे ? उसके आगे चाँद पर....?

१६

अपनी सत्तरवीं वर्षगाँठ पर पन्त जी ने उसी मकान में एक बहुत बड़ा प्रीतिभोज दिया। घर के बगीचे में खाने की मेज़ें लगी थीं। अलग-अलग, स्वतंत्र और थोड़ी-थोड़ी दूरी पर। लोग जगह-जगह इकट्ठे थे। और पन्त जी प्रसन्न मुद्रा में कभी यहाँ, कभी वहाँ, बच्चों की तरह घूम-घूम कर सभी को 'आत्म-नमस्कार' कर रहे थे। डा० एस० के० मुखर्जी और हम एक जगह खड़े थे। वे हमारे मित्र थे और हमारी अधिकांश बिरादरी के डाक्टर। उन्होंने पन्त जी को एक बार यू० टी० आई० के लिए इलाज किया था। तबसे पन्त जी भी उनके मुरीद थे। उन्होंने ही पहली बार अमित (अमृत राय

के छोटे लड़के) का रक्त-कैंसर पहचाना था। वे हमारे बच्चों के भी डाक्टर थे। इस शहर के लोग तब आँख मूँदकर उन पर विश्वास करते थे, जैसे आज बी० एल० अग्रवाल पर करते हैं। वे एक लम्बे, भरे-भरे बदन के सुवेष आदमी थे। बढ़ती उम्र में उन्होंने प्रेम किया और शादी की थी। उनकी भौंहें अत्यंत घनी थीं, जिन्हें वे बाक़ायदा रँगते थे। और बाल भी। वे बहुत बढ़िया सूट में, पाइप दबाये हुए अपने चैम्बर में बैठे रहते। उनका दवाख़ाना 'पैलेस' के बगल में एक लम्बा गलियारानुमा कमरा था। आगे से प्रवेश था और पीछे की ओर भी एक दरवाज़ा था। उनका सनातन कम्पाउण्डर हमेशा सुबह-सुबह देसी चढ़ाकर आता और दवाख़ाना खोलता। 'मिक्सचर' के वक़्त लोग उसे देखते रहते कि वह कोई दूसरी टिकिया न पीस दे। डा० मुखर्जी अपने चैम्बर में बैठे हुए मेडिकल पत्रिकाएँ उलटते-पुलटते रहते। उनके चैम्बर से 'प्रिंस हेनरी' की मादक ख़ुशबू उठती रहती और दवाख़ाने से देसी दारू की। फिर अचानक कम्पाउण्डर आता और कुछ इशारा करता। वे थोड़ा 'टेन्स' हो जाते। पाइप मुँह में दबाये हुए वे पिछले दरवाज़े की ओर चले जाते। वहाँ कोई सूदख़ोर खड़ा होता, जिससे वे कर्ज़ लिए होते। या चुपके-चुपके न जाने किस खाते में उसे पैसा देना होता। उनकी गुरु-गम्भीर डाँट सुनाई पड़ती और फिर वे वैसे ही, भव्य लम्बे-तड़ंगे, धुआँ छोड़ते, कुछ-कुछ तने हुए आकर चैम्बर में बैठ जाते। फिर पिछले दरवाज़े पर कम्पाउण्डर की बादशाही आवाज़ सुन पड़ती, 'जाओ, भागो हिआँ से,...चले आते हैं !' और वह आदमी दुम दबाये पीछे से निकल जाता। हम लोग अक्सर सोचते कि इतना बड़ा डॉक्टर कितना पैसा ख़र्च करता है ! लेकिन बहुत सारे घरों से वे फ़ीस नहीं लेते थे। यह उनका जीने का ढंग था। और वे शाहख़र्च भी थे।

एक बार मेरी बेटी को मियादी बुख़ार हुआ तो महीनों वह इलाज के लिए आते रहे। वे सुबह-सुबह आते। हमें पता तब चलता, जब बरामदा तम्बाकू की सुगन्धि से भर जाता। मैं दरवाज़ा खोलता तो वे कहते, 'मैंने सोचा, तुम लोग सो रहे होगे।' वे जाते हुए मुहल्ले के खौरहे कुत्तों से मुझे सावधान करते। उसी इलाज के दौरान उन्होंने मेरी बेटी को माँगा था। उन्होंने उसे गोद लेने की इच्छा प्रकट की थी। मेरी पत्नी डर गयी थी। लेकिन उन्होंने बाद में इस प्रसंग को नहीं उठाया। वे समझदार और शालीन आदमी थे। यही बात पन्त जी ने भी की। एक दिन जब हम उनके घर गये तो उन्होंने बेटी को प्यार करते हुए कहा, 'मैं तुम्हें माँग लूँ ?' शायद यह मज़ाक था, लेकिन बाद में दोनों जनों ने एक-एक बेटियाँ पालीं और अपने को थकाने का आनन्द लेते हुए तेजी से छीजने लगे।

उनके बड़प्पन की स्मृतियाँ मन में घुमड़ती रहती हैं। एक बार, जब

मैं यूनिवर्सिटी जा रहा था, एक बूढ़ा आदमी मेरी साइकिल की टक्कर से सड़क पर मुँह के बल गिर पड़ा और उसका सिर फट गया। खून में लथपथ वह बेहोश पड़ा था। ढेर सारे लोग इकट्ठे हो गये। अगल-बगल ढाबे पर बैठने वाले मिस्त्रियों और कुछ राह चलते लोगों ने मुझे सलाह दी कि मैं चला जाऊँ। मुहल्ले के पास का ही मामला था। लेकिन मैंने साइकिल एक लड़के को थमायी, एक रिक्शा बुलवाया और लोगों की मदद से बूढ़े को उस पर लादा और बैठ गया। डा० मुखर्जी की वजह से मैं निश्चिन्त था। रिक्शा थोड़ी दूर चला नहीं कि बूढ़ा होश में आ गया। और होश में आते ही चीख़ने-चिल्लाने लगा, 'अरे, मार डाला रे ! अरे, मोको कोऊ बचाओ।' मैं बार-बार उसे समझाता और वह बार-बार रिक्शे से कूदने और भीड़ इकट्ठी करने के लिए चिल्लाता रहता। इस तरह रिक्शे के अगल-बगल कुछ तमाशगीर इकट्ठे होकर साथ-साथ चलने लगे :

'ए भाई साहेब, क्या माजरा है ?' किसी ने पूछा।

'रोको, रिक्शा रोको।' कहते हुए एक दूसरा नौजवान कूद कर रिक्शे पर चढ़ गया।

मैंने सारी बात बतायी।

'पहले मार दिया और अब दवा कराने चले हो।' उस नौजवान ने कहा, 'लाओ, पैसे लाओ।' वह मेरी जेबें टटोलने लगा।

'हाँ, पैसे लाओ।' बूढ़े ने कहा। और उस ख़ून-ख़च्चर में भी पैसे की बात सोचते ही उसकी आँखों में चमक आ गयी।

'पैसे डाक्टर साहब से दिलवा देंगे।' मैंने कहा।

'डाक्टर तुम्हारा बाप है, मिस्टर ?' उसने कहा।

किसी तरह इस बात पर रज़ामन्दी हुई कि डाक्टर से पैसे लेकर हम चोट की भरपाई कर देंगे। तब रिक्शा चला और साथ में वह चिरकुट नौजवान भी। दवाख़ाने पर उतरकर मैंने धुत् कम्पाउण्डर को बुलाया और बुढ़ऊ को ले जाकर लिटा दिया। बूढ़ा फिर भी बड़बड़ाता रहा और पैसे की रट लगाये हुए था। मदद के लिए वह बार-बार उसी नौजवान की ओर आँखें उठाता और बीच-बीच में मुझसे बोलता, 'लाओ, हमार पइसा लाओ, देओ।'

डा० मुखर्जी ने मरहम-पट्टी की। मैं खड़ा-खड़ा उनको दुर्घटना के बारे में बताता रहा। वे चुपचाप सुनते रहे। बूढ़े ने अपने पैसे की माँग उनसे भी दुहरायी। वे सुनते रहे, मुस्कुराते रहे। फिर उन्होंने मुझे चैम्बर में बुलाया।

'तुम्हारा इसको लेकर जाना ठीक नहीं होगा।' उन्होंने कश खींचते हुए कहा।

मैं उनका मुँह देखता रहा।

'मैं कार में छोड़ आता हूँ।' वे बोले।

'आप....ले जायेंगे ?' मैंने कहा।

'वहाँ लफड़ा हो सकता है।' उन्होंने निर्लिप्त भाव से कहा।

'तब तो आपको और नहीं जाना चाहिए। आप दिल के मरीज़ हैं।' मैंने कहा।

उन्होंने फुः करके धुआँ छोड़ा।

फिर वे उठे। उन्होंने कड़कदार आवाज़ में बूढ़े को उठने के लिए कहा। उन्होंने उस चिरकुट नौजवान को कुछ इस तरह घूरा कि वह तुरन्त नौ-दो-ग्यारह हो गया। उन्होंने बूढ़े की गाड़ी में बैठाया और लेकर चले गये।

कम्पाउण्डर और मैं—दोनों दवाख़ाने में उनकी प्रतीक्षा में बैठे रहे। वक़्त कैसे नहीं बीतता, इसका वैसा घना अनुभव पहली बार हुआ। फिर उनकी गाड़ी मुड़ी तो लगा, वे सदियों बाद लौटे हैं।

वे उतरे और चुपचाप अन्दर चले गये।

उनकी कमीज़ एक-दो जगह से चिर गयी थी। टाई ढीली-ढाली एक ओर लम्बी हो गयी थी। उन्होंने हाथ-मुँह धोया और कम्पाउण्डर को घर भेजा—एक जोड़ी कपड़े लाने के लिए। फिर उन्होंने पाइप सुलगाया और कुर्सी में धँस गये। मैं विक्षिप्त-सा उनके सामने खड़ा था।

'सँभलकर साइकिल चलाया करो।' कहते हुए वे सायास मुस्कुराये।

मैं पूछना चाहता था। जानना चाहता था लेकिन डर भी लग रहा था।

'कोई बात नहीं है। जाओ तुम।' उन्होंने कहा।

इसी तरह एक बार वे दारागंज गये—किसी मरीज़ को देखने। उन्होंने उसे मुँह खोलने को कहा। उसने मुँह तो खोला लेकिन लपक कर उन्हें काट लिया।

'इसे कुत्ते ने काटा है ?' वे उठकर खड़े हो गये।

'हाँ, डाक्टर साहब।' ले जाने वाले ने कहा।

वे कुछ नहीं बोले। चुपचाप नीचे उतर आये। उन्होंने चौदह सुइयाँ लगवायीं। लेकिन उसके बाद उनका आत्मविश्वास फिर कभी नहीं लौटा। उन्होंने कार के लिए ड्राइवर रख लिया। वे उच्च रक्तचाप के मरीज़ थे। चुप रहते थे और कभी-कभी हँसकर कहते थे कि वे अपनी मौत के बारे में जानते हैं। अकेले, अपनी कुर्सी में बैठे हुए, पाइप पीते हुए वे सम्पूर्ण भव्यता के संग जैसे मृत्यु की प्रतीक्षा करते होते। ज़िन्दगी में पाने-खोने को

लेकर वे निर्लिप्त-निर्विकार और निपट उदास हो गये थे। सड़क पर कभी-कभी पैदल चलते हुए वे ऐसे लगते थे, जैसे मौत के संग लुका-छिपी खेल रहे हों।

पन्त जी के उस जन्म-दिन पर दिल्ली से बच्चन जी भी आये थे। वे अपनी झाँझ भी साथ लाये थे। मकान के ऐन दरवाज़े पर वे झाँझ बजाकर कुछ गाना चाहते थे। सम्भवत: कोई गीत या 'मधुशाला' के कुछ छन्द।....भरी-पूरी, लेकिन भीतर से लुटी-पिटी औरतों का इसरार वहाँ छलक रहा था। बच्चन जी ने झाँझ एकाध बार ठोंका भी—कि शायद लोग इधर खिंचें और फिर वे शुरू हों। लेकिन इलाहाबादी उन्हें सुनने के 'मूड' में नहीं थे। फिर लोग वहाँ इकट्ठे नहीं हुए या न जाने क्या हुआ कि बच्चन जी ने झाँझ ठोंकना बन्द कर दिया। लोग अपनी-अपनी प्लेटें उठाये, खाते हुए बतिया रहे थे या अपने कवि के इर्द-गिर्द इकट्ठे होते और फिर बिखर जाते।

'पापा, थोड़ा रोशबा (शोरबा) और दो।' मेरा बेटा कह रहा था।

'रोशबा नहीं बेटे, शोरबा बोलो—शोरबा।' मैं उसकी प्लेट में शोरबा देते हुए उसे समझा रहा था।

'कहने दो न, अच्छा लगता है।' डा० मुखर्जी ने कहा। वे कहीं सुदूर लोक से उसे एकटक, यों निहार रहे थे कि खाना भूल गये थे।

१७

क्या पन्त जी को एक ख़ास उम्र के बाद लिखना बन्द कर देना चाहिए था ? जैसे ज्ञानरंजन ने कर दिया। उम्र का वह क्षण कब आया था ? मेरे ख़याल से उनके लिए कभी नहीं। क्योंकि उनकी कविता में बंजर बीज शुरू से ही थे। कुछ उगते थे, कुछ लटिया जाते थे। इसीलिए उनका लिखते रहना ज़रूरी था। अक्सर अन्तरालों के बाद एकाध कविताएँ चमकती हुई दिख जाती हैं, जो अचानक साबित करती हैं कि यह आदमी एक बड़ा कवि है, असाधारण कवि है। ऐसी स्थिति में वे लिखना कैसे बन्द कर सकते थे ? लिखते रहना उनकी मजबूरी थी। क्योंकि वे नहीं जानते थे कि कब, कहाँ और कैसे कोई कविता 'क्लिक' कर जायेगी। यह अचानक ही हो जाता था। इसीलिए, अचानक होने वाली इन सुखद घटनाओं के लिए उन्हें बंजरपन की यातना से लगातार गुज़रते रहना पड़ता था। वे बन्द नहीं

कर सकते थे और इन्तज़ार करते रहते थे। बिम्ब उनके हाथों अनायास घटित होकर कविता और कथन को नहीं चमकाते थे। वे उन्हें सायास रचते थे—कविता और कथन को चमत्कृत करने के लिए। उनका यह कौशल अद्भुत है, लेकिन वह बार-बार एक खिलवाड़ में परिवर्तित हो जाता है। जैसे 'परिवर्तन' या 'चाँदनी' या 'द्रुत झरो' कविताओं की बिम्बमालाएँ। फिर वे बहुत सारी भोली-भाली ग़लतियाँ कर बैठते हैं। आश्चर्य होता है कि इतना चतुर कवि, अचानक इतनी तुच्छ किस्म की ग़लती कैसे कर बैठा। जैसे 'नौका-विहार' के अन्त में कविता का दार्शनिकीकरण :

'इस धारा-सा ही जग का क्रम।'

लगता है, जैसे 'नौका-विहार' की सारी बिम्बमालाओं से कविता पूरी नहीं हुई। कविता का बैचारिक पक्ष अधूरा ही रह गया। इसी सोच का परिणाम है—वह अन्त का परिपाटीबद्ध विचार। इससे कविता नष्ट हो जाती है। लगता है, जैसे इस अन्तिम बन्द को रचने के लिए ही कविता अवतरित की गयी है। यानी कविता में एक पूर्व-निर्धारित कार्यक्रम है। यानी सब कुछ पहले से देखा हुआ, साफ़ है। कुछ भी धुन्ध में नहीं है, जिसके लिए एक सच्ची रचना में हाथ-पैर मारना पड़ता है।—जबकि सचमुच ऐसा है नहीं। बिम्बों से बिम्ब प्रकट हुए। क्रमवार उत्तेजनाएँ घटित हुईं। पहले कविता ने, इस तरह, रूप ग्रहण किया। पहले कविता 'हुई'। फिर कवि को यह खटका लगा कि कहीं वह अधूरी तो नहीं है। उसकी चेतना में पाठकों और विचारकों और आलोचकों और संगी-साथियों का ध्यान आया और इस परोक्ष निर्देश ने कविता में दख़लअन्दाज़ी की। अगर ऐसा नहीं है तो क्या हम यह मान लें कि यह असाध्य ग़लती कवि के भोलेपन से उपजी है ? मुझे ऐसा नहीं लगता।

इसी तरह 'भारत माता' को दुबारा लिखने का जो उपक्रम है, वह भी आश्चर्य में डालता है। आज़ादी के बाद कवि को यह लगा कि 'भारत माता' की वह **'दैन्य जड़ित-चितवन'**, वह **'युग-युग के तम से विषण्ण मन'** मुक्त हो चुका है। अब यह उदास छवि झूठी पड़ चुकी है। युग बदल गया है। जबकि ऐसा था नहीं। और अगर होता भी तो कविता को उसकी ऐतिहासिक सांस्कृतिक मुखरता की छवि के रूप में, उसे वैसा ही छोड़ देना चाहिए था। उसके समानान्तर, उसी अन्तर्वस्तु के भीतरी सारतत्व को बदल कर एक दूसरी कविता नहीं लिखनी चाहिए थी। लेकिन कवि ने उस तथाकथित बदले हुए युग का प्रतिबिम्ब देने के लिए कविता को नये सिरे से लिखा। एक सकारात्मक तेवर है—इस दूसरी कविता में, लेकिन कितना झूठा, कितना उच्छिष्ट। क्यों ? क्योंकि युग-परिवर्तन की कवि की अवधारणा ही ग़लत थी। उसे उसने पन्द्रह अगस्त के भावुक उल्लास से

जोड़ दिया (जिसके लिए 'फ़ैज़ अहमद फ़ैज़' **'ये दाग़-दाग़ उजाला'** कहते हैं)। अत: उसमें दूरदर्शिता ग़ायब हो गयी, जैसे उस समय के बहुत सारे कवियों में ग़ायब हो गयी।

जब धारा जिधर बह रही थी, एक बड़े कवि के नाते पन्त जी को उसके उलट चलना चाहिए था। क्योंकि 'फ़ैशन' और 'फ़न' के कोलाहल में आ जाना तो अर्जित और अभ्यासीकृत प्रतिभा के लोगों का चलन है। कैसे उन्होंने मान लिया कि 'खेतों में फैला हुआ, धूल-भरा मैला-सा आँचल' इतनी जल्दी एक कलफ़ की हुई साड़ी में बदल जायेगा ? कविता के अन्तर्तत्व को बदलने की यह जल्दीबाज़ी अचम्भे में डालती है।

१८

किसी भी लेखक की सबसे बड़ी सफलता क्या हो सकती है ? यही कि वह जनता की स्मृति का हिस्सा बन जाय। उसमें रस-बस जाय। उसके स्मरण का अंग बन जाय। उसके आचार-विचार, बोलचाल, रहन-सहन, सोने-जागने, खाने-पीने, नहाने-धोने के भीतर रक्त की तरह बहने लगे। यानी अपनी जनता और फिर विश्व-जन-समाज (अगर सम्भव हो तो) का अस्तित्व हो जाय। उससे छुटाये न छुटे। मृत्यु में भी उसका संग-साथ हो। और अमरत्व की कामना में भी। लेकिन यह किसी लेखक का 'सौभाग्य' नहीं होता, यानी यह अचानक ही नहीं घटित हो जाता। एक लेखक इसे अर्जित करता है। यह उसकी 'सफलता' है। यानी अपने यातनादायी लेखन-कर्म के दौरान उसे हमेशा सजग और सचेत रहना पड़ता है—हमेशा 'टेन्स', अमुक्त, आकुल-व्याकुल, शान्त लेकिन बेचैन। इसलिए कि सम्पूर्ण पिछला अतीत, सामने का वर्तमान और आने वाले समय की धड़कन उससे छूट न जाय। यानी ऐसा लेखक समय के समग्र शिल्प में जीवित रहता है, उसके किसी एक भाग में नहीं। जो लेखक समय के समग्र शिल्प में जीवित नहीं रहता उसकी विकलांगता निश्चित है।

इसके बाद भी वह जनता के स्मरण में रहेगा—रह पायेगा या नहीं, यह अनिश्चित है। हो सकता है, उससे ग़लतियाँ हो जायँ। जिसे वह अतीत का समृद्ध वर्चस्व समझता है, वह वास्तव में रूढ़ियाँ हों, जिसे वर्तमान की नब्ज़, वह केवल सूचनाएँ और जिसे भविष्यत् के निर्णय, वे केवल अनुगूँजें जो इतिहास से असिद्ध हो जायेंगी।

लेकिन अगर वह सफल हुआ तो उसके होने की अन्तिम सार्थकता यही है।

जैसे कि टॉल्सटाय और शेक्सपीयर हैं। प्लेटो और अरस्तू। होमर और दान्ते। माइकेलएंजिलो या विथोवेन। जैसे कि वेदव्यास और वाल्मीकि, तुलसीदास और रवीन्द्रनाथ। भारतीय उपमहाद्वीप में इन चारों के अलावा कोई पाँचवाँ सवार भी है ? सत्यजित राय हैं लेकिन वह भी रवीन्द्रनाथ की महिमा का ही प्रत्यक्ष-परोक्ष रूप से विस्तार करते हैं, क्योंकि थाली का भात और बंगाली साड़ी और स्त्री का निर्भ्रान्त आत्मदान—इसे वे कभी नहीं छोड़ते। इतने बड़े कवि होते हुए भी कालिदास क्या हमारी स्मृति में वैसे ही रसे-बसे हैं—जैसे वेदव्यास, तुलसीदास या रवीन्द्रनाथ ? क्या प्रेमचन्द हमारी स्मृति के अंग वैसे ही हैं.....या निराला ? महादेवी कहाँ ठहरती हैं ? और सारे 'समन्वय' और 'आनन्द' की रचना के बाद हमारे 'ट्रेजिक' समाज में प्रसाद ? और वात्स्यायन, मुक्तिबोध या शमशेर ? वे हमारी जनता की स्मृति के किस या कितने बड़े भाग को स्पर्श करते हैं ?

पन्त तो उस धड़कन के आसपास मँडराते हुए दूरवर्ती सितारे की तरह हैं।

क्या उनका आलोक हमारी स्मृति के ध्वन्यालोक तक कभी-कभार पहुँचता है ?

क्या प्रतीक्षा की जा सकती है ?

क्या वे सिर्फ़ झिलमिलाते भर हैं ?

इस सत्य को—जनता की स्मृति में रस-बस जाने को—एक साम्राज्यवादी इच्छा भी कहा जा सकता है। जनता की स्मृति में किसी एक ही 'महान' के बने या बसे रहने की इच्छा। यानी हमारी समग्र सांस्कृतिक चेतना का अस्तित्व कोई एक ही व्यक्ति घेर ले—ऐसी इच्छा....एक तरह का फ़तवा है यह। बहुत सारे लेखकों का कृतित्व और उनका चिन्तन मिलकर भी तो हमारी स्मृति का हिस्सा बना रह सकता है। लेकिन क्या लेखक के बिना—या लेखकों के 'फ़ेड-आउट' हो जाने की प्रक्रिया में उनके कृतित्व हमारी स्मृति का अंश बन सकते हैं ? शायद नहीं, क्योंकि तब संस्कृतियाँ और समाज एक अमूर्तन का शिकार होते हैं—अपनी पहचान खो देते हैं और नष्ट हो जाते हैं। क्रूरताएँ और उजड्डुताएँ किसी भी जन-समाज को बचा नहीं सकते।

ऐसी स्थिति में व्यक्तित्व का एकाधिकार संस्कृति के क्षेत्र में, लगभग, एक सच्चाई है।

और यह सच्चाई इतनी सरल नहीं है।

यह एक अनवरत युद्ध है।

१९

एक अजीब दुचित्तापन है—पन्त में। एक ग़ज़ब की हरहर-पटपट है। एक निरर्थक-सी चलाचली है—कभी इधर, कभी उधर। लिख-लिख के बंजर होते रहना जैसे उनकी नियति है। मन थिर नहीं है। सन्देह खोखले हैं और एक धुँआस भरी है। एक शान्त-सी उमस है। अनिर्णय की घुटन और कुछ अद्‌भुत कर गुज़रने की बेक़रारी। भाषा के कलावन्त खँडहरों में एक विनम्र चहलक़दमी है। एक आहट—अनुगूँजहीन।

जैसे एक बार उन्होंने राष्ट्रभाषा के सवाल को लेकर (शायद) अपना 'पद्मभूषण' लौटाया भी था। वे बच्चों की तरह खुश लग रहे थे। वे बार-बार इस अनुभव को चुभला रहे थे।—कि उन्होंने एक विद्रोही तेवर अपनाया है। लेकिन यह बहुत दिनों तक नहीं चला। क्योंकि वे ज़्यादातर अनिश्चय (अनिर्णय नहीं) के शिकार रहते थे और बहुत जल्दी अपना निर्णय बदल देते थे। चाहे कविता में हो या जीवन में, उन्हें अक्सर ऐसा लगता रहता था कि उनसे ग़लती हो गयी है। वे तुरन्त सजग हो जाते थे और फट-से दूसरी ग़लती कर बैठते थे। उनमें झेलने का साहस नहीं था। वे ग़लतियों को भुगतने के लिए तैयार नहीं रहते थे, इसीलिए उन्हें ज़्यादा बड़ी और मारक तकलीफ़ों का सामना करना पड़ता था। इस प्रक्रिया में बाहर से साबुत दिखते हुए भी अन्दर से वे लगातार खण्ड-खण्ड होते रहते थे। इस तरह जीवन-पर्यन्त, बराबर उनकी शान्ति भंग होती रही।

इसी अनिश्चय का नतीजा था कि जब सन् १९७५ में 'इमर्जेन्सी' लगी तो वे दिल्ली गये और इन्दिरा जी से कह आये कि 'इन्दु जी, तुमने बहुत अच्छा किया।' ट्रेन में जब वे वापस इलाहाबाद आ रहे थे, तभी उन्हें अपनी ग़लती का अहसास हुआ। वे दुखी और दुचिन्त हो गये। घर लौटते ही उन्होंने महादेवी जी को फ़ोन किया।

'देवी जी, मैं तो इन्दिरा जी से कह आया कि आपने 'इमर्जेन्सी' लगातार बड़ा अच्छा किया।'

महादेवी जी की, जैसी कि आदत थी, वे लगातार फ़ोन पर हँसती रहीं। हँसती रहीं तो रुकने का नाम ही नहीं ले रही थीं।

'देवी जी, सुनिये तो। अब मैं कह तो आया....अब क्या करूँ ?' पन्त जी उधर से फ़ोन पर बोले।

उसके कुछ दिन बाद जब एक शाम हम लोग महादेवी जी के यहाँ पहुँचे और जब बैठक में नाश्ता सज गया और माथे पर आँचल किये, सनातन वधू की तरह महादेवी जी अवतरित हुईं और बैठकर नाश्ता कराने लगीं तो उनकी हँसी रुके ही नहीं।

'पन्त जी इन्दिरा जी से कह आये हैं।' और फिर लगातार हँसती रहीं।

'कि 'इमर्जेन्सी' लगाकर आपने ठीक किया।' और फिर हँसी।

'अब मुझसे पूछते हैं।' फिर हँसी का सदाबहार फ़ौव्वारा।

'कि ग़लती तो हो गयी देवी जी, अब क्या करूँ ?' और फिर हँसी।

'मैंने कहा, कुछ मत करिये आप, जो करना था सो तो कर आये—अब चुपचाप घर बैठिये।' वे बोलीं।

'तो मन मसोसकर बोले—'ठीक है, जब आप कहती हैं तो।'—देवी जी ने पन्त जी के बोलने का थोड़ा-सा अभिनय किया।

२०

यह दुचित्तापन, यह निरन्तर हिलाता हुआ अनिश्चय ही कविता में उन्हें विचारों के निरर्थक बदलाव तक ले गया। कविता के छायावादी ऐश्वर्य और आत्म-सम्बोधन को छोड़कर उन्होंने मार्क्सवादी चिन्तन में शरण ली। वहाँ उनके लिए जगह थी और कविता के इतिहास में जहाँ वे खड़े थे, वहाँ से बहुत कुछ कर सकते थे। लेकिन वैचारिक परिवर्तन कभी भी उनके लिए किसी अन्त:क्रिया का फल नहीं होता था। वह हमेशा 'सुपरइम्पोज़्ड' होता था। फिर शब्दों की लड़ियाँ अवश्य बदल गयीं लेकिन सांस्कारिक परिवर्तन नहीं हुआ। ऐसी स्थिति में उनकी काव्येच्छा पूरी तरह प्रतिफलित नहीं हुई। '**द्रुत झरो जगत के जीर्ण पत्र।**'—कवि एक नवीन विचार के सम्पर्क में आते ही अपनी प्रतिभा की डोर से एक बड़ी सजल पंक्ति, भरी-पुरी, नयी-नवेली पंक्ति खींचकर बाहर लाता है। वह अपनी काव्येच्छा को अत्यन्त सुन्दर ढंग से विकसित करता है—एक द्वन्द्व, एक अन्तर्विरोध की रचना करके :

कंकाल-जाल जग में फैले
फिर नवल रुधिर, पल्लव लाली....

फिर वह 'चींटियों' तक जाता है। 'कहारों के रुद्र नृत्य' तक जाता है। 'भारत माता' के **'युग-युग के तम से विषण्ड मन'** की यात्रा करता हुआ दीखता है। लगता है कि शब्दों का खिलवाड़ ख़त्म हुआ। लगता है कि युवा कवि 'जवान' हुआ, समृद्ध हुआ, नई अन्तर्दृष्टि से सम्पन्न हुआ। लेकिन नहीं, संस्कार तो वैसे के वैसे हैं। वे इस तरह कवि के भीतर जड़ जमाये बैठे हैं—एक जोंक की तरह, या बहुत सारी जोंकों की तरह। कालाकाँकर के उसके निवास-काल में भी एक अन्तर्विरोध दिखाई देता है। जब तक वह 'नौका-विहार' लिखता है, तब तक ठीक है लेकिन जब वह 'बुड्ढे' का चित्रण करने बैठता है तो सहसा उसका वैचारिक 'सुपरइम्पोज़िशन' झलक मारने लगता है और उसके नीचे उसके अन्त:करण की वास्तविक तस्वीर झाँकने लगती है—

बैठ टेक धरती पर माथा
वह सलाम करता है झुककर
उस धरती से पाँव उठा लेने
को जी करता है क्षण भर।

यानी एक सांस्कारिक छि: छि:, एक सामना न कर पाने की प्रवृत्ति, वास्तविकताओं से पलायन की इच्छा। ऐसी धरती से, जिस पर वह नरकंकाल बूढ़ा मनुष्य मत्था टेकता है, कवि को नमन करता है, उस धरती से पैर उठा लेने को जी करता है। लेकिन क्षण भर के लिए ही क्योंकि हमेशा के लिए इस धरती को छोड़कर कहाँ जाया जा सकता है !—इसीलिए 'क्षण भर'। जनता में घुल-मिल जाने की इच्छा रखने वाला यह कवि वास्तव में थोड़ी दूर से ही जनता के दर्शन करना चाहता है। वह संकल्पनाओं से यथार्थ रचना चाहता है, यथार्थ से संकल्पनाओं तक नहीं जाता। वह कला के मिथ्यात्व से पीड़ित है और इसे जानता भी नहीं। हालाँकि उसकी बिम्ब-रचना की क्षमता बेजोड़ है अभी भी। दृश्य-बिम्ब जैसे मोतियों की लड़ी की तरह जगमग करते हुए कविता में उभरते हैं :

झुका बीच में शीश, झुर्रियों का
झाँझर मुख निकला बाहर।

या

उभरी ढीली नसें जाल-सी
सूखी ठठरी से हैं लिपटी
पतझर के ठूँठे तरु से ज्यों
सूनी अमरबेल हो चिपटी।

लेकिन कविता के अन्त में कवि का संस्कार उसे यह कहने से नहीं रोक पाता :

काली नारकीय छाया निज
छोड़ गया वह मेरे भीतर।

२१

लेकिन वह निरन्तर अनिश्चय फिर आगे आया। बहाना कुछ भी हो सकता है। व्याख्याएँ कई हो सकती हैं—जैसी कि मैंने भी तब कीं, और जो पन्त जी को पसन्द भी थी। बहाना यह भी था कि युग बदल गया। यह भी कि मार्क्सवाद में अपूर्णता और एकांगिता का बोध है। मूल्यों की ऊहापोह भी थी। और अपनी भौतिक सम्पन्नता से ऊबी हुई, आध्यात्मिकता के उबटन से अपने तिरोहित यौवन को चमकाने का सपना देखने वाली, उन ठाँठ और अलौकिक स्त्रियों का सम्पर्क भी—एक कारण बना। पन्त जी 'अरविन्द सोसाइटी' के प्रथम अध्यक्ष बने। उन्होंने 'सावित्री' का पाठ शुरू किया। वे 'अतिमानस' के 'आइडिया' से सहसा चमत्कृत हो उठे। फिर वे हमारे घर के बगल में साउथ रोड पर रहने वाले अंशुमान बनर्जी के यहाँ 'अरविन्द पाठ-चक्र' नामक संस्था में आने-जाने लगे। ध्यान और मनन शुरू हुआ। महादेवी जी की भतीजी प्रीति अदावल भी उसमें थीं। इन लोगों के साथ महादेवी जी भी मनोरंजनार्थ चली जाती थीं। लेकिन वे ध्यान-मनन और 'अतिमानस' के लफड़े में कभी नहीं पड़ीं। वे वहाँ हँसने-हँसाने जाती थीं। पुरुषों के अन्तर्विरोधों में महादेवी ख़ूब जमकर रस लेती थीं। व्यक्तियों के भीतर का जो ऊटपटाँग तत्व होता था, वही महादेवी के हास्य का—स्वच्छ और निर्मल हास्य का विषय होता था। महादेवी निन्दा नहीं करती थीं—ठीक वैसे ही, जैसे कि वे प्रशंसा भी नहीं करती थीं। तो वहाँ व्यक्तियों के भीतर का ऊटपटाँग तत्व यह होता था कि ये बड़े-बड़े लोग एकाएक 'अतिमानस' की दुनिया के भीतर अपने को महसूस करने लगे थे। वहाँ ठण्डी, अँधेरी, विनम्र क़िस्म की बनावटी शान्ति छायी रहती थी। महादेवी उसमें तोड़फोड़ करती रहती थीं। लेकिन जब उन्होंने देखा कि यहाँ धुआँ गहरा रहा है तो उन्होंने जाना छोड़ दिया। लेकिन पन्त जी, जो लगातार अपने आंतरिक बंजरपन से परेशान थे, इसमें तन-मन-धन से शामिल हो गये। कौसानी के कवि को महर्षि आरविन्द के पांडीचेरी आश्रम में मुक्ति दिखाई दी। वे इस 'अतिमानस' का रचनात्मक उपयोग करने के लिए व्याकुल हो उठे। अपनी आत्मा के साथ कविता की सार्थकता भी उन्हें यहीं नज़र आयी। 'ग्राम्या' के बाद के बहुत सारे संग्रह—'स्वर्ण किरण'

'स्वर्णधूलि', मधुज्वाल', 'अतिमा', 'सौवर्ण' और 'वाणी' की अधिकांश कविताएँ अरविन्द-दर्शन का ऊर्जस्वित शाब्दिक आख्यान भर हैं। आत्मा नहीं है, शब्द-वैभव अनन्त है :

मन को विराट की आत्मा से कर सर्वयुक्त
तुम प्यार करो, सुन्दरता से रहना सीखो।

लेकिन पन्त अपने को इस तरह आश्वस्त करते हुए भी आश्वस्त नहीं होते। अकेलेपन से डरते हैं। दु:ख से भागते हैं। 'नर्वस' होते हैं। शरीर और आत्मा के क्षय से उन्हें डर लगता है, जबकि इसके बिना कुछ भी सम्भव नहीं है। भीतर से अपनी वाणी के प्रति ही अविश्वास है। और जैसे-जैसे यह अविश्वास बढ़ता जाता है, वैसे-वैसे कविता में वे 'लाउड' होते जाते हैं। वे कभी आगे, कभी पीछे—दायें-बायें चक्कर काटते हैं। वे मुक्ति चाहते हैं—अपने भीतर के बंजरपन से। इस प्रयत्न में वे दिन-रात लिखते चले जाते हैं। संग्रह पर संग्रह आते हैं और इज़हार करते हैं कि तुम्हारी मुक्ति अब सम्भव नहीं है। पन्त छटपटाते हैं। चुपचाप भागते हैं। सिविल लाइन्स आते हैं। आत्म-नमस्कार करते हैं। शान्ता जी के पीछे-पीछे दूकानों में चहलक़दमी करते हैं। वज़न लेते हैं। मुस्कुराते हैं। शताब्दियों के ध्वंस में टहलते हैं। दिल्ली जाते हैं। विदेश भ्रमण करते हैं। दुर्भाग्य उनका पीछा कहीं नहीं छोड़ता। तभी वे आहत वाणी में कहते हैं :

ओ रँभाती नदियो,
बेसुध,
कहाँ भागी जाती हो ?
वंशी-रव तुम्हारे ही भीतर है।
ओ, दूध-धार टपकाती
शुभ्र-प्रेरणा धेनुओ,
तुम जिस वत्स के लिए
व्याकुल हो
वह मैं ही हूँ।

२२

इस आर्त्तनाद की एक दूसरी ही लय शमशेर में है। एक बड़ी 'पॉज़िटिव' लय। जब शमशेर कहते हैं :

तुमको पाना है अविराम

सब मिथ्याओं में
ओ मेरी सत्य।

यह एक अचल-अनन्त आस्था का क्षण है। यह जानकारी अपने पूर्णतम रूप में यहाँ है कि वास्तव में बाकी सब कुछ मिथ्या है। लेकिन सब कुछ का मिथ्या होना निरर्थक नहीं है। अगर मिथ्याएँ न होतीं तो 'अविराम पाने' का दृढ़ संकल्प भी कहाँ होता ? ये रतनसेन के अनेक गढ़ हैं, समुद्रों की अनेक शृंखलाएँ हैं और यह एक बावले जोगी का संकल्प है। तो मिथ्याएँ तो होंगी ही और उनमें डूबकर ही तो जाना होगा। फिर यह पाया हुआ 'सत्य' भी, यह 'ऐक्य सुख' भी एक 'प्रेम-छल' है शमशेर के लिए। शमशेर इसे जानते हैं लेकिन इस 'प्रेम-छल' के सुख को जानबूझकर खेलने को तत्पर भी हैं। यानी यह 'ऐक्य सुख' भी, यह 'सत्य' भी सभी मिथ्याओं के भीतर निहित एक 'मिथ्या' ही है। इसी को कहते हैं कि 'कवि पहुँचा हुआ है।' वह जानता है कि इस 'प्रेम-छल' से—लगातार रचते रहने की इस आदत से भी एक दिन तो छूटना ही है। लेकिन उस नश्वरता से खेलने का ही तो आनन्द है। उस 'प्रेम-छल' से घिरे रहने में ही तो सुख है। शमशेर इसको जानते हैं। इसीलिए पन्त की तरह उनका आर्त्तनाद रचनात्मक बंजरपन का आर्त्तनाद नहीं है। बल्कि जानते-बूझते हुए भी उस 'प्रेम-छल' से, उस कलावन्तता से बार-बार खेलते रहने के लिए आर्त्तनाद है :

मुझसे दूर अलग न जाओ
मुझको छोड़ न दो
कहीं मुझको छोड़ न दो....
जाओ
किन्तु मुझमें बसकर
सुगन्ध की तरह
मेरे साथ
मैं हवा की तरह अदृश्य ही जब हो जाऊँ
जहाँ कहीं जाओ।

इसी खेल में से वह चरम, विश्रान्त, एकान्त विश्वास प्रकट होता है। तभी शमशेर काल से दो-दो हाथ करने के लिए तत्पर दिखाई देते हैं। अगर काल अपराजित है तो कवि भी उसमें अपराजित रूप में ही वास करेगा। कविता के चरम अमरत्व का क्षण यही और यहीं है। इसी होड़ाहोड़ी में कला का शाश्वत और सार्थक तर्क निहित है। यही समय से कला-रचना का द्वन्द्वात्मक सम्बन्ध है। शमशेर कहते हैं कि इसलिए मैं तुझे चीरता हुआ आरपार नहीं निकल जाऊँगा। मैं धँसा हुआ, लेकिन गतिमान, लेकिन जैसे

रुका हुआ-सा दिखता रहूँगा। मैं तुझे चीरता हुआ, जाता हुआ, स्थिर भी रहूँगा। गति और विराम के इस स्थायी द्वन्द्व-भाव में ही कलाएँ सार्थक होती हैं। ग़ालिब तभी तो कहते हैं :

ये ख़लिश कहाँ से होती, जो जिगर के पार होता।

यह वही दुखता हुआ क्षण है। एक अनन्त गति वाला विराम, जिसे कालिदास पार्वती के उठे हुए पाँव से ध्वनित करते हैं :

शैलधिराज तनया न ययौ न तस्थौ।

और शमशेर—

काल,
तुझसे होड़ है मेरी : अपराजित तू
तुझमें अपराजित मैं वास करूँ
इसीलिए तेरे हृदय में समा रहा हूँ
सीधा तीर-सा, जो रुका हुआ लगता हो—

इसीलिए शमशेर कहते हैं कि सौन्दर्य वह नहीं है जो स्थिर है, जड़ है, बल्कि वह, जो कि स्थिर काल को वेधता हुआ रुका रहता है। क्योंकि भाव वही है जो भावों के भीतर से होता हुआ उससे पार चला जाय। सुख वही जो आनन्द से परे हो। सत्य वही जो सत्य-असत्य से ऊपर उठा हुआ हो और कवि वही जो काल पर सवारी कसने को तत्पर-तैयार। यह द्वन्द्व-भाव ही तो वह सौन्दर्य है जो स्थिर काल में नहीं है और जिसके लिए शमशेर और शमशेर जैसे कवि मारे-मारे फिरते हैं। यही जोगी का उच्छिन्न—जोगेश्वर-भाव है।

पन्त इस सत्य को समझने में क्यों असमर्थ रहे ? क्यों वे नदी-तट पर खड़े हैं और नदियाँ उन्हें छोड़कर भागी चली जाती हैं। एक ही युग में रहते हुए निराला की तरह वे क्यों नहीं कह पाये :

आगे-पीछे, दायें-बायें
जो आये थे, वे हट जायें
करूँ लोक-आलोक सन्तरण।

'लोक और आलोक' का सन्तरण ही शमशेर को यह कहने की शक्ति प्रदान करता है :

भाव—भावोपरि
सुख—आनन्दोपरि
सत्य—सत्यासत्योपरि
मैं—तेरे भी ओ 'काल' ऊपर
सौन्दर्य यही तो है, जो तू नहीं है, ओ काल !

इसीलिए पन्त का आर्त्तनाद केवल चीत्कार है। अवश चीत्कार। मिथ्याओं से घिरे हुए पन्त उस 'प्रेम-छल' के खेल को पकड़ नहीं पाते जो कला का निर्भ्रान्त सच है। यही उनके अन्तिम विनाश की त्रासदी है।

२३

मैं बार्जे पर खड़ा उन्हें (शमशेर को) आते हुए देख रहा हूँ। काग़ज़ से लदा हुआ एक ठेला उनकी बगल से गुज़रता है। वे एक ओर हटकर खड़े हो जाते हैं और मगन होकर एक साथ जुते हुए बैल और आदमी को देखने लगते हैं। उनकी पीठ-पीछे बहादुरगंज पार्क है। अत: वे निश्चिन्त हैं कि उधर से कोई ठेला-रिक्शा नहीं आयेगा। वे कुछ क्षणों के लिए लगभग खो गये हैं। मुझे लगता है सड़क के किनारे एक ठिगने स्तम्भ की तरह वे स्थिर हो गये हैं। अचानक उनकी तन्द्रा भंग होती है और वे अफनाये हुए चल पड़ते हैं। वे चौड़ी मोहरी का मैला-सा पायजामा और छोटा-सा तंग, मटमैला कुर्ता पहने हैं। वे हड़बड़ाये हुए सड़क पार करते हैं और इस ओर आकर अपने मोटे शीशे वाले चश्मे के भीतर से ऊपर देखते हैं। उनके चेहरे पर एक खुली मुस्कुराहट खेल जाती है। उनके साँवले नक्श इतने तीखे हैं और होंठों की बनावट कुछ ऐसी है कि जब वह हँसते हैं तो लगता है, वे खीझे हुए हैं। उनकी हँसी एक चिढ़ी हुई हँसी लगती है, हालाँकि, शायद, ऐसा है नहीं। यह, शायद, उनकी मुख-मुद्रा की बनावट के कारण होगा। या, शायद, जीवन के उतार-चढ़ावों ने उन्हें कुछ ऐसा बना दिया है कि वे हँसना नहीं चाहते। लेकिन हँसना तो पड़ता है—अपनी अस्वाभाविकता को छिपाने के लिए ही सही। इस दुनिया में रहते हैं तो हँसना-मुस्कुराना तो पड़ेगा ही। तो, शायद, इसलिए उन्हें चिढ़ होती है। क्योंकि वे अभिनय नहीं करना चाहते और अभिनय उन्हें करना पड़ता है। तब उन्हें खीझ होती होगी। और वे खीझते हैं कि वे क्यों हँस रहे हैं। फिर उन्हें अपने बर्ताव पर यकीन नहीं होता। इसलिए वे प्यार करते हुए, मिलते-मिलाते, हँसते-हँसाते अतिनाट्य के शिकार हो जाते हैं।

वे सीढ़ियों से ऊपर आते हैं और मेरा कन्धा यों थपथपाते हैं, जैसे मैं कोई छोटा बच्चा हूँ।

'वह आ रही है।' वे कहते हैं और खुलकर, लेकिन थोड़ा लजाते हुए-से हँसते हैं।

मैं गाड़ी से उतरकर सीधे यहाँ आया। दरवाज़ा खुला हुआ था। अटैची लेकर जब मैं ऊपर आया तो छोटा-सा शीशा अपने आगे रखे हुए वे निश्चल बैठे थे। अपने को तन्मय, अकेले निहारते हुए। शीशे के भीतर से ही हमारी आँखें मिलीं। वे तुरन्त सचेत हो गये। उठे और मुझे आलिंगन में भर लिया। फिर अलग किया और वात्सल्य से निहारते रहे। फिर हँसे—एक उन्मुक्त हँसी। वे मुझे प्रेम करते हुए जानकर आह्लादित और चंचल हो जाते हैं। वे जानते हैं, मैं क्यों हर महीने, नौकरी की ऐसी-तैसी करते हुए भाग आता हूँ। मुझे डर लगता है कि मैं नहीं गया तो इस लड़की को खो दूँगा। फिर मेरा अन्धकार-युग शरू हो जायेगा। वे समझते हैं और प्यार से खिजलाई हुई हँसी हँसते हैं।

'अभी आता हूँ'—कहते हुए वे नीचे उतर जाते हैं।

मैं उन्हें मोहतशिमगंज की उस गली में घुसते हुए देख रहा हूँ। मेरे मन की आँखें उनका पीछा कर रही हैं। इस एक फ़र्लांग के रस्ते में वे कितने उदास और खोये हुए हैं। वे घर के दरवाज़े पर थोड़ा ठहरते हैं, संयत होते हैं, अपने खोयेहुएपन से वापस लौटते हैं, एक उल्लसित मुद्रा ओढ़ते हैं। फाटक खुला हुआ है। वे लड़की के पिता के कमरे में जाते हैं। औपचारिकता में ठठाकर हँसते हैं। अम्मा घूँघट थोड़ा खींच लेती हैं। वे एक सुघड़ मूर्त्ति की तरह पलंग पर बैठी हैं। उठने लगती हैं तो शमशेर को अवसर मिलता है :

'बैठिये, बैठिये....अभी आता हूँ।' वे बिना इंतज़ार किये कमरे से बाहर निकल जाते हैं।

'मलयज कहाँ हैं ?' वे सिर्फ़ अपना आना ज़ाहिर करने के लिए आवाज़ लगाते हैं।

मलयज बगल के कमरे में हैं। वे वहाँ जाते हैं। दोनों की आँखें मिलती हैं। शमशेर सदाबहार ढंग से हँसते हैं। मलयज भीतर ही भीतर प्रसन्न, कि आज सुबह ही सुबह कविता-कला पर कुछ गम्भीर और नाराज़ बहसें शुरू होंगी। मलयज ही शुरू करेंगे। शमशेर उसमें कुछ अति गहन आप्त-वाक्य जोड़ेंगे, जिनकी व्याख्या हजारों सालों तक की जाती रहेगी। मलयज उनसे असहमत होंगे और शमशेर कहेंगे—'बहरहाल ...... ख़ैर।'—लेकिन शमशेर वहाँ रुकते नहीं। मलयज उन्हें बैठने को कहें इसके पहले ही वे बोल पड़ते हैं—

'बैठिये, बैठिये.....आता हूँ।' वे कमरे से बाहर निकलते हैं और छत की सीढ़ियाँ चढ़ने लगते हैं। छत पर ही रसोई है। वह वहीं होगी। और उसकी बड़ी बहन भी और दोनों छोटी बहनें भी। ऊपरी सीढ़ियों के पास

ही छोटी, चिलबिल्ली बहन खड़ी है।

'ताऊ जी आ गये। ताऊ जी आ गये।' वह ज़ोर से घोषित करती है।

तब तक वे ऊपर आ जाते हैं।

उनके आते ही घर उल्लास से महँक उठता है। चारों ओर जैसे चहल-पहल छा जाती है। एक फड़फड़ाहट पर मारने लगती है। हवा का कोई पवित्र, निर्मल झोंका जैसे लुकता-छिपता, गली की गन्दगी से बचता घर में घुस आया है। चारों ओर एक ताज़ी कच्ची महँक की तरह वे फैले हैं। गो कि दाढ़ी बढ़ी हुई है। जैसे महीनों से किसी कविता, किसी अकेली पंक्ति या अकेले शब्द ने उन्हें परेशान किया है—

कठिन प्रस्तर में अगिन सूराख़
मौन पर्तों में हिला मैं कीट
(ढीठ कितनी रीढ़ है तन की
तनी है)
आत्मा है भाव
भाव-दीठ
झुक रही है
अगम अन्तर में।

जैसे रात-भर वे पहाड़ उठाते-धरते रहे हों। कपड़े मैले और बेमानी हैं। छोटे-छोटे हाथ उदासी के इज़हार में थमे हैं। होंठों पर मुक्त, लेकिन भीतर से खिझी हुई हँसी है। वे लड़की को अलग ले जाते हैं और उसके कानों में कुछ कहते हैं। फिर वे हँसते हैं—यह दिखाने के लिए कि कोई ख़ास बात नहीं है, वे एक खेल, खेल रहे हैं। लड़की कुछ तन जाती है। उसके पूरे बदन में प्यार अपना वितान तानता हुआ, उसकी नसों में ज्वार की तरह उठता है। वह तैयार होने के लिए भागती है। बड़ी बहन समझ जाती है। वह उसे तैयार होते हुए देखती है। आँखों से कहती है— 'तुम्हारे प्रेमी को मेरा बौद्धिक तेज पसन्द नहीं है। वह तुम्हीं को चाहेगा क्योंकि तुम अन्धी हो।' लड़की तैयार होती जाती है और बीच-बीच में कनखियों से बड़ी बहन को देखती जाती है। एक आतंक उस पर तारी होता जाता है। एक मौन सम्भाषण चल रहा है :

'देखूँगी, कौन विजयी होता है।' बड़ी बहन की आँखें बोलती हैं।

'छोड़ो न दीदी।' छोटी बहन।

'मैं कुछ ऐसा पा के रहूँगी जिसका सपना भी तुम नहीं देख सकतीं।' बड़ी बहन।

'जाओ न दीदी ! जहाँ चाहो। मैं ख़ुश होऊँगी—सच।' छोटी बहन दुपट्टे का रख-रखाव देखती है।

'उस लड़के में क्या है, कुछ भी तो नहीं।' बड़ी बहन होंठों में हँसती है।

लेकिन शमशेर वहाँ नहीं हैं। वे नीचे उतरते हैं और कमरों में न जाकर पीछे वाले दरवाज़े से बाहर गली में निकल जाते हैं।

और मैं बार्जे पर खड़ा उन्हें आते हुए देख रहा हूँ।

वे ऊपर आते हैं। मेरा कन्धा थपथपाते हैं, जैसे मैं कोई छोटा बच्चा हूँ।

'वह आ रही है।' वे कहते हैं।

२४

उनके यहाँ सभी के लिए जगह होती थी। कवि-कथाकार, उत्पाती-अराजक, सामान्य जन, बूढ़े और बच्चे, स्त्रियाँ, बहुएँ, लड़कियाँ, प्रेमी और पागल—सभी को वे समान रूप से प्यार करते थे। और किसी को भी इतना ज़्यादा करते थे कि दूसरे को सन्देह होने लगता था कि वे किसे ज़्यादा प्यार करते हैं। वात्सल्य और स्नेह और उदासी में ऐंठा हुआ आनन्द उनकी आँखों से छलक-छलक पड़ता था। वे बेताब हो जाते थे और अति कर बैठते थे। कोई आ-भर जाय, फिर देखिये। वे सोचने लगते थे कि उसे क्या-कुछ खिला-पिला दें। जबकि अभाव वहाँ ठन्-ठन् बजता रहता था। 'अभी आया'—कहते हुए वे तुरन्त नीचे उतर जाते। और फिर न जाने कहाँ से खाने-पीने का ढेर सारा सामान लादे वे सीढ़ियाँ चढ़ते होते। फिर वे स्टोव में हवा भरने लगते। लोगबाग हाथ बटाने को कहते तो वे सख़्ती से मना कर देते। वे एक विनम्र और बेमानी श्रम में जुट जाते और लोग उन्हें देखते रहते। वे, वे दिन थे जब वे हर ओर से छुट्टी पा चुके थे। उनके पास कोई साधन नहीं था। ज़मीन पर बिस्तर, कुछ थोड़ी-सी इक्की-दुक्की किताबें, एक काला-कलूटा स्टोव, झँवराये बर्तन, और शायद कहीं कोने-अँतरे में थोड़ा सा चावल-दाल और आलू-प्याज़। लेकिन कहाँ—इसका पता नहीं। कुछ काग़ज़ और डायरियाँ और कोने में एक सुराही। कभी आड़ी-तिरछी आती हुई धूप और ठण्ड या गर्मी और सड़क के अँधेरे-उजाले की आती-जाती छायाएँ। और सभी कुछ को ढँके हुए कवि का एक निरपराध और सख़्त मौन....

मौन आहों में बुझी तलवार....
आत्मा है अखिल के हठ-सी

अपनी अन्तरात्मा में वे किसी को झाँकने नहीं देते थे। यहाँ सख़्त मनाही थी। कोई आहट भी लेना चाहे तो एक तीर्यक विद्रूप उनके होंठों पर नाचने लगता था। तब उनसे डर लगता था। लेकिन वे तुरन्त सुलह कर लेते थे। ख़तरा टलते ही वे सहज हो जाते थे। अपने निज के बारे में वे कभी नहीं बोलते थे। यह उनकी नफ़ासत का नतीजा था। और फिर यह भी कि वे उसे बचा कर रखते थे। क्योंकि उनकी कविताएँ क्या हैं—सिवा निजत्व के अनबोले आख्यान के। इसीलिए वे बाहर-भीतर की घनी एकता में बँधे हुए, एक अजब-से खोये हुए मनुष्य थे। वे हर समय कवि थे और हर समय मनुष्य और हर समय प्रेमी। एक आदिम बेचैनी से लैस, लेकिन परम शान्त। कोलाहल एक ज्वार की तरह उनके भीतर उठता-गिरता रहता था और आते-जाते मौसम उन्हें धुनकी से लगातार धुन्न-धुन्न धुनते रहते थे। वे एक ऐसे कवि हैं जो कविता को अपनी शर्तों पर जीते थे और उसके पूरे शरीर में विचारों को 'सेल्स' की तरह बिछा देते थे। इसलिए विचार उनकी कविता की ज़रूरत नहीं है, वह कविता में रचा हुआ कविता का स्वभाव है। किसी दूसरे कवि का वे अपनी तरह होना बिल्कुल पसन्द नहीं करते थे। उन्हें लगता था कि यह उनका अपमान है। और आश्चर्य नहीं कि उनका कोई अनुगामी नहीं है। वे अपने में सम्पूर्ण, स्वतंत्र, एकात्म और अन्तिम हैं। वे एक ऐसी परम्परा हैं जिन्हें वेधना और तोड़ना और तोड़कर प्रयोगक्षम्य बनाना असम्भव है। उनकी कविता का हर शब्द अपने बिम्बात्मक प्रयोग के अन्तिम छोर पर है। वे उसका सर्वस्व निचोड़ लेते हैं और किसी और कवि के लिए उसमें कुछ नहीं छोड़ते। अपने समय के कवियों में वही अकेले हैं जिनमें छायावाद का 'अन्तस' कुछ हद तक सुरक्षित है। जहाँ औरों ने तोड़फोड़ की, उसके विरोध में अपना काव्य-संसार खड़ा किया, वहाँ शमशेर ने उसे पचा लिया और उसके रूमानी तेवर को एक घनी अन्तर्वेदना से कस दिया। शब्द और बिम्ब उनके भीतर आते ही दूसरों के लिए असम्भव और अन्तिम हो जाते हैं :

यह विवशता
कभी बनती चाँद
कभी काला ताड़
कभी ख़ूनी सड़क
कभी बनती भीत-बाँध
कभी बिजली की कड़क, जो
क्षण-प्रतिक्षण चूमती-सी पहाड़

यह विवशता
बना देती सरल जीवन को
ख़ून की आँधी।

यह विवशता
मौन में भी है
अथाह।

भावनाओं के सलीब
स्वयं काँधा बन उठे-से हैं
कठिनतम।
हड्डियों के जोड़
खुल रहे हैं।
टूटते हैं बिजलियों के स्वप्न के आँसू
आँख-सी सूनी पड़ी है भूमि।

क्रांत अंतर में अपार
मौन।

बहुत से 'भद्र अराजक' (लेनिन) समझेंगे कि इस कविता में विचारधारा नहीं है। यह सम्पूर्ण स्वायत्त है। ऐसे ही 'भद्र अराजकों' को नष्ट करने की बात लेनिन ने कही थी। हिन्दी आलोचना में पाँचवें और छठे दशक से ही इन लोगों ने एक शीतयुद्ध चालू किया। और आश्चर्य यह कि वे उन सभी कवि-कथाकारों को विकृत करते और तोड़ते-मरोड़ते रहे जिनके बिना वे निहत्थे थे। जो प्रकृति से प्रगतिशील और मनुष्यता के पक्षधर थे उनको भी उन्होंने स्वायत्त, स्वशासी, रहस्य में थमा हुआ, निजी अस्मिता को ही कला का मर्म मानने वाला घोषित किया। प्रसाद और निराला और फिर मुक्तिबोध और फिर शमशेर। उन्होंने सबको शीर्षासन में खड़ा कर दिया और कहा कि देखो, अब ये सीधे हैं। इन्हीं लोगों ने शमशेर को भी 'कवियों का कवि' घोषित करके उनका एकान्तीकरण ही नहीं, उनका निजीकरण करने की भी कोशिश की। या तो वे आलोचना को सरलीकृत करते रहे, या जहाँ बस नहीं चला, जहाँ गति नहीं थी वहाँ 'कवियों का कवि' कहकर काम चला लिया। इसी के चलते, शायद, शमशेर ने कहा होगा :

जो नहीं है
जैसे कि 'सुरुचि'
उसका ग़म क्या
वह नहीं है !

थोड़ा-सा इस कविता ('यह विवशता') में देखें कि विचारधारा और राजनीति (जिससे कविता को इनकार नहीं है।) और कविता किस तरह एक-दूसरे में रसे-बसे हैं। पूरी कविता में कहीं नहीं कहा गया है कि **'मेरी'** विवशता, **'मेरे'** 'सरल-जीवन को', **'मेरे'** 'मौन में', **'मेरी'** भावनाओं के सलीब', **'मेरी'** हड्डियों के जोड़ या **'मेरा'** क्रान्त अन्तर'। यानी **'मैं'** पूरी कविता में कहीं नहीं है। **'यह'** है। अब **'यह'** का संकेत किसकी तरफ़ है ? क्या अपनी तरफ़ ? या अपने से बाहर कहीं अपने चारों ओर, अपने आसपास—किसी ख़बर, समाचार या सूचना-घटना की ओर ? किसी ऐतिहासिक हादसे या करवट की ओर ? किधर ? या आदमी और बैल को एक साथ जुते हुए उस दृश्य की ओर ? कविता के अद्वितीय बिम्बों के भीतर पैठने से बात कुछ बन सकती है। लेकिन इतना तो निश्चित है कि आत्मगत होते हुए भी कविता आत्मवाची नहीं है। स्वायत्तता में रहस्यमय उस 'महाशून्य' की ओर इंगित नहीं है। तो फिर ?

'यह विवशता कभी बनती चाँद'—यानी कोमल, चमकदार, शान्त, आरामदेह, 'डिजेनेरेटिंग', आत्मविस्मृत करने वाली, जो सोचने-विचारने और प्रतिक्रिया करने, सामना करने, संघर्ष करने, तत्पर होने से विरत करती है। 'कफ़न' के घीसू-माधव का उदाहरण काफ़ी होगा। श्मशेर देखते हैं—इस विवशता में संगठन और संघर्ष से विरक्ति की गहन त्रासदी। फिर **'कभी काला ताड़'**—यह उसी बिम्ब का एक दूसरे कोण से विस्तार है। 'काला-ताड़'—सिलहुल एकान्त (एकान्तीकरण) 'डिप्रेशन'—जहाँ कुछ कर गुज़रने की इच्छा भी समाप्तप्राय हो गयी हो। लेकिन नहीं,—अभी आगे है—**'कभी ख़ूनी सड़क'**—सहते-सहते, आजिज़ आकर एक अचानक, बिन सोचा-समझा विस्फोट। सत्ता की ओर से जिसका दमन; जिसके फलस्वरूप ख़ून-खच्चर और लाशों से पटी सड़क। **'कभी बनती भीत-बाँध'**—यानी रुकावट, बाधा, हिचकिचाहट, अनिर्णय का द्वन्द्व, अनिश्चय की घुटन। **'कभी बिजली की कड़क, जो क्षण-प्रतिक्षण चूमती-सी पहाड़'**—अपने ही पठारी, पर्वत-सदृश गहन, ऊबड़-खाबड़, शाद्वल, जल-युक्त (बादलों के अर्थ में—बादलों का पहाड़) अस्तित्व को तड़तड़ाकर चीरती-चूमती तकलीफ़, दर्द, यातना।

यहाँ कविता में थोड़ा 'स्पेस' है। अवकाश है। फिर उसके बाद **'यह विवशता, बना देती सरल-जीवन को/ख़ून की आँधी'**—सीधे-सादे, भोले-भाले जन-समूहों को एक हिंसक क्रान्ति के लिए, अन्ततः उन्हें विवश कर देती है। कह सकते हैं कि अगर १९०५ का रूसी विद्रोह 'ख़ूनी सड़क' है तो १९१७ की क्रांति जनता के 'सरल जीवन' की ख़ून की आँधी है। यह सिर्फ़ एक नजीर है। इसीलिए कवि कविता के इस पहले भाग के अन्त में कहता

है—**'यह विवशता/मौन में भी है/अथाह'**—यह मत समझो कि यह चुप्पी निरर्थक है। यह एक दिन रंग लायेगी।

कविता के इस प्रथम भाग में बिम्बों की इन द्वन्द्वात्मक शृंखलाओं से शमशेर विद्रोह और क्रान्ति की सम्भावनाओं की ओर इशारा करते हैं। ऐसा नहीं है कि कविता में कोई रूढ़, वैचारिक गर्जन-तर्जन है। बल्कि दमन की विभिन्न परिणतियों की ओर (बेचारगी और विस्फोट) एक द्वन्द्वात्मक संकेत है। इसीलिए, अपनी वैचारिक परिणति के बावजूद कविता विचार-निर्देशित और स्थूल नहीं है, बल्कि दमन-चक्र के विरुद्ध दो-टूक फ़ैसला है।

कविता का दूसरा हिस्सा पहले भाग की परिणति या निष्पत्ति है। दूसरे भाग में शहादत का चित्र-बिम्ब है। पहले भाग से अलग, प्रकृति से उठाये बिम्बों को यहाँ ईसा की शहादत के मिथकीय प्रसंग से थोड़ा और कस दिया गया है। कवि ने अर्थ को एक लयात्मक सघनता से आच्छादित कर दिया है। सिर्फ़ एक शब्द—'सलीब' के आते ही ऊपर की 'विवशता', एक पूर्णाहुति की ओर बढ़ती हुई दिखाई देती है। फिर तो सारा प्रसंग ईसा के सूली पर चढ़ाये जाने का एक बिम्ब बन जाता है। भावनाएँ ही सलीब हैं और वही उस सलीब को ढोकर ले चलने वाले कंधे भी। सलीब ही काँधा भी है। यानी भावनाएँ ख़ुद अपने को उठाकर ले चल रही हैं। शहादत के बाद ही तो एक नये 'धर्म', एक नयी जीवन-पद्धति, एक नयी संस्कृति और मनुष्य की दबी-कुचली अस्मिता का एक नया मुक्त प्रवर्तन होगा। बलिदान तो पहली शर्त्त है—मजबूरियों का अन्त करने की। लेकिन इस नीति-नियम, इस 'मॉरल', इस आदर्श के थोथेपन में कविता का अन्त नहीं होता। उस शहादत का एक पूरा दृश्य-बिम्ब है—एक बिम्बात्मक वृत्तान्त या एक वृत्तान्त-बिम्ब। सलीब ढोते हुए **'हड्डियों के जोड़ खुल रहे हैं'**—शायद यह द्वयर्थक है। 'खुल रहे हैं'—यानी विवशता की जकड़बन्दी को तोड़कर ढीले हो रहे हैं, अपने को तैयार कर रहे हैं—संघर्ष के लिए, शहादत के लियें। या एक दुखद अर्थ भी कवि देना चाहता होगा।—'खुल रहे हैं'—यानी रग-रग छितरा रही है, बिखर रही है। अन्त निकट है। लेकिन शमशेर मुहावरों और शब्दों के गुंजायमान अर्थों के प्रति जितने सजग थे, उससे लगता है कि वे पहला ही अर्थ देना चाहते होंगे। क्योंकि अवसान की स्तब्धता को चित्रित करने के लिए वे आगे दूसरे बिम्बों को बचाये हुए हैं। **'टूटते हैं बिजलियों के स्वप्न के आँसू'**—माताएँ हैं, मरियम के साथ। स्त्रियों का पूरा समूह है। सूली पर उन्हें अन्तिम साँसें लेते देखती हुई, सुबकती हुई माताएँ हैं। उन्हें स्वप्न में भी यकीन नहीं आता कि उनका पुत्र शहीद हो गया है। जैसे वे कौंध मारती हुई बिजलियाँ हैं जो सपने में रो रही हैं। अविश्वसनीय है उनके लिए यह सब कुछ। जैसे वे सपना देख रही हों।

और पूरी पृथ्वी उनकी (या ईसामसीह की) आँख की तरह सूनी है। स्तब्ध, शान्त, उनके कराहते हुए 'अन्तर में' 'अपार मौन' भर गया है।

फिर भी यह भाष्य अधूरा है क्योंकि कविता को पढ़ते समय का रोमांच इसमें कहाँ व्यक्त हो सकता है ?

२५

यथार्थ के भभके में आना ख़तरनाक है। क्योंकि जो दिखता है, उसका अनुगमन या उसका पुनर्रचित होना, दोनों ही यथार्थ नहीं हैं। भाषा और वृत्तान्त का यथार्थ भी उन्हीं में से एक है। क्योंकि भाषा जैसी दिखती है, जैसा कि चलन है, और वृत्तान्त का जो बनाया गया तौर-तरीका है, उसमें भी ख़तरा है। उससे बचो, क्योंकि वह इतना झीना और पारदर्शी होता है कि अक्सर लेखक उसकी गिरफ़्त में आ जाते हैं। और शमशेर को देखो, कि वे किस तरह अपने गद्य में वृत्तान्तों के बने-बनाये ढाँचों से बचते हैं। भाषा एक अन्तर्दृष्टि भी है, लेकिन कौन-सी अन्तर्दृष्टि—यह शब्दों के बीच के संगत चुनाव, उनके रख-रखाव और उनके प्रति कड़ाई से पेश आने पर ही सम्भव है। और फिर यह भी कि एक शब्द के विरुद्ध, अगर ज़रूरत हो तो, एक दूसरे शब्द का द्वन्द्व खड़ा करने की शक्ति भी होनी चाहिए। अगर नहीं, तो भाषा इकहरी हो जायेगी, और अन्तर्दृष्टि, जो सामाजिक यातना के अन्तर्विरोधों की अनुभूति से ही सम्भव है, लगभग ग़ायब। रचना का अगम स्रोत जीवन में ही है, लेकिन वह स्थूल रूप से दृश्यमान नहीं है। जो दृश्यमान होता है, वह अक्सर बासी, बंजर और बाँझ होता है। पन्त जी जब-जब अपने वैचारिक बदलाव से गुज़रते हैं, तब-तब उनकी कविता में उनका साक्षात्कार इसी बासी-बंजर यथार्थ से होता है। यही उनकी विडम्बना है।

विचार और उनकी उठा-पटक (पोलेमिक्स) भी ऐतिहासिक होते हैं। आलोचना और बहसें भी समय के बाहर सनातन नहीं होतीं—नहीं हो सकतीं। चाहे वह 'कला का तीसरा क्षण' ही क्यों न हो। वह रचना के उगने और रूप धरने की अनमोल व्याख्या है—लेकिन अन्तिम और मौलिक नहीं। क्योंकि रचना अपनी सम्पूर्ण खौलाहट में उस 'पहले क्षण' में भी प्रकट होकर रूप ग्रहण कर सकती है। तब वह विस्मय में डालती है—स्वयं लेखक को भी। जैसे रस के व्याख्याकार उसे सनातन मानते हैं, उसी तरह

मुक्तिबोध या टी० एस० ईलियट भी यह कह सकते थे कि तुम्हें नहीं मालूम कि तुम्हारा 'पहला और दूसरा क्षण' पहले ही घटित हो चुके हैं।

जब आप एक कृति को किसी आलोचक के नज़रिये से पढ़ते हैं, उस वक़्त वह कृति अपने सम्पूर्ण भाष्य में उस आलोचक की होती है। तब आप उस कृति के नहीं, आलोचक के संभ्रम के आमने-सामने होते हैं। जब आप उसे अकेले पढ़ते हैं—बिना किसी सहायक के, तब आप रचनाकार के संभ्रम के आमने-सामने होते हैं। हो सकता है उससे आप प्रसन्न या नाराज़ हो जायँ, लेकिन आपकी प्रसन्नता या नाराज़गी का उस कृति की सम्पन्नता या विपन्नता से कुछ लेना-देना नहीं होता। वह अपने-आप में पूर्ण और एकान्तिक होती है। बड़ी से बड़ी समृद्ध रचना भी इस ब्रह्माण्ड के माप में नितान्त अकेली और असहाय है। और आप एक बाहरी आदमी हैं, जो उस कृति की दुनिया में ढकेल दिये जाते हैं (अगर आप चाहें तो)। तब उस रचना में निहित इतिहास और परम्पराएँ आपको रगड़-रगड़कर साफ़ करती हैं।

यही कला और कलाकार के संभ्रमित सत्य से आपका साक्षात्कार है।

यही कला का 'सत्य' और निर्मम 'असत्य'—दोनों हैं।

२६

१९६७-६८ की बात होगी। उन्हीं दिनों मैंने पन्त जी का एक संग्रह तैयार किया।

तब मैं नौकरी नहीं करता था। और न कोई इरादा था, न कोई गुंजाइश। इलाहाबाद का चस्का लग चुका था। अगर यहाँ कुछ नहीं है तो बाहर जाकर क्या होगा। यही सोच-विचार था। दिन-रात कविता-कहानी, गोष्ठियाँ, उठा-पटक, बहसें, गप्पें, काफ़ी-हाउसिंग—बस। दुनियाबी दृष्टि से यह सम्पूर्ण बर्बादी थी। कैसा लड़का है ! जहाँ रोज़ी-रोटी मिले वहाँ जाओ। यहाँ क्या चिपके हुए हो। लेकिन रोज़ी-रोटी को कौन पूछता था ! एक नशा था, लिखने का और बर्बादी में अपने को ख़ुशी-ख़ुशी झोंक देने का। नशा था—इस शहर का, दोस्तों का, जो दरिन्दे थे। लेकिन 'नशा' था। भुखमरी थी तो रहे, लेकिन कहानी लिख रहे हैं तो लिखकर ही उठेंगे। अपनी विनाश-लीला के बादशाह थे हम कई लोग—साथ-साथ। उनमें से कई मर गये हैं और कई मेरी ही तरह अपनी आत्माओं के गटर में पड़े

हैं। लेकिन यह शहर छोड़कर हम नहीं गये, तो नहीं गये। वो, कबीर ने क्या कहा है :

सुख माँगै दुख आगैं आवै।
तातैं सुख मांग्या नहिं भावै।।

लेकिन दुनियाबी तौर पर तो यह सम्पूर्ण बर्बादी थी। लोग आजीविका की खोज में कहाँ-कहाँ की ख़ाक नहीं छानते ! पूरी जनसंख्याओं का समूह इधर-उधर होता रहता है। और हम थे कि चिपके हुए हैं—एक उदास और बूढ़े मिथकीय शहर से। घर के लोग निराश हो चुके थे। मेरे छोटे भाई पढ़ना-लिखना छोड़कर खेती-बारी या पुलिस-सिपाहीगिरी की नौकरी में लग चुके थे। जिससे सबसे ज़्यादा आशायें थीं, जिस पर बहुत पैसा बर्बाद किया गया, वह तो आवारा निकल चुका था। यह उस पूरे इलाके के लिए एक सीख थी। पहले लोग देवकीनन्दन सिंह (मेरे पिता) के लड़के की नजीर पेश करते थे। अपने लड़कों को वैसा ही बनने के लिए डाँटते-फटकारते थे। हमारे बुढ़ऊ को तो जैसे हमारी पढ़ाई का नशा था। वे जहाँ भी जाते, जिसके दुआरे बैठते, मेरी तारीफ़ से फूलते रहते। पिता बहुत कम उम्र में ही गुज़र चुके थे।

ऐसी स्थिति में अचानक जब मैं बर्बादी के रस्ते पर चला गया, जब मुझ पर विद्वान और लेखक बनने की झक् सवार हुई,जब मुझसे कोई उम्मीद नहीं रह गयी, तो बुढ़ऊ थस्स-से बैठ गये। उनकी कल्पना का संसार उजड़ गया। गाँव-जवार के लोगों ने अपने बच्चों का पढ़ना छुड़ा दिया और जल्दी से खेती में लगा दिया। कुछ कलकत्ते जाकर दरबानी करने लगे, कुछ पुलिस-फ़ौज में भर्ती हो गये और कुछ गाय-भैंस चराने लगे। उस इलाके का स्वप्न ही जैसे चकनाचूर हो गया। पहले मैं छुट्टियों में घर जाता था तो बुढ़ऊ नाथ बाबा को प्रसाद चढ़ाते थे। फिर मुझ ठिगने, दुबले और कुरूप लड़के को देखने के लिए लोग लम्बी-लम्बी लाठियाँ लिए हुए हमारे बैठके में आते। गुड़-पानी पिलाया जाता, चिलम चढ़ती और मुझे बार-बार एक अनहोनी चीज़ की तरह पेश किया जाता। हमारे इलाके के ज़्यादातर लड़के छः फुट्टे होते थे। सुन्दर, बलवान, भारी-भारी हाथ-पैरों, चौड़े गट्टों, भरी रानों और चौड़ी छातियों वाले। लिलारी कढ़ाये हुए अपने विशाल ललाट और सुग्गे की चोंच जैसी नाक में वे भव्य मनु जैसे लगते। उस हिसाब से मैं 'प्रजाति' से बाहर चला गया था। लेकिन हुक्का गुड़गुड़ाते लोग कहते, 'खूँटी है तो क्या, गुनी तो है।' हमारे कमला चाचा अक्सर मेरे पक्ष में और लम्बे लोगों के विरुद्ध एक दोहा—जब कोई आता और मेरे क़द-कानत पर टिप्पणी करता, तो उद्धृत करते :

लम्बा हुआ तो क्या हुआ, जैसे पेड़ खजूर।
पंथी को छाया नहीं, फल लागै अति दूर।।

वे एक भाँट की तरह इसे उद्धृत करने के लिए मेरे इर्द-गिर्द मँडराते रहते। वे मेरे पिता के बचपन के दोस्त थे। ठाकुर नहीं थे, भूमिहार थे—नरही के। मेरे पिता से उनकी दोस्ती भी अजीब ढंग से हुई। एक बार वे माघ-पूस की रात में कचरी (फला हुआ हरा चना) उखाड़ रहे थे, हमारे खेत में। यानी चोरी कर रहे थे। मेरे पिता रात में खेत घूमने (रखवाली करने) निकले और उन्हें कचरी उखाड़ते पकड़ लिया। कमला चाचा डर गये। मेरे पिता ने बोझा बँधवाया और हाथ लगाकर उनके सिर पर रख दिया।

फिर कहा, 'जाइए।'

'पीछे से लउर (लाठी) मत चलाना।' कमला चाचा ने बोझा लिए-लिए कहा।

'तो हम पहले ही हट जाते हैं।' मेरे पिता ने कहा और वे घूमे और चल दिये।

कमला चाचा थोड़ी देर तक उन्हें जाते हुए देखते रहे। फिर एकाएक उन्होंने बोझा पटका, लाठी फेंकी और दौड़ते हुए बाबूजी की ओर बढ़े। पिता आवाज़ सुनकर घूमे और खड़े हो गये।

'अरे, तूँ कइसन आदमी हउए रे, देवकीनन्ना।' कहते हुए कमला चाचा आकर उनके पास खड़े हो गये। बाबूजी चुप्प।

'मार सारे, हमके मार, हमके लउरिया दे।' उन्होंने बाबूजी की लाठी से खुद को पीटना शुरू किया।

बाबूजी ने उन्हें पकड़ लिया। फिर उस ठिठुरती चाँदनी रात में दोनों गले लगकर रोने लगे।

इस एक घटना ने धीरे-धीरे दोनों को बहुत निकट ला दिया। कमला चाचा अपने घर में सबसे बड़े थे। हमारे यहाँ घर का बड़ा लड़का दुलरुआ होता है, बंसधर होता है। वह कुछ भी करे, कितना भी बिगड़ जाय, कोई कुछ नहीं कहता। कमला चाचा ऐसे कुछ भी नहीं थे, लेकिन उनको मेरे पिता और मेरे परिवार की दोस्ती का ऐसा चस्का लगा कि वे खेती-बारी भूल गये। उन्हें कोई कुछ कहता भी नहीं था। वे दिन भर हमारे दुआरे बरगद की छाँह में खटिया इधर-उधर सरकाते हुए लेटे रहते। चिलम पीते और लोगों से गपियाते हुए ठहाके लगाते रहते। लोग उठकर घर-गिरस्ती में लग जाते तो कमला चाचा खेत में मचान पर जाकर लेट जाते। कभी ओसारे

में, कभी बारी में, कभी नदी-किनारे। फ़िर वे काफ़ी रात गये अपने घर लौटते। और कभी हमारे ही यहाँ खा-पीकर सो जाते। उनकी खेती-बारी उनके लक्ष्मण, झूरी चाचा सँभालते थे। वे कुँवारे थे और लगभग सात फुट लम्बे। झूरी चाचा के पाँव इतने बड़े-बड़े थे कि उनके नाप का चमरौधा नहीं मिलता था। कटउरी चमार से नाप देकर वे जूता बनवाते, फिर उसमें डढ़ुवा काला तेल डालकर उसको नरम करते। लेकिन अधिक से अधिक वे दो-चार दिन ही पहन पाते। जूता उन्हें काट खाता और अपनी लम्बी लाठी के सिरे पर जूता टाँगे वे लँगड़ाते फिरते। इस तरह, ज़्यादातर वे नंगे पाँव रहते। अगहन आते ही उनके पैरों में बिवाइयाँ फटने लगतीं। वे कड़ू तेल से बातीजार करते—यानी कपड़े की बत्ती बनाकर, उसे तेल में भिगोकर फिर उसे जलाकर, जलता हुआ तेल बेवाइयों में टपकाते। लेकिन बिवाइयाँ तो चंबल के बेहड़ थे। सारा तेल सोख जाते फिर भी उनका मुँह बन्द न होता। आजिज़ आकर झूरी चाचा खिझिया जाते। हमारे इलाके की खेतिहर मिट्टी काली मिट्टी है। उसे 'करइल' बोलते हैं। जाड़े में उसके बड़े-बड़े ढेले चोखे तीर की तरह हो जाते हैं। झूरी चाचा खेत में जब चरी उखाड़ने जाते तो उनकी बिवाइयों से खून निकलने लगता। झूरी चाचा आह-उह कुछ नहीं करते, निर्विकार भाव से बिवाइयों को सम्बोधित करते हुए बोलते :

'हमार का होई ? दुखा, दुखा—तोहरे के तकलीफ होई।'

यह संवाद कुछ इस तरह होता, जैसे उनके पैर उनके शरीर के अंग न होकर कोई अलग हों।

झूरी चाचा अभी ज़िन्दा हैं। कमला चाचा को अपने बच्चों की पढ़ाई-लिखाई की कोई फिकिर नहीं थी। वे अपने मित्र के बच्चों पर जान छिड़कते थे। वही मुझे पहली बार इलाहाबाद नाम लिखाने लाये थे। तब 'रामायण प्रेस' वाली गली में हम उनके एक क्लर्क रिश्तेदार के यहाँ ठहरे थे। वहाँ टट्टी इतनी गन्दी थी कि मैं नट गया। मैंने कहा, मैं यहाँ नहीं पढ़ूँगा। फिर भी वे पढ़ाई के दौरान मुझ पर एक आँख रखे रहे। अचानक मेरी बर्बादी का परवाना पहुँचा। उन्हें इसकी आशा सपने में भी नहीं थी। मैं कलक्टर नहीं बना, डिप्टी नहीं हुआ, क्लर्क नहीं हुआ, दारोग़ा नहीं हुआ। फिर मैं क्या कर रहा हूँ ? मैंने 'नार्मल' की ट्रेनिंग नहीं ली। मास्टर नहीं हुआ। फिर मैं कहाँ हूँ ? फिर मेरे पढ़ने का क्या मतलब है ? ऊपर की कमाई तो दूर, मैं दो कौड़ी की तनख़ाह के लिए भी मुहाल हूँ। ई मुल्लही-अस लेखक क्या होता है, विद्वान क्या होता है ? आवारा, चरित्रहीन, बदमाश, कुल-नाशक....यानी लेखक। कमला चाचा ने बुढ़ऊ से एक दिन कहा, 'मैं तो उसका मुँह नहीं देखूँगा, आप ही पूछकर आइए कि क्या वह 'रामायन' लिखने जा रहा है ?' बुढ़ऊ कुछ नहीं बोले।

उसके बाद तो जैसे पूरे जवार में सब कुछ बिलट गया। लड़के घर बैठा दिये गये। कुछ भाग-भूगकर स्कूल पहुँच भी जाते तो कोई आदमी लम्बी लाठी लिए पहुँचता और हर कक्षा से ढूँढ़-ढूँढ़ कर लकड़ियाता हुआ इकट्ठा करता और जैसे गोरू हँकाये जाते हैं, उसी तरह हँकाता हुआ गाँव तक ले आता। ऐसे ही में एक लड़का था 'हगनुआँ'। पंडी जी जब कोई सवाल पूछते तो वह बोलता :

'पंडी जी, बड़ी जोर की टट्टी लगी है।'

'भाग यहाँ से जल्दी।' पंडी जी उसे छकुनियाते हुए बोलते।

'हगनुआँ भाग कर स्कूल के पिछवारे वाली मस्जिद में टट्टी के बहाने छिप जाता। छिप जाता तो फिर छिपा ही रहता और शाम को छुट्टी होने पर छिपता-छिपाता बस्ता उठाने आता।

अक्सर उसकी शिकायत घर वालों तक पहुँचती। उस पर मार भी पड़ती। उसकी बड़की माई उसे पिटने से बचाती और लोगों को डाँटती हुई घोषणा कर देती कि उसका बेटा पढ़ने नहीं जायेगा। लेकिन दूसरे दिन फिर हगनुआँ बस्ता लेकर तैयार।

जब गाँव-जवार के लड़कों की पढ़ाई छुड़ाई गयी तो उसमें हगनुआँ भी था।

'का हो हगनू राम, अब तो तुम्हारी मौज हो गयी।' किसी ने कहा।

लेकिन दूसरे दिन हगनुआँ बस्ता लेकर फिर तैयार। उसने अपनी बड़की माई से कहा, 'ए माई, हम त पढ़े जाइबि।' बड़की माई हैरान। कि जो लड़का दिन भर टट्टी के बहाने मस्जिद में छिपा रहता था वही अब पढ़ने जाने की बात करता है। बड़की माई ने बस्ते में गुड़-रोटी बाँधा और हगनुआँ नदी के तीरे-तीरे शॉर्ट-कट मारता, लोगों की नज़रों से बचता-बचाता स्कूल में हाजिर। अब वह पंडी जी के सवाल का जवाब भी देने लगा और मस्जिद में लुकाना भी बन्द हो गया। तभी एक दिन फिर 'रेड' पड़ा। दो आदमी गाँव से लाठियाँ लेकर आये और दर्जे-दर्जे से लड़कों को बीन-बीन कर चपतियाते हुए बाहर बटोरने लगे। ऐसे में पंडी जी लोग चुपचाप अपनी कुर्सी पर छाकुन लिए बैठे रहते। हगनुआँ ने इन लोगों को स्कूल के जँगले से ही देख लिया था। उसने आव-देखा-न-ताव, घुर्ची मार के पंडी जी के पीछे से निकला और स्कूल के पीछे वाले कुएँ में लोहे की सीढ़ियों से नीचे उतरकर पानी में घुस गया।

'हगनुआँ सार कहाँ गया ?' एक आदमी ने पूछा।

'टट्टी के बहाने महजिद में छिपा होगा।' एक लड़के ने बताया।

एक आदमी ने मस्जिद में खोजा-पूछा। वहाँ वह नहीं था।

'लगता है, पहले ही घर भाग गया। उसकी बड़की माई सारे के बिगारे है।' उस आदमी ने कहा।

फिर वे बाकी लड़कों को थपड़ियाते-डाँटते गाँव की ओर ले चले।

उन लोगों के जाने के काफ़ी देर बाद हगनुआँ कुएँ में से भीगा हुआ, काँपता-ठिठुरता निकला। दिसम्बर का महीना था। हगनुआँ वैसे ही भीगा हुआ लौटा और अपने दर्जे में आकर पंडी जी के सामने खड़ा हो गया। पंडी जी हैरान-अचम्भित। लड़के चुप।

'पंडी जी, हम पढ़ेंगे। हमें भगाइए मत पंडी जी !' हगनुआँ ने रोते हुए कहा।

'लेकिन तुम भीगे कहाँ ?' पंडी जी ने उससे पूछा।

'पंडी जी, इनारे में छिपा था।' एक लड़के ने बताया।

पंडी जी सन्न।

'अच्छा-अच्छा, जरूर पढ़ना। पहले जाओ, फुलवारी में कपड़े सुखाओ।' पंडी जी ने कहा।

और हगुनआँ उघारे, नंग-धड़ंग, फुलवारी में छिपकर अपने कपड़े सुखा रहा था और लड़के जँगले से उसे उँगली बिरा रहे थे और हगुनआँ लजाकर अपने दोनों हाथों से कभी आगे ढँक रहा था, कभी पीछे। वह खुश था कि पंडी जी कह देंगे और वह पढ़ेगा।

लेकिन कुछ दिनों बाद हगनुआँ भी दूसरे लड़कों के साथ बाणे में भैंस चरा रहा था।

तो यह स्थिति थी। यही कहा जाता था। 'एक जने गये तो हैं इलाहाबाद। सरऊ, 'रामायन' रच रहे हैं।' और दो थप्पड़। 'चलो सारे, गाय-भैंस खूँटे से छोरो, और ले जाओ बाणे में चराने।' कहते हैं कि कमला चाचा को इतना सदमा लगा कि वे एक दिन लेटे-लेटे मरे पाये गये। यह इसलिए भी हो सकता है कि उन्हें मधुमेह की बीमारी हो, या हृदय-रोग, या उच्च रक्तचाप। लेकिन कहा यही गया कि यह सब मेरे कारन हुआ।

२७

तो यह हाल था। और मैं टी० बी० सेनेटोरियम से बाहर आ गया था। कुछ स्वस्थ था और बाक़ायदा अपनी लेखकीय आवारागर्दी में संलग्न। मेरी

पत्नी थोड़ा-बहुत काम करती थी, रेडियो में—मासिक अनुबन्ध की तहत। कभी-कभी मैं भी थोड़ा इधर-उधर कर लेता था। या कर्ज़ ले लेता। इस इरादे से कि कभी लौटाना नहीं है। फिर जिधर से कर्ज़ लेता, उधर से निकलना बन्द कर देता। फिर उन भले लोगों से ईर्ष्या करने लगता। फिर यह फ़तवा जारी करता कि कर्ज़ लेकर न लौटाना किसी भी लेखक और मजदूर का नैतिक धर्म है।

अगर सच पूछिये तो मैं बेदाग़ था। कोई गुनाह कर ही नहीं सकता था। न जाने क्यों और कहाँ से ईमानदारी और आदर्श चीलर की तरह मेरी आत्मा में पैठ गये थे। ये सब निरर्थक मूल्य हैं—आज के समाज में। एक पिछड़ापन है। चाहे शहर के लोग हों या गाँव-देहात के। सभी जगह पढ़ाई-लिखाई का केवल एक मकसद है—धुन के कमाई करना। चाहे जैसे भी हो। अगर घर नहीं भरा, अगर मर-जी के, चोरी-बेईमानी करके, गला काटकर धन नहीं बटोरा तो पढ़ना-लिखना किस काम का ! विद्वान बनना क्या होता है ? और लिखते क्या हो ? और किसलिए लिखते हो ? यह धोखा है—घर-परिवार, भाई-बहिन, माँ-बाप, कुल-परिवार, गाँव-जवार—सभी से। यह आवारागर्दी है, अनैतिकता है, मारे-मारे फिरना है, अपने को नष्ट करना है। लेकिन क्या जानूँ कि यह कैसे हुआ ! यह कौन-सी दुनिया हमारी आत्मा की खोह में घर बना कर बैठ गयी ! मैं बिड़ी-पान, सिगरेट-तम्बाकू, सुर्ती-शराब—तब कुछ नहीं खाता-पीता था। इन 'सद्‌गुणों' को तो मैंने काफ़ी बाद में धीरे-धीरे अर्जित किया। लेकिन यह कोई गुनाह थोड़े ही था, अगर मैं करता भी होता। अक्षम्य अपराध यह था कि मैं घर भरने की कला में दक्षता के हिसाब से आगे नहीं बढ़ रहा था। उससे भी अलग, मुहताज था। भिखमंगे की हैसियत थी मेरी और मैं समझ रहा था कि मैं पहुँचा हुआ फ़कीर हूँ। कलकत्ते-प्रवास के दौरान भी मैंने कभी नहीं पिया। सन् १९६५ के 'कथा-समारोह' के दौरान जब मैं फिर कलकत्ते गया तो धर्मतल्ला स्ट्रीट में लोगों ने जमकर पियक्कड़ी की। केवल दो जने इससे बरी थे—मैं और शरद जोशी। दोनों ने जो पैसा मिला, उससे 'न्यू मार्केट' जाकर अपनी-अपनी बीवियों के लिए एक ही नाप और एक ही रंग के दो पुलोवर ख़रीदे। मैं निपट देहाती था। मुझे गुनाह आता नहीं था, हालाँकि वहाँ मेरे कई ऐसे दोस्त थे जो खुल-खेलने में माहिर थे। वे मुझे लप्पू समझते थे और साथ लगाये फिरते थे। राजकमल था जो गुनाहों के 'अन्डरवर्ल्ड' से परिचित कराने के लिए चेले की तरह मुझे लिये फिरता था। एलेन गिंसबर्ग अक्सर अमज़ादिया होटल (जहाँ वह रहता था) से मुझे लेकर 'चाइना टाउन' सुट्टा लगाने के लिए जाता था। वह एक दीवान पर लेट जाता और कमरे के दूसरे कोने से सुट्टे की नली आती। दो चीनी उसे

ज़ोर-ज़ोर से सुट्टा खींचने के लिए कहते। मैं कोने में या उसी बिस्तर पर बैठे-बैठे इस महालीला का अवलोकन करता रहता। थोड़ी देर बाद वह लड़खड़ाता हुआ उठता और कहता :

'नाउ, लेट अस गो टू माइ वाइफ़।' वह पैसे चुकाता।

'योर वाइफ़ ?' गली में चलते हुए मैं भौंचक्का होकर पूछता।

'येख़, माइ वाइफ़—पीटर आर्लेवस्की।' वह जोगी की तरह बोलता।

गैं सन्न।

'माइ चाइल्ड !' वह गली में मेरे कन्धे पर हाथ रखते हुए कहता, 'माइ इन्डियन इन्नोसेन्स, यू काण्ट सर्वाइव। हाउ कैन यू ?'

लेकिन और लोग भी थे वहाँ जो शुद्ध-बुद्ध और सुच्चे थे। कुमारेन्द्र थे, अवधनारायण, सकलदीप, अरुण चोपड़ा, इसराइल और शरद देवड़ा। लेकिन मेरा उठना-बैठना सिर्फ़ कुमारेन्द्र, शरद, अरुण या राजकमल के साथ ही था। सकलदीप सदा के जहरपिरकी थे। उनसे डर लगता था। अवधनारायण हमेशा टेढ़े बोलते थे—उनसे भी डर लगता था। मैं इधर भी लप्पू था और उधर भी। वजहें अलग-अलग थीं। एक 'ग्रुप' समझता था, मैं आवारों के साथ हूँ। दूसरा 'ग्रुप' समझता था, मैं आवारागर्दी के अयोग्य हूँ।

और घर-गाँव के लोग समझते थे, मैं लिखने चला हूँ, कमाई नहीं करता, इसलिए धुर आवारागर्द हूँ।

मैं वह सब कुछ करता भी होता और कमाई-धमाई करता होता। मैं कुछ भी करता होता और उन्हें पैसे भेजता होता। वहाँ ज़मीन की ख़रीद-फ़रोख्त जारी रहती। खेती की ज़मीन में बढ़ोत्तरी होती रहती। गाँव-घर के लोग जलते-भुनते रहते। बुढ़ऊ ब्याज पर पैसे चढ़ाते रहते। घर ईंटों का बन जाता। बैठका चूने से पुता हुआ साफ़-सफ़ेद चमकता होता। लोगों के पास सेनगुप्ता धोती और नैनसुख के कुर्ते होते। डींग हाँकने का सामान होता। लाठियाँ चलतीं, मुकद्दमे चलते, हर हफ़्ते लोटा-डोर टाँगे कचहरी की ओर रुख़ होता, दूसरों को परेशान करने के साधन होते—तो मैं जवार का सबसे चरित्रवान लड़का होता। और यह सब चाहे जैसे भी होता—हेराफेरी से, चोरी से, लूटमार से, अपने को लुटाकर, झोंक कर, सड़ा-गला कर, लुट-पिट कर, घिघियाकर, दूसरों का हक छीन कर—चाहे जैसे।

'अरे सरऊ रंडीबाजी ही करते और किसी बड़ी रंडी को ही जट (ठग) लेते।' कौड़े के चारों ओर बैठे-बैठे यह टिप्पणी होती। और बुढ़ऊ चुपचाप सुनते रहते। जब उनको लोग बहुत खोदते तो कहते :

'जो मन करे, करें। जियें-जागें।'

उन लोगों के चाहने में क्या बुराई थी—मैं कभी-कभी सोचता हूँ। मेरे चारों ओर यही सब तो हो रहा है। चारों ओर। कहीं कोई कोना खाली नहीं बचा है। घर में भी घुटन होती है। सर्वत्र न्याय की दुहाई है और उस घने-भयावने शोर में लूटपाट मची है। हर आदमी अपना घर भरने की फ़िक्र में है। बस अपना। कोई नियम-कानून, व्यवस्था, संस्कृति नहीं है। सभी सबके लिए बेगाने हैं। हर आदमी दूसरे को उपदेश देता है और अपने लिए सर्वसिद्ध है। इधर से जाओ या उधर से, वही लोग दिखते हैं—वही लोग। हर आदमी अपने गुह्यांग में अपनी असली वसीयत छिपाये है और दूसरे के सामने छाती खोलकर खड़ा—'निंगाझोरी ले लो...ले लो निंगाझोरी'। और हर आदमी जानता है। फिर, अगर वे लोग भी ऐसा ही चाहते थे तो क्या बुरा करते थे ? वे दुनिया के साथ थे। मैं ही उनके गोलार्द्ध से बाहर चला गया। लेकिन, जैसा कि कवि ने कहा है :

जो मुझसे नहीं हुआ
वह मेरा संसार नहीं।

२८

यह वह समय था, जब मेरे आगे-पीछे कोई नहीं बचा था। सिर्फ़ बुढ़ऊ थे जो उसी वर्ष (१९६८) सौ साल पूरे कर रहे थे। खेती भाइयों के हाथ में थी। घर से बहुत पहले कुछ मिलना बन्द हो चुका था। बल्कि इल्ज़ाम था कि मेरे ऊपर इतना पैसा ख़र्च किया गया है कि वही घर की बर्बादी का कारण है। सब लोग 'रेहन' ले रहे हैं, 'कबल्ला' ले रहे हैं और हम कर्ज़ में हैं। मेरे दो बच्चे थे अब और मैं हाथ पर हाथ धरे बैठा था। इसी साल मेरी दो किताबें छपकर आयीं। एक 'ज्ञानपीठ' से जो मोहन राकेश ने तैयार करके दी थी। दूसरी किताब (कहानी-संग्रह) जो कमलेश्वर ने तैयार करके दी थी। जिस दिन मेरी पहली किताब ('अपनी शताब्दी के नाम') की लेखकीय प्रतियों का बण्डल आया, उस दिन सुबह से घर में खाने को कुछ भी नहीं था। दो-ढाई बजे होंगे, जब डाकिया बण्डल लेकर आया। उस वक़्त घर के बरामदे में बैठा, मैं अपने बेटे को चीनी-पानी पिला रहा था। फिर भी किताब देखते ही ख़ुशी और आनन्द से मैं विह्वल हो गया।

२९

तभी यह मौका मिला। एक दिन सुबह-सुबह दिनेश (लोकभारती प्रकाशन, इलाहाबाद का मालिक) मेरे घर आया। उसने कहा कि पन्त जी चाहते हैं कि मैं उनकी कविताओं का एक संग्रह कर दूँ। मैंने कहा कि ख़ुद पन्त जी का किया हुआ 'रश्मिबन्ध' संग्रह तो है। इस पर उसने कहा कि वह संग्रह शीला सन्धू (राजकमल प्रकाशन) ने छापा है।

'तो ?' मैंने पूछा।

'मुझे अपना संग्रह चाहिए, जो मैं 'कोर्स' में लगवा सकूँ।' उसने कहा, 'मैं उसको ठिकाने लगा दूँगा।' अपनी आदत के अनुसार वह गाली बकते हुए बड़बड़ाया।

'आपका भला भी हो जायेगा। आजकल आप तकलीफ़ में हैं।' उसने फिर कहा।

'कितने पैसे देंगे ?' मैंने पूछा।

'रॉयल्टी तो पन्त जी लेंगे।' उसने कहा, 'लेकिन आपको जो देंगे, उनकी रॉयल्टी से काट लेंगे। और नाम पन्त जी का ही जायेगा। लेकिन चयन आप कर दीजिए। भूमिका भी आप ही लिखेंगे। पन्त जी चाहते हैं। खूब बड़ी लिखिए। इस तरह कि 'रश्मिबन्ध' मर जाय। भूमिका पर नाम आपका जायेगा। पन्त जी सहमत हैं। और हम पैसे दे देंगे। दो-ढाई सौ, जो भी आप कहेंगे। या पन्त जी कहेंगे।' वह बड़बड़ाता हुआ चला गया।

भुखमरी तो लगभग थी ही, लेकिन हामी भरने की वजह फिर भी वह नहीं थी। वजह पन्त जी थे। इसके पहले भी लीडर-प्रेस कम्पाउण्ड में पाठक जी के यहाँ रहने का भुगतान मैं कर चुका था। जब से मैं आधी रात को उनके यहाँ से भागा था, उनके सामने पड़ने से कतराता था। एक दिन जब वे सिविल-लाइन्स से पान-वान जमाये हुए पैदल-पैदल लौट रहे थे, उनसे अचानक सामना हो ही गया। मैंने नमस्कार में सिर हिलाया।

उन्होंने मेरे नमस्कार का जवाब नहीं दिया। क्षण भर को रुके ज़रूर और कुछ सोचते रहे।

'अपना वह गूदड़ तो उठा लीजिए।' उन्होंने, आख़िर कटार भोंक ही दी। उनका इशारा मेरे छूटे हुए बोरिया-बिस्तर की ओर था।

'जी अच्छा।' मैंने कहा।

'और इतने दिन रखने का चार्ज भी देना पड़ेगा।' उन्होंने अत्यन्त भोंड़े ढंग से कहा।

'जी ?' मैंने कहा।

'कल ऑफ़िस आइए। क्या मैं कोई मरखहा साँड़ हूँ ?' वे चल दिये।

मैं अस्त-व्यस्त खड़ा रहा।

'कल आइएगा ज़रूर।' उन्होंने पीछे मुड़कर कहा और फिर नाक की सीध में हो गये।

दूसरे दिन जो तय हुआ, उसी के मुताबिक 'प्रसाद, निराला, पन्त महादेवी की श्रेष्ठ रचनाएँ' नाम से मैंने एक चयन किया। उसकी भूमिका लिखी और पाठक जी को दे दिया कि वे अपने नाम से इसे छपा लें। पाठक जी ने संचयन देखा, भूमिका देखी। उनकी हिम्मत नहीं पड़ी कि उसके नीचे अपना नाम दें। आलोचना की एक लाइन भी लिखना उनके बस की बात नहीं थी। उनकी नैतिकता ने कहीं भीतर हाँक लगायी और इस तरह अनैतिकता थोड़ी नरम पड़ी। सम्पादक की जगह उन्होंने दिया—'प्रस्तोता'-'वाचस्पति पाठक।' भूमिका आज भी अनाम ही है। उस किताब से पाठक जी और उनके बंसधर हजारों रुपये रॉयल्टी खा चुके हैं। मुझे केवल एक सौ पचास रुपये मिले।

लेकिन पन्त जी ऐसे आदमी नहीं थे। फिर भी एक वजह थी, और वह थी—पन्त जी का चोरी-छुपे 'सेनेटोरियम' में मुझे देखने आना। मेरे लिए वह घटना इतनी बड़ी थी कि उसकी कोई बराबरी नहीं है। मैंने चयन किया। पन्त जी ने देखा। फिर भूमिका लिखने की बारी आयी। मैं पन्त जी के यहाँ गया। उनसे थोड़ी-बहुत बातें हुईं। वे क्या चाहते थे ? मैंने देखा, उनमें वह छोटी-सी हठीली इच्छा कुंडली मारकर बैठी थी। अभी भी—इस उम्र में भी। कवि-लेखक कितने कमज़ोर और कोमल होते हैं, यह मैंने तबसे कितनी बार देखा है। कोई दो कौड़ी का आदमी भी उसकी तारीफ़ कर दे, वह लहालोट हो जाता है। उसका मर्म, उसका हृदय-तल कितना कोमल, सहज और उमड़ता-घुमड़ता रहता है। मैंने देखा कि वे अपने ध्वंस से कितने पीड़ित थे। निराला सबसे पहले उन्हें धुन चुके थे। इसके बाद भी इस कवि का बड़प्पन यह था कि उसने 'अनामिका के कवि के प्रति' जैसी सुन्दर कविता निराला के ऊपर लिखी थी। भुवनेश्वर अलग तरह से धुन चुके थे और पंडित रामविलास शर्मा ने तो मटियामेट ही कर दिया था। शुक्ल जी ने अपने इतिहास में उन पर अच्छा-ख़ासा लिखा था। निराला

पर उतना नहीं। लेकिन उन्हें उससे संतोष नहीं था। 'छायावाद' या आधुनिक कविता की आलोचना में शुक्ल जी, वैसे भी, एक शुरुआती दौर के आलोचक हैं। यद्यपि कि नगेन्द्र ने उन पर इतनी अच्छी किताब लिखी, लेकिन नगेन्द्र उनकी नज़र में कसौटी नहीं थे। दूसरी ओर खुद उन्होंने 'पल्लव' की भूमिका लिखकर हिन्दी कविता को रीतिकाल के चंगुल से ही नहीं, मैथिलीशरण गुप्त के खड़खड़ाते तुक-ताल से भी मुक्ति दिलायी थी। वे हिन्दी के खिलौने थे। अपने समसामयिकों की कविता को अलग से एक 'पहचान' दिलाने वाले वही थे—अपनी कविता और कला की आक्रामक व्याख्या करके। फिर ऐसा क्या था, या ऐसा क्यों था कि वे अपने ध्वंस से इतने डरे हुए थे ? वे चाहते थे कि उनकी तारीफ़ हो। वे यह चाहते थे कि उनकी कविता की एक ऐसी अनहोनी व्याख्या प्रस्तुत की जाय जो उनके सम्पूर्ण ध्वंस को धो-पोंछकर मिटा दे। वे सोचते थे कि उनकी कविता में सचमुच ऐसा कुछ है, जिसे लोग पकड़ नहीं पा रहे हैं और इसी वजह से उनका ध्वंस हो रहा है। लेकिन वे स्वयं भी यह नहीं जानते थे कि उनकी कविता में वह अन्तर्तत्व क्या है और कहाँ है ? लेकिन वे सोचते थे कि काश ! कोई उस छिपे हुए, अभूतपूर्व अन्तर्तत्व को बाहर निकालकर रख दे। और फिर, तब वे भी उसे पा जायँ।

लेकिन यह कहाँ और कैसे सम्भव था ? ऐसे में यही हो सकता था कि जो कुछ भी वे कहते हैं, रचते हैं, लिखते हैं, उसे ही प्रमाण मान लिया जाय। क्या एक कोमलकांत, कोलाहल में छटपटाते, शान्त कवि को और अधिक खिन्न और उदास करना ठीक होगा ? ऐसे में मैंने उन्हीं को प्रमाण मानकर भूमिका लिख दी। ठीक है, यही सही।

पन्त जी उसे पढ़कर बहुत प्रसन्न और आह्लादित हुए और उस पर अपने हाथ से लिखकर एक टिप्पणी भी दी जो अभी भी उन्हीं की हस्तलिपि में संग्रह के शुरू में छपी है।

लेकिन इस कथा का अन्त यहीं नहीं हुआ। जो अन्त हुआ, वह एक अलग दु:खान्त है।

एक दिन सिविल-लाइन्स में पन्त जी मिले तो अचानक ही पूछ बैठे, 'क्या तुम मानते हो कि जो तुमने लिखा है, वैसा ही है ?'

मैंने कुछ नहीं कहा।

लेकिन कवि की वह उदासी बड़ी पीड़ादायक थी।

वे उतने भोले भी नहीं थे।

वे विश्वास करना चाहते थे लेकिन सन्देह उन्हें धर-दबोचता था।

और होना भी क्या था !

३०

उन दिनों (१९५९-६१ के आसपास) शमशेर अपने ऊजड़ एकान्त में निवास कर रहे थे। अपने चारों ओर बस, वही थे। उनमें प्रवेश पाना कठिन था। बाकी सब औपचारिकताएँ होती थीं। वे अपने हर काम में ग़ैरहाज़िर रहते थे। चलना-फिरना, उठना-बैठना, खिचड़ी डालना, चाय का पानी रखना, नीचे भागते हुए जाकर सुलाकी की दूकान से मेरे लिए रसगुल्ले और दही का कुल्हड़ लाना, आवभगत, मेहमाननवाज़ी—सब यंत्रवत्। सब निभाते हुए भी वे कहीं नहीं होते थे। वे ख़बर देकर आ गये, आपको नाश्ता करा दिया, आपके साथ हँसे, प्यार किया, वात्सल्य-भरी एक मीठी नज़र फेंकी—लेकिन सब कुछ इस इन्तज़ार में कि आप जल्दी दफ़ा हों और वे घर में रहते हुए भी अपने 'घर' में लौटें। तो यही होता था। वह लड़की ज्योंहि पार्क के छोर पर प्रकट होती, मैं सीढ़ियाँ उतर जाता। मैं जानता था, अब वे निश्चिन्त बैठे होंगे—अपने अकेले आईने के सामने। दाढ़ी पर हाथ फेरते, कुछ सोचते-विचारते :

राय सुभाँय मुकुर कर लीन्हाँ।

फिर वे डूब जाते थे—अपने गहन एकान्त में। धीरे-धीरे घुलते हुए वे ग़ायब होने लगते थे। और फिर गुम। शब्द-बिम्बों की चहचहाती दृश्यावलियाँ उन्हें घेर लेती थीं। उस एकान्त में धीरे-धीरे उनका चेहरा नरमाई में चमकने लगता था। कसे हुए, तीर्यक होंठ ढीले होकर अपनी नुकीली गढ़न में मुस्का उठते थे। और फिर कहीं इधर, कहीं उधर, किसी डायरी, पीली कापी, या पुराने काग़ज़ों की पीठ पर कोई शब्द यहाँ, कोई वहाँ वे रखने लगते थे। फिर आधी-अधूरी पंक्तियों का सिलसिला शुरू होता था और कवि एक समृद्ध आनन्द की मुद्रा में लगभग नृत्य करने लगता था। कभी स्टोव के साथ, कभी चा की प्याली, कभी टूटी-बिखरी पत्तियों, कभी जल-रंगों या सूखे पेस्टल या तैल रंगों के साथ। कभी भोथरी ब्लेड से स्केच पेंसिलों को छीलते हुए अचानक उँगली कट जाने से, उसे होंठों में चूसते हुए डिटॉल की शीशी ढूँढ़ते हुए और उधरी रज़ाई से रुई का फाहा नोचते हुए....

शिला का ख़ून पीती थी
वह जड़
जो कि पत्थर थी स्वयं।

अपनी इस एकान्त भाव-मुद्रा में उन्हें किसी भी तरह का ख़लल बर्दाश्त नहीं था। फिर उन्हें अचानक ख़याल आता कि कोई टपक न पड़े। या थके-माँदे प्रेमी-युगल आकर ही न पसर जायँ और उन्हें फिर एक चेहरा उठाकर ओढ़ना पड़े। सो, वे अचानक भागते और नीचे दर्जी को एक ताला थमा कर कहते कि वह बाहर से बन्द कर दे, और जब वे कहें, तब खोले। कभी-कभी तो सारा दिन गुज़र जाता। दर्जी बार-बार बाहर सड़क पर निकल कर ऊपर देखता, कि शायद वे बार्जे पर खड़े हों तो पूछ ले कि कब खोलना है। लेकिन वहाँ सन्नाटा रहता। हम लोग ताला देखकर लौट जाते। मैं लड़की को गली के मुहाने तक छोड़ आता और फिर किसी रेस्त्राँ में बैठकर इन्तज़ार करता। फिर आठ बजे के आसपास जब दर्जी दूकान बन्द करता तो वह ताला खोलकर ऊपर जाता। वह देखता कि नीचे वाला कमरा सुनसान है। वह सीढ़ियाँ चढ़ कर ऊपर जाता। वह पाता कि कवि तो गहरी नींद में हैं। वह ताला-चाबी डालकर चुपचाप नीचे उतरता और सीढ़ियों का दरवाज़ा उठँगा कर चल देता।

निंदिया सतावे मोहे सँझही से सजनी
सँझही से सजनी (१)

प्रेम बतकही
तनक हू न भावे
सँझही से सजनी (२)
निंदिया सतावे मोहे...,

उस निभृत-निबिड़ नींद से जब वे एकाएक जागते तो तुरन्त एक अपराध-बोध से उनका चेहरा घिर आता। वे धड़धड़ाते हुए नीचे उतरते और पाते कि वहाँ मैं चुपचाप लेटा हूँ। वे फट-से पास बैठ जाते और बालों में हाथ फिराने लगते, जैसे मना रहे हों। वे चेहरे का भाव भाँपते और फिर वात्सल्य से कुछ चिढ़ाते हुए हँसते।

'कब आये ?' वे पूछते।

'अभी, थोड़ी देर हुई...।' मैं कहता

'मास्टर साहब (दर्जी) से चाबी मिल गयी ?' वे उत्सुकता ज़ाहिर करते।

'चाबी ?....नहीं तो।' मैं थोड़ा चकित होकर कहता।

'अच्छा...नहीं तो, खैर...बहरहाल। नहीं, कुछ नहीं।' वे मेरे बालों को एक फूल-सा झटका देते उठ जाते। फिर एक चक्कर कमरे में घूमते हुए वे हिसाब-किताब बैठाते। फिर आकर बोलते, 'तो चाय क्यों न पी जाय ?

और फिर वे चाय बनाने में जुट जाते।

मैं इतना ही करता कि उनके इर्द-गिर्द खड़ा रहता। लेकिन फिर पाता कि इससे वे कहीं दूर जा रहे हैं। वे अस्त-व्यस्त हो रहे हैं। उनके होंठों में एक टेढ़ा स्पन्दन खेलता हुआ नज़र आता। तब मैं जाकर चुपचाप बिस्तर पर बैठ जाता।

थोड़ी देर में वे दो प्यालियाँ पकड़े हुए नमूदार होते।

३१

एक अजब-सा कठिन जीवन था उनका। उन दिनों वे, शायद, कुछ नहीं करते थे। माया-प्रेस से बाहर आ गये थे। तेज बहादुर चौधरी कुछ पैसे भेजते थे। निपट और निचाट ग़रीबी के वे जैसे आदी हो गये थे। तब सिर्फ़ बिम्ब, कविताएँ, और मिथक ही उनके सम्पूर्ण अस्तित्व में घुले रहते थे। विराट 'डिप्रेशन' से कविता ही उन्हें उबारती थी। भूखे-प्यासे, निचिन्त, मस्त वे रचना की विराट और अभूतपूर्व समृद्धि का आख्यान नज़र आते थे। कोई कुछ नहीं कर सकता था। दुनिया से पूरी तरह ग़ैरहाज़िर यह कवि, दुनिया और मनुष्य की सघनतम सच्चाइयों को उकेरने में लीन रहता था। 'विथोवेन' की 'नाइन्थ सिम्फ़नी' उनके जीवन और उनकी कविता पर एकदम सही बैठती है। नगाड़े की सघन 'घम्म-घम्म' के भीतर से अत्यन्त कोमल, मृदु संगीत लगातार उसमें बजता रहता है। उनके कठिन जीवन की इस घमक के भीतर इसी तरह उनकी नरम-कोमल कविता अनाहत रूप से बजती रहती है। कहीं कोई बाधा नहीं, रुकावट नहीं, शिकवा-शिकायत नहीं, उलहना नहीं। लेकिन 'डिप्रेशन' से उबरने का एक दूसरा तरीका भी वे अपनाते थे। वे क़तई दुनियाादर नहीं थे। इसलिए लोगों के यहाँ उनका जाना दुनियादारी की तहत नहीं होता था। जब तक वे सृजन में रमे रहते तब तक तो कुछ भी नहीं होता था। लेकिन बीच-बीच के अवकाश ? इस अवकाश में ही वह विराट दैत्य मुँह बाये खड़ा रहता था। तब वे निकल जाते। कभी नरेश जी की तरफ़ लूकरगंज, कभी महापालिका-परिसर में व्रजमोहन व्यास के यहाँ। वहाँ से प्रो० एजाज़ हुसेन, श्रीकृष्ण दास, आशामुकुल दास, प्रकाशचन्द्र गुप्त और अन्त में बाई का बाग में प्रोफ़ेसर नरवणे के यहाँ। वे हर जगह प्यार और औपचारिकता से छलकते रहते। तब लगता ही नहीं था कि यह आदमी, इतना निबिड़ एकान्तिक है। वास्तव में

यह लगातार भागते रहने का एक क्रम होता था। केवल कवि ही जानता था कि उस दैत्य से वह कितनी दूरी पर है। फिर इन आवाजाहियों के बीच ही कहीं कोई बिम्ब, कोई दृश्य, कोई शब्द उनके भीतर बिजली की तरह कौंध उठता। फिर तो वे अपने अकेले कमरे में लौटने के लिए व्याकुल हो उठते। लगता, वे जान छुड़ा रहे हैं। एकदम रूखड़ और खुरदरे और अस्वाभाविक हो उठते वे। और चल देते।

३२

वे लोगों के बारे में बहुत कम बातें करते थे। मान लीजिए कि वे किसी की बुराई कर रहे हों। आपने अगर बुराई का सूत्र पकड़ लिया और उसे आगे बढ़ाने लगे तो वे तुरन्त पलट जाते थे। वे तुरन्त तारीफ़ पर उतर आते थे। सच यह था कि वे अपनी बात की व्याख्या नहीं चाहते थे। पसन्द नहीं करते थे। वैसे भी वे किसी के व्यक्तिगत जीवन के बारे में कभी कोई टिप्पणी नहीं करते थे। बुराई से मेरा मतलब साहित्य की आलोचना से है। वे एक अद्‌भुत श्रोता थे और नौसिखियों की निरर्थक बातों में भी ज्ञान का कोई कण ढूँढ़ने को दत्तचित्त रहते थे। अपने बहुत सारे प्रिय लोगों की रचनाओं के बारे में वे लाख घेरने पर भी कोई टिप्पणी नहीं करते थे। अगर आपने उन्हें विवश कर ही दिया तो वे एक खोखली प्रशंसा पर उतर आते थे। तुरन्त समझ में आ जाता कि उस लेखक के बारे में यह उनकी निपट नापसन्दगी का इज़हार है। फिर अपने-आप उनकी घेरेबन्दी छोड़ देनी पड़ती थी। लेकिन जो लेखक उन्हें पसन्द थे उनकी रचनाओं में उनकी अद्‌भुत पैठ नज़र आती थी। उनके बारे में बातें करते हुए वे एकदम विभोर हो जाते थे। जैसे भुवनेश्वर के बारे में। या निराला, त्रिलोचन और मुक्तिबोध के बारे में। पॉल एलुआर, पॉल वेलरी, लुई अरागाँ, पाब्लो नेरुदा, डिलन टामस, एज़रा पाउण्ड, गोर्की या दास्तोवेस्की के बारे में वे बहुत बोलते थे। येट्स, बॉदलेयर और रिल्के उन्हें बहुत पसन्द थे। लेकिन सबसे अधिक मुहम्मद इक़बाल। ख़ासकर इक़बाल की कविता की गहन दार्शनिकता और शब्द-संक्षिप्ति की तारीफ़ करते वे थकते नहीं थे। फिर वे उलझ जाते थे। आप इक़बाल के बारे कितना जानते हैं, आप सुन रहे हैं, या नहीं सुन रहे हैं, आप बोर हो रहे हैं, उनकी चाय ठण्डी हो रही है—लेकिन नहीं, इक़बाल की कविता के विभिन्न गहन पहलुओं की असाध्य व्याख्या में वे डूब जाते थे। उनकी विश्लेषण-क्षमता विचित्र थी और स्मृति असाधारण।

वे जैसे अपने को समझा-बुझा रहे हों। फिर वे तृप्त नज़र आते थे और उसके तुरन्त बाद वे आपसे छुटकारे के लिए तड़फड़ाने लगते थे।

'आप बहुत कम खाते-पीते हैं।' एक दिन अचानक मेरे मुँह से निकल गया।

वे एकदम स्तब्ध हो गये। उनको बुरा लगा। वे कुछ धरने-उठाने लगे—कुछ इस तरह जिसमें चिढ़ झाँक रही थी। इस तरह की सहानुभूति उन्हें बिल्कुल नागवार लगती थी। वे भीतरी तौर पर आहत होते लेकिन ऊपर से तुरन्त मोर्चेबन्दी कर लेते। यह उनके पौरुष पर आक्रमण था। तो उस दिन भी मैंने सोचा कि वे अपने सन्नाटे में घुस जायेंगे और फिर उनसे बात करनी भी मुश्किल हो जायेगी।

'तुम्हीं कौन बड़े स्वस्थ हो ?' तभी वे अचानक बोल पड़े।

मैं खुश हो गया। बात बिगड़ने से रह गयी। मैं बच गया। मेरा डर दूर हो गया।

'उसकी वजह दूसरी है।' मैंने यह सब सोचते-सोचते कहा।

'तो इसकी वजह भी दूसरी है।' उन्होंने तुरन्त कहा, कुछ खीझ और जवाबदेही के स्वर में।

मैंने वह वजह समझ ली। मुझे लगा, मैंने अमानुषिक ढंग से उन्हें आहत किया। जो वजह चारों ओर बिखरी-छितराई हुई है उसे जानते हुए भी। दुख-तकलीफ़ को वे बोलने नहीं देते थे। क्या मजाल कि कोई छेड़छाड़ कर ले। सो, मैं चुप ही रहा।

तब दोपहर थी। शाम तक वे बहुत अस्त-व्यस्त रहे। जैसे किसी ने उन्हें अनचक्के में ठोकर मारी हो। फिर, शायद, वे धीरे-धीरे शान्त हुए। उन्हें लगा कि मैं उनसे कितना छोटा हूँ और फिर मेहमान भी हूँ। वे मेरे राज़दाँ भी हैं। मेरे पिता सन् १९१६ में पैदा हुए थे और शमशेर सन् १९१० में। इस हिसाब से वे मेरे पिता की तरह थे। उन्हें जहाँ यह ख़याल आया कि मैं मेहमान हूँ, उन्होंने सुलह कर ली। वे बीच के कमरे से हँसते हुए नीचे उतरे। अत्यन्त मृदु और शान्त।

'मैं तुम्हें इक़बाल का एक शेर सुनाऊँगा।' उन्होंने अचानक कहा और मेरी बगल में बैठ गये।

मैंने समझ लिया, अब वे मोर्चा उठा चुके हैं। अब वे एकदम पारदर्शी हो गये हैं।

'और वह तुम्हारी दोपहर की बात का जवाब भी है।' वे बोले। लेकिन बोलने में अब रूठने वाली ठनक नहीं थी।

'शेर, बहरहाल...मेरे लिए है। तुम तो अभी नौजवान हो।' ठुनकियाते हुए वे हँसे। फिर वे सुनाने की मुद्रा में दत्तचित्त हो गये।

न बचा-बचा के तू रख इसे, तेरा आईना है वो' आईना
कि शिकस्तः हो तो अज़ीज़तर है निगाहे-आईनाशाज़ में।

फिर उन्होंने समझाया भी। लेकिन मैं उनके चेहरे पर आती-जाती रहस्य की छायाएँ देखता रहा। 'कम्यून' में रह आया कवि, एक धुर कम्युनिस्ट...किस तरह, किस सलीके से अध्यात्म को उत्तरीय की तरह ओढ़े हुए था। यही वह ऊँचाई थी जहाँ दूसरों का जाना मुश्किल था। इसीलिए अनाम रहते हुए, उन्चास बरस तक बिना कोई कविता-संग्रह छपाये, कविता को 'केरियर' मानने से अकूत नफ़रत करने वाला यह कवि, अपने समय का सबसे बड़ा कवि है। उसके बारे में उसी की यह कविता-पंक्ति एकदम सही उतरती है :

आदमी की अमरता कवि है।

३३

इलाहाबाद में लोग क्यों बसना चाहते हैं ? शहर का औद्योगिक विकास तो नहीं के बराबर है। जमुना-पार नैनी में थोड़ा-बहुत नया-पुराना औद्योगीकरण है, लेकिन उससे इस शहर के बड़े हिस्से की रोज़ी नहीं चलती। तीर्थ होते हुए भी इलाहाबाद में तीर्थों का घमासान नहीं है। जैसे तिरुपति में है, जैसे बनारस में है, जैसे जगन्नाथ जी के मन्दिर में, पुरी में है। यह ज़रूर है कि अमावस्या पर गंगा के विशाल पेटे में कुछ दिनों के लिए एक नया शहर बस जाता है। अर्द्धकुम्भ पर थोड़ा और बड़ा और पूर्ण कुम्भ पर तो इस शहर की आबादी से दुगुनी-तिगुनी, चौगुनी आबादी वाला एक दूसरा नगर खड़ा हो जाता है। फिर वसन्त-पंचमी के बाद 'उत्सवों के अन्त का अवसाद' छा जाता है। सिर्फ़ एक बात साल भर होती रहती है। लोग त्रिवेणी में अपने पूर्वजों की अस्थियाँ सिराने आते रहते हैं। यह 'अन्त' का भी एक 'उदास अन्त' होता है।

फिर भी जो इलाहाबाद आता है वह यहाँ से जाना नहीं चाहता। पुराने शहर के अलावा शेष भाग तो अंग्रेज़ों का बसाया हुआ था। ख़ूब फैलकर रहते थे वे। इंग्लैंड में जगह के भूखे अंग्रेज़ हिन्दुस्तान में चारों ख़ाने चित्त होकर आराम करते थे। इलाहाबाद भी उनकी एक ख़ूबसूरत आरामगाह थी।

सिविल-लाइन्स, कैन्टूनमेण्ट, पुराना हाईकोर्ट, लम्बे-चौड़े गोल्फ़-ग्राउण्ड, उपवन, बगीचे, कम्पनी-बाग, सदर बाजार, गोरी पल्टन, काली-पल्टन....। उस नये इलाहाबाद में तब 'काले हिन्दुस्तानियों' का प्रवेश वर्जित था। सिविल-लाइन्स में उन दिनों, बताते हैं, कोई हिन्दुस्तानी मटरगश्ती के लिए नहीं आ सकता था। सिर्फ़ सागरपेशा लोग थे जो 'आउट-हाउसों' में रहते थे। या नाई-धोबी और ख़ानसामे या लॉन में बाग़बानी करते हिन्दुस्तानी सिपाही। बीच वाली सड़क, जो अब वकीलों-बैरिस्टरों और पुश्तैनी न्यायाधीशों से पटी पड़ी है—तब पहली बार पंडित मोतीलाल नेहरू आये थे वहाँ रहने, जो लगभग आधे अंग्रेज़ थे। मुहल्लों और सड़कों के नाम भी अंग्रेज़ों ने अपने लोगों के नामों पर रखा। इंग्लैण्ड का हर लफंगा यहाँ आकर अतीत और इतिहास में अपने को अमर करने के लिए व्याकुल हो जाता था। कैनिंग रोड, थॉर्नहिल रोड, हिवेट रोड...। अब ये नाम कभी-कभार किसी बूढ़े के मुखारविन्द से सुनाई पड़ जाते हैं। नये लड़के तो उन नामों से परिचित भी नहीं हैं। आज़ादी के बाद धड़ाधड़ लोगों ने इन इतिहास-पुरुषों को इतिहास के कूड़ेदान में फेंकना चालू कर दिया। यह काम एक दूसरे ढंग से आज भी चालू है। लेकिन अब मक़सद दूसरा है।

हाँ, मेरे घर के पीछे का मैकफ़र्सन पार्क, जो आमों का बगीचा है और जिसमें सेना के अफ़सरों के लिए अब एक ख़ूबसूरत तरणताल बन गया है, अभी भी अपना नाम यथावत बनाये हुए है। मैकफ़र्सन झील, जो पानी के लिए गंगा से मिली हुई है, अब उसके चारों ओर, मीलों में एक चहारदीवारी बनाकर, उसमें नेहरू पार्क विकसित किया जा रहा है। यह इतना बड़ा पार्क है कि शहर की एक चौथाई आबादी इसमें समा जाय। यह बीरबहादुर सिंह का 'आइडिया' था। पहले झील के चारों ओर घने जंगल थे और झील के उस पार नींवा गाँव। तब झील में थोड़ा भीतर इक्का-दुक्का मचानें होतीं जिन पर बैठे हुए निठल्ले दिन भर 'बंसी' लगाये रहते। बीच-बीच में वे सुर बाँधते या दूसरी मचान वालों से चुहलबाज़ियाँ करते। तब हम भगोड़े प्रेमियों के लिए यह जगह निरापद थी। ज्वार के घने खेतों के बीच के पतले डँड़ारों से होते हुए, अचानक हम झील के किनारे पहुँच जाते और दिन भर वहीं बैठे रहते। मछली मारने वालों की आपसी चुहल बन्द हो जाती और नींवा की ओर झील में नहाती या कपड़े फींचती औरतें हमें कौतुक से देखतीं। कभी-कभी कोई किसान या चरवाहा बगल से सकुचाता हुआ गुज़र जाता। तब लोग कितने सुसंस्कृत और निरीह हुआ करते थे। लेकिन वह आज का इलाहाबाद नहीं था। आज तो सिविल-लाइन्स में भी साढ़े-नौ बजे शाम के बाद लोग अपने बाल-बच्चों

के साथ घूमते हुए कतराते हैं। दूकानदारों को अपना थैला लेकर घर सुरक्षित पहुँचने की हड़बड़ी रहती है। साढ़े-सात बजे एक आदमी घंटा टनटनाता हुआ बाज़ार के बरामदों में घूमने लगता है। मतलब—दूकानें बन्द करो, बन्द करो....लुटेरों का वक़्त हो गया... हो गया।

लेकिन तब इलाहाबाद के बाहरी इलाके हमारे प्रिय शरण्य थे। एक अभयारण्य था—शहर के चारों ओर छितराया हुआ। हम चाँदपुर सलोरी या प्रयाग स्टेशन के उस पार, बाबूराम सक्सेना के पुराने मकान या चैथम लाइन्स की तरफ़ से नीचे कछार में उतर जाते। मीलों तक, पूरा कछार हमारे क़द के डुबावँ सरसों के पीले फूलों में झूमता होता। उसके बीच से गुज़रते हुए हम अक्सर छिप जाते। हमें प्यार करते हुए कोई देख नहीं सकता था। कोई गुज़रता भी था तो बगल से निकल जाता था। और अब ? स्थानीय अख़बार खोलो तो इस कछार में, हफ्ते में दो-चार लाशों की ख़बर तो रहती ही है। तब उसी कछार से निकलते हुए हम बाँध रोड पर आते और फिर नीचे उतरकर, 'नेह-निकुंज' में बाघम्बरी गद्दी के बगल में बँसवारियों के पास, उस बहुत बड़ी गड़ही के किनारे बैठकर सुस्ताते। तब अल्लापुर में सिर्फ़ अमरूदों के बगीचे और एक बूचड़ख़ाना हुआ करता था। और एक बीच वाली पतली पगडंडीनुमा सड़क थी, जो हैजा अस्पताल से निकलकर अलोपीबाग में आ जाती थी। यही हाल जमुना की कछारों का भी था। कभी-कभी हम क़िले के बगल से होते हुए सरस्वती घाट और फिर मिण्टो पार्क में 'अशोक की लाट' के पास सारा दिन बिताते। भूख लगती तो काँटेदार तार फाँदकर मैं जाता और अमरूदों के बगीचे में से अधकच्चे अमरूद तोड़कर ले आता। कभी बलुआ घाट से नाव लेकर हम उस पार खेतों में उतर जाते या किनारे-किनारे 'विद्यापीठ' की ओर चले जाते। कभी 'एग्रीकल्चरल इन्सटीट्यूट' की नीचे, कछार से थोड़ा ऊपर, उस नीम के पेड़ के पास दिन बिताते। बाद के दिनों में जब मेरा बड़ा बेटा थोड़ा बड़ा हो गया तो उसे लेकर हम उसी जगह, हर साल उसके जन्म-दिन की 'पिकनिक' करते। वह चने-मटर के खेतों में भाग जाता और कभी नीचे, जमुना के पानी तक। फिर वह अपने ऊपर ख़ूब छींटे डालता और भीगा हुआ लौटता। हम उसके लिए अतिरिक्त कपड़े लिये रहते। उसकी वह भीगी हुई छवि बार-बार बोलती है—'अभी कल ही तो हुए....अभी कल की ही तो बात है।'

अब वे बाहरी इलाक़े ख़त्म हो गये हैं। अब वहाँ कोई जोड़ा घूमने का साहस नहीं जुटा सकता। यह एक हेकड़ी मानी जायेगी और आपकी उर्वशी का बलपूर्वक हरण कर लिया जायेगा। और अगर आपने ज़्यादा चीं-चपड़ की तो दूसरे दिन कछार में आपकी लाश पड़ी मिलेगी। जिनके

पास प्रेम नहीं था, जिनके पास तब संकोच था, जो तब दबे हुए विनम्र बने हुए थे, उन्हें अब वह सब चहिए और बलपूर्वक चहिए। प्रेम न हो तो ख़ूनी ऐश चहिए। वह उनके भोलेपन का ज़माना नहीं था, आपके दबदबे का ज़माना था। आप कहीं रहें, कुछ भी करें, आपका दबदबा हवा में तैरता था। तब कोई मुक्त समाज नहीं था, जहाँ आप प्रेम करते थे। वह मुक्ति सिर्फ़ शमशेर के कमरे तक सीमित थी। तब ख़तरा होटलों और रेस्त्राओं में जाने में था। अब बाहर, उस अभयारण्य में है, जो भय और अपराध का अरण्य बन गया है। हम एक मुक्त समाज की ओर नहीं बढ़ रहे हैं। हम एक ख़ूनी, बर्बर इन्तक़ाम की ओर बढ़ रहे हैं। इसके भीतर से ही बचे-खुचे हम हाँफ़ते हुए अपनी नई दुनिया में उतरेंगे। तब प्रेम सबके लिए सहज हो जायेगा।

३४

शाम को मैं प्रति दिन जब घूमने निकलता हूँ तो मैकफ़र्सन पार्क के पीछे वाली क़ब्रगाह तक अँधेरे में टहलता हुआ जाता हूँ। अब इस एकान्त सड़क का नाम 'निर्वाण मार्ग' है। क़ब्रगाह के मुख्य द्वार पर जो टोपीनुमा घर है उसमें कोई ग्वाला बस गया है। सेना के परिवारों की औरतें अक्सर दूध लेकर अँधेरे में बतियाती हुई लौटती हैं—औरतें, यानी सिपाहियों की औरतें। हमारे क्षेत्र के हट्टे-कट्टे लड़के जब कुछ नहीं मिलता तो फ़ौज में भर्ती होने चल देते हैं। उनमें से बहुत कम लौटते हैं। थोड़े दिनों बाद किसी अनाम फ़ौजी बैरेक से मार्फ़त ५६ ए० पी० ओ० उनका ख़त आता है। माता-पिता ख़ुश हो जाते हैं। फिर वे मनीआर्डर वाले डाकिये का इन्तज़ार करने लगते हैं। ये औरतें अक्सर भोजपुरी में बतियाती हैं। खाँटी भोजपुरी, जिसको सुनते हुए लालच बढ़ता है। कि मैं बोल दूँ। एक अमृत-तत्व होता है। हालाँकि वे अपने कठिन दुखों के बारे में बतियाती हैं—कभी हँसती हैं और फिर तेज़-तेज़ चलते एक अजनबी को आता-जाता देखकर चुप हो जाती हैं। मुझे लगता है, मेरी बुढ़िया है इन आवाज़ों के आसपास मँडराती हुई....कहीं मेरी डूब मरी माँ है। नहीं, उन्हें शक हो जायेगा कि मैंने अपनी चाल क्यों धीमी कर दी। भाखा जो मेरे कानों में घुली जा रही है, वह सहसा चुप्पी में बदल जाती है। मैं आगे बढ़ जाता हूँ। अब वे दिन नहीं बहुरेंगे—जब मुझे सिर्फ़ अपनी भाखा आती थी। अब मैं अकेला हूँ। मेरे बच्चों को भाखा नहीं आती।

यह क़ब्रगाह 'पवित्र रक्त' वाले अंग्रेजों की क़ब्रगाह है। काफ़ी बड़े

क्षेत्र में—पत्थर की चारदीवारी से घिरी हुई। चारदीवारी बदस्तूर कायम है, और क़ब्रें भी। कैन्टूनमेण्ट में होने के कारण, या क़ब्रों में सोये अंग्रेज़ अफ़सरों, सिपाहियों या उनके परिवार के लोगों के औपनिवेशिक प्रेतात्मा-भय के कारण, या भारतीय जनता के सरल आदर-भाव के कारण। बरसात में पूरी क़ब्रगाह में सरपत उग आता है और सितम्बर-अक्टूबर तक सफ़ेद काँस की लम्बूतरी फूल-छड़ियाँ हवा में सरसराती हुई हिलती रहती हैं :

अखिल यौवन के रंग उभार
हड्डियों के हिलते कंकाल
कचों के चिकने काले व्याल
केंचुली, काँस, सिवार
गूँजते हैं सबके दिन चार
सभी फिर हाहाकार।

फिर नींवाँ की तरफ़ से लोग आते हैं और सरपत की कटाई होती है। छोटी-बड़ी क़ब्रें; उनके वितान, क्रॉस और कँगूरे, या छोटी-बड़ी शिला-पट्टियाँ और नक्काशीदार छतों की ओढ़नी खुल जाती है। मटमैली, कत्थई क़ब्रें अपनी विनम्र शान्ति में जाड़े की दुपहरिया में धूप सेंकती हैं। उन क़ब्रों के समाधि-लेख पढ़ने लायक हैं। दिन और तारीखों के अलावा बाइबिल की सूक्तियाँ या माता-पिताओं के शब्दबद्ध हाहाकार। कहीं-कहीं कीट्स और शेली की कविताओं के टुकड़े, और एक जगह शेक्सपीयर की वह प्रसिद्ध पंक्ति—'फ्रेलिटी दाइ नेम इज़ वुमन।' पता नहीं, उस अंग्रेज़ औरत ने ऐसा क्या किया होगा ! शायद लड़ाई पर गये पति के साथ विश्वासघात। शायद प्रेम की उत्कट अभिलाषा में ध्वंस पर उतर आयी होगी वह। या शायद उस अंग्रेज़ ने शेक्सपीयर को ठीक से समझा नहीं होगा। लेकिन अगर ठीक समझा हो, तब शेक्सपीयर की यह पंक्ति एक कलंक की तरह उसकी क़ब्र पर उत्कीर्ण है। तो क्या उसे मरने के बाद भी क्षमा नहीं किया जा सकता था ? क्या सारी दुनिया में लोग औरतों के प्रति ऐसे ही दकियानूस होते हैं और उन्हें क्षमा नहीं करते ? या, क्या वह औरत किसी हिन्दुस्तानी सिपाही के प्रेम में घुल गयी होगी और उसे शेक्सपीयर को लगाकर तब तक के लिए यह गाली दी गयी होगी, जब तक क़ब्र पर उत्कीर्ण इस पट्टी को उखाड़कर फेंक नहीं दिया जाता ?

लेकिन उस क़ब्रगाह में एक और समाधि-लेख देखने लायक है। उसकी इबारत का हिन्दी-अनुवाद कुछ यों होगा :

प्यारे बेटे, यह धरती अपनी है, जिसके
गर्भ में तुम सोये हो।

मेरे लाड़ले, यही तुम्हारी मातृभूमि है अब
जहाँ हम
हजारों सालों तक रहेंगे।

इसमें हिन्दुस्तान की धरती के प्रति अंग्रेज़ों का प्यार नहीं व्यक्त हुआ है। यह एक औपनिवेशिक निश्चिन्तता है, यह 'ब्रिटिश राज' के सनातन बने रहने की बेरहम इच्छा है जो इन पंक्तियों में बोल रही है।

३५

इसके बावजूद, कुछ अंग्रेज़ों के लिए यहाँ की धरती 'मातृभूमि' थी। हम किराये के जिस मकान में रहते हैं, वह दरअसल अंग्रेज़ अफ़सरों के लिए बना हुआ बँगला है। नये ब्लूप्रिंट में इसे चार भागों में बाँट दिया गया है। अभी भी उसके दो हिस्सों में हिन्दुस्तानी ईसाई रहते हैं। और अगल-बगल के कुछ मकानों में भी। हमारे घर के सामने भी एक उतना ही बड़ा बँगला है जिसमें अब हमारा मकान-मालिक रहता है। पहले उसके एक हिस्से में विधवा श्रीमती पेटरसन रहती थीं जिन्हें सभी लोग प्यार से 'मामा' कहते थे। उनके लड़के लन्दन चले गये थे। उसी मकान के एक हिस्से में श्री बर्ट्रेण्ड शॉ रहते थे। वे ख़ालिस अंग्रेज़ थे। जब हम इस मकान में आये तो बर्ट्रेण्ड शॉ अस्सी के आसपास रहे होंगे। एक ख़ूबसूरत, दुबला, लम्बा, सफ़ेद बूढ़ा। उनके घर के सामने की फ़ेन्स उजड़ गयी थी, जिससे घर उघड़ गया था। आज़ादी के तुरन्त बाद उनके बाल-बच्चे और परिवार के लोग इंग्लैण्ड चले गये थे। लेकिन वे नहीं गये। अपने निर्भ्रान्त अकेलेपन, असहायता, दरिद्रता और भुखमरी के बावजूद वे अपना तीन कमरों का घर छोड़कर नहीं गये। उनका जमा पैसा धीरे-धीरे ख़त्म हो गया था। तार-तार कमीज़ और चूतड़ों पर फटे पैंण्ट में से उनका हिलता-फिरता कंकाल झाँकता रहता। आसपास के सभी परिवारों से उनका खाना-नाश्ता बँधा हुआ था। जब हम आये तो हमसे भी कहा गया। इस पड़ोसी-धर्म में सभी लोग बाख़ुशी शामिल थे और बर्ट्रेण्ड शॉ मस्त भाव से खाते-पीते, टहलते-घूमते, बिड़ी फूँकते ज़िन्दा थे। लोग उन्हें कमीज़ें और पैण्ट भी देते, लेकिन वे कोई भी कपड़ा तब तक पहने रहते, जब तक वह तार-तार न हो जाता। उन्हें लाल रंग बहुत पसन्द था और उनके गोरे शरीर पर खिलता भी था। लेकिन उसे भी वह तब तक पहने रहते, जब तक उसका रंग चीकट पड़ते-पड़ते कत्थई और फिर काले में नहीं बदल जाता। कभी-कभी लॉन

में उनका सार्वजनिक स्नान होता। बच्चे जुट जाते। कोई उनकी पीठ मलता, कोई बाँहें, कोई पेट, कोई टाँगें। यह एक उत्सव होता। बर्ट्रेण्ड शॉ पोपले मुँह हँसते हुए बच्चों पर छींटे मारते और फिर सब कुछ एक अनिर्वचनीय खेल में बदल जाता। उन्हें हिन्दुस्तानी खाना बहुत पसन्द था—ख़ासकर मार्च-अप्रैल के महीने में पुदीने में बनी हुई कच्चे आम की चटनी और रोटी। वे कोई परहेज़ नहीं करते थे। वे कोई बिल नहीं भरते थे। उनके घर की झारी-बुहारी करना, जाले निकालना भी पड़ोसियों का काम था।

एक दिन जब मैं गुज़र रहा था तो उन्होंने इशारे से मुझे बुलाया। वे अपने बरामदे में खड़े थे। वे आगे-आगे भीतर चले गये। वह उनका 'बेड-रूम' था, जिसमें महोगनी का पुराना 'डबल-बेड' पड़ा था। उसके एक पाये के नीचे ईंटें जमाकर रखी थीं। गद्दे चीकट और जर्जर हो गये थे और उनकी रुई चूहे नोच-नोचकर कमरे में बिखराये हुऐ थे। मुझ अजनबी को कई चूहों ने कोनों-अँतरों से चकित होकर झाँका और फिर भागे। एक ओर दो पुरानी कुर्सियाँ, एक बड़ी-सी आरामकुर्सी और कोने में एक बड़ा-सा पुराना ट्रंक। बर्ट्रेण्ड शॉ ने बैठने के लिए नहीं कहा। वे इशारा करते हुए मुझे ट्रंक तक ले गये। उन्होंने उसका ताला खोला। फिर उन्होंने उसका ढक्कन उठाने की कोशिश की। नहीं उठा तो मुझसे हाथ लगाने को कहा। ढक्कन उठाकर मैं थामे रहा। वे धनुही की तरह झुके और ट्रंक कें गर्भ तक अपना हाथ ले गये। ट्रंक एकदम ख़ाली था। सिर्फ़ उसक पेंदे में, अख़बार में लिपटी, सुतली में बँधी हुई कोई चीज़ ट्रंक की पूरी लम्बान में लिटाई हुई रखी थी। उन्होंने बण्डल को मुश्किल से निकाला। ट्रंक का ढक्कन गिराकर, उसी पर उन्होंने मुझे बण्डल खोलने के लिए कहा। मैंने खोला तो उसमें झलमल करता हुआ सफ़ेद कपड़ा था—ताज़ादम और अनादिकालीन जैसे।

वह उनका कफ़न था।

उन्होंने बड़े एहतियात से फिर उसे रखवाया, ट्रंक बन्द किया और चाबी एक कील पर टाँग दी।

'वह देखो, वहीं रखी है।' उन्होंने चाबी की ओर इशारा किया, 'मामा को मालूम है और डिसूज़ा को भी।' उन्होंने कहा।

हम उनको अंग्रेजों के उसी क़ब्रगाह में दफ़नाना चाहते थे। इसके लिए ईसाई-समाज में बड़ी खींचतान हुई। क्योंकि भारतीय ईसाइयों की क़ब्रगाह तो यहाँ राजापुर में है। पहले यह निश्चित किया गया कि वे असली अंग्रेज़ थे या नहीं। तय हो जाने के बावजूद, न जाने किन कारणों से उन्हें उस क़ब्रगाह में जगह नहीं मिली। लेकिन हम ख़ुश थे कि उन्हें

राजापुर में ही दफ़नाया गया। वे हिन्दुस्तानी न होते हुए भी 'असली हिन्दुस्तानी' जो थे। उन्हें इस देश की आदत जो पड़ गयी थी। वे अंग्रेज़ होते तो अपने बेटे-बेटियों के संग कभी के इंग्लैण्ड चले गये होते।

उनकी क़ब्र पर कोई स्मृति-चिह्न नहीं बना। कोई पटिया भी नहीं लगी। कोई छतरी भी नहीं। फिर उस पर घास-फूस और एकवन के झाड़ उग आये। फिर बरसात में वह जगह थोड़ी धँस गयी। वहाँ एक खोखल बन गया जो बारिश में लगातार पानी से भरा रहा।

आते-जाते मैं कभी-कभी आँख उठाकर उस जगह को ढूँढ़ने की कोशिश करता हूँ।

लेकिन ऐसी सभी जगहें वहाँ सम हो गयी हैं।

३६

जहाँ 'अहमुटी' साहब रहते थे वह अब मुट्ठीगंज हो गया है। जिधर 'कीटिंग' साहब रहते थे वह कीटगंज। लेकिन मम्फोर्डगंज और लूकरगंज में परिवर्तन नहीं हुआ। इसी तरह एलेनगंज और जार्जटाउन भी विद्यमान हैं। लेकिन एलफ्रेड पार्क अब चन्द्रशेखर आज़ाद पार्क हो गया है और जहाँ आज़ाद शहीद हुए थे, वहाँ मूँछों पर ताव देती उनकी चिरपरिचित प्रतिमा लगी है। वैसे कम्पनी-बाग़ नाम अभी भी लोगों की ज़बान पर है। महारानी विक्टोरिया की मूर्ति कबकी हटा दी गयी, हालाँकि वह संगमरमर की सुन्दर छतरी और सिंहासन जस-के-तस हैं। जार्ज पंचम की मूर्ति भी हटा दी गयी है, केवल वह स्तम्भ ख़ाली-ख़ाली-सा खड़ा है। केवल 'पब्लिक लाइब्रेरी' अपनी गोथिक गरिमा के साथ खड़ी है, जिसमें धुआँई हुई किताबें और अख़बारों की पीली-जर्जर फ़ाइलें पड़ी हैं। हेमिल्टन रोड भी गायब हो गयी जिस पर भारती रहते थे, जब वे अतरसुइया के नरक से निकलकर आये थे। ऐडमांस्टन रोड का नाम ताशकन्द मार्ग पड़ गया। कैनिंग रोड—महात्मा गांधी मार्ग, थॉर्नहिल रोड—दयानन्द मार्ग और हिवेट रोड—विवेकानन्द मार्ग। लेकिन ख़ुसरोबाग़ नहीं बदला। न ही दारागंज, और न ही अल्लापुर। हालाँकि नामकरण के प्रयास चालू हैं। अब देशभक्ति के नाम पर अंग्रेज़ों के पीछे के स्मृति-चिह्नों को भी मिटा देने की कोशिश चल रही है। अल्लापुर को कुछ महान हिन्दू 'भारद्वाजपुरम्' कहने लगे हैं, जैसे ऋषि महोदय उस गड्हे में ही यज्ञ किया करते थे। इलाहाबाद को

'प्रयागराज' के सुमधुर नाम से पुकारने के लिए पिछले दिनों बहुत सारे लोगों की तबीयत मिचली पर उतर आयी थी। और फ़ैज़ाबाद को तो बाक़ायदा 'साकेत' घोषित कर ही दिया गया था।

इतिहास को इस तरह धोने-पोंछने का मतलब अपने अपमान को धोना-पोंछना नहीं है। यह ग़लतफ़हमी है कि इस तरह हम इतिहास से छुट्टी पा लेंगे। बल्कि उल्टा है। ऐसा करना कुछ हद तक घातक भी है। यह अपने अतीत से ग़ाफ़िल होना है। यह छलावे में आना है। अपमान से बचने का तरीका उसे स्मृति में सुरक्षित रखने में है। तभी सतर्क रहा जा सकता है। इतिहास हमें और कुछ नहीं देता, वह हमें चौकन्ना रहना सिखाता है। इतिहास को धुंध में डालकर हम किंबदंतियों में चले जाते हैं। फिर उसका मिथकीकरण होता है। उसमें उलट-पुलट भी सम्भव है। तब चौकन्ने और सजग रहने की बजाय हम ग़ाफ़िल पड़ने लगते हैं। हमारी क़ौम की ग़फ़लतों का एक मुख्य कारण हमारा इतिहासविहीन होना भी है। हम पुराणों को रचते रहे और अपने को भुलावे में रखने के लिए बहुत सारी प्रतिकूलताओं को अनुकूलीकृत करते रहे। हम समझते रहे कि हम बच निकलने में माहिर हैं। लेकिन इसके लिए हमें जो आहुति देनी पड़ी, उसका हिसाब लगायें तो रोमांच हो आयेगा। यही वजह है कि आज भी हम एक कबीलाई समाज का थोड़ा-बहुत व्यवस्थित रूप भर हैं, जिसके बाहर निकलते ही हम अनन्त ख़तरों से घिर जाते हैं। हमने अपने समाज को पूरी तरह घँघोला नहीं। अत: सारी चीज़ें अपनी बारीक परतों में बिल्कुल अलग-अलग हैं, जिन्हें उसी तरह अलग-अलग पहचानने में हम कभी ग़लती नहीं करते। सभ्यता के विकास में, इसीलिए हम एक घोंघे की चाल से अपने को चारों ओर से समेटे हुए धीरे-धीरे आगे बढ़ रहे हैं। और तिस पर तुर्रा यह कि हम अपने को बचाने में सफल रहे हैं।

३७

इलाहाबाद से ज़्यादा 'चर्च' इतनी छोटी या मझोली जनसंख्या वाले किसी शहर में होंगे, इसका मुझे यकीन नहीं आता। एक पत्थर गिरिजा है तो एक लाल गिरिजा। एक खपरैला गिरिजा है तो एक गैरिसन चर्च। सेमीनरी के भीतर वह भव्य गिरिजा है जिसके उत्तरी कँगूरे के पास किसी सन्त की क्रॉस उठाये हुए विशाल प्रतिमा पेड़ों की हरियाली के ऊपर तनी हुई दिखती है। एक गिरिजाघर जी० टी० रोड की हबड़-दबड़ के बगल में खड़ा है। जनता

के किये हुए नामकरण में एक सुरसुरिया गिरिज। (म्योराबाद) भी है, जिसकी मीनार कागज की टोपी की तरह आकाश में उठी है। इसे विपिन कुमार अग्रवाल ने कैनवस पर उकेरा था। चौक में जहाँ नीम का पेड़ है, जिस पर सन् १८५७ में क्रान्तिकारियों की लाशें झूलती थीं, उसके ऐन बाजू पर एक गिरिजाघर है। और कटरे में कचहरी के बगल, जहाँ टेम्पू खड़े होते हैं।

एक गिरिजाघर मेरे घर की मेंड़ पर भी है। पहले चारों ओर एक बहुत बड़ा उजाड़ मैदान हुआ करता था जिसमें काफ़ी पेड़ हुआ करते थे। उस मैदान में कई पगडण्डियाँ बन गयी थीं जिससे निकलकर हम तुरन्त पोनप्पा रोड या अशोक रोड या हाईकोर्ट के पिछवारे-परिसर में पहुँच जाते थे। गिरिजे का बड़ा-सा लोहे का फाटक हमेशा खुला रहता था और तीन तरफ़ से उसकी चारदीवारी भी कबकी टूट-फूट कर गायब हो गयी थी। केवल मुख्य सड़क की ओर एक ठिगनी, टूटी चारदीवारी बची थी। गिरिजे का मुख्य द्वार भी चौपट्ट खुला रहता था। गर्मियों के दिनों में कभी झाँकिये तो अजीब दृश्य होता था। सैकड़ों गायें उसके विशाल गर्भ में हिरी हुई पागुर करती रहती थीं। चारों ओर सुनसान रहता था और रात को शहर के उचक्के उन गायों की जगह ले लेते थे। वे गोबर-गोमूत एक तरफ़ झाड़-बुहार कर जगह बना लेते और आराम से निर्विघ्न जुआ जमता था। 'चर्च' का मैदान पूरब-पच्छिम की लम्बाई में था। उसकी पूरबी सीमा हाईकोर्ट से लगती थी और पच्छिमी कोना हमारे घर की गली से। इस 'चर्च' में न कोई प्रार्थना, न उसका रखरखाव, न देखरेख। हम लोगों को बड़ा अजूबा लगता था। इस तरह की दुर्दशा तो कभी किसी पूजा-घर की नहीं देखी, और वह भी इतना ख़ूबसूरत चर्च। पूछने पर पता चला कि पादरियों के दो ख़ेमों में पिछले बीस वर्षों से इस 'चर्च' को लेकर मुकद्दमा चल रहा है और फ़ैसला नहीं हो पा रहा है।

तभी एक दिन हादसे जैसा कुछ-कुछ घटित हुआ। 'चर्च'-कम्पाउण्ड के पूर्वी-उत्तरी कोने में नमूने के तौर पर एक सुन्दर-सलोना बँगला बनकर तैयार हुआ। फिर देखते ही देखते पूरे कम्पाउण्ड को जेल की ऊँची चारदीवारीनुमा चारदीवारी से घेर दिया गया। हमारे मुहल्ले के बच्चों का क्रिकेट-फुटबाल खेलना बन्द। गायों की पागुर बन्द। लफंगों का जुआ बन्द। नीम की दतुअन तोड़ना बन्द। लोगों का कतरी कटा कर तिरछे निकलना बन्द। फिर उस बन्द कम्पाउण्ड में जैसे रातों-रात, रक्तबीज की तरह नये बँगले उग आये। हमारे घर से 'शॉर्ट-कट' की बलुई पगडण्डी जो पोनप्पा रोड पर सीधे निकलती थी, वहीं पर हाईकोर्ट के मुख्य, माननीय न्यायाधीश का बँगला है। और गिरिजे का वह मुख्य फाटक माननीय

न्यायाधीश जी के घर का मुख्य फाटक है। बाकी, इस कम्पाउण्ड में कई सड़कें निकल आयी हैं और चारों ओर हाईकोर्ट के माननीय न्यायमूर्तियों के बँगले हैं। और उधर भी, शम्भू बैरेक्स के सामने भी, जो पहले मैदान हुआ करता था। अब इधर चारों ओर जगमग उजियारा रहता है। तब भी, जब हम लोगों की बिजली रात-रात भर ग़ायब रहती है। हमारे मुहल्ले के लोग पसीना पोंछते, मच्छर मारते, इस 'इस्पेसल इन्तजाम' और उस उजली भूमि और प्रकाश के 'अरोरा' को टुकुर-टुकुर ताकते रहते हैं।

और वह 'चर्च' ? वह उन सारे बँगलों के बीच में है। उसकी टिन (या एस्बेस्टस या सीमेण्ट) की लहरियादार, ढलुवाँ छत गहरे लाल रंग से रँग दी गयी है। और गिरिजे की दीवारें भी। लाल रंग की छत उन आधुनिक, ठिगने बँगलों के बहुत ऊपर-ऊपर, आसमान के नीले रंग में एक लाल फाँक की तरह धँसी हुई है।

और हाँ, गिरिजे के विशाल हॉल में दरियाँ और क़ालीन क़रीने से बिछे हैं और अनगिनत सोफ़े 'ग्रुप' में सजाये गये हैं।

यह न्यायाधीशों का 'मनोरंजन-गृह' है अब।

अवश्य ही इसके सारे कानूनी पेंच हल हो गये होंगे।

इतना सुन्दर और विशाल और अनमोल और अनहोना 'मनोरंजन गृह'—कहाँ, दुनिया के किस हिस्से में मौजूद है ?

३८

अचानक शमशेर बहुत रूखे, निर्मम और चिड़चिड़े हो गये। बाहरी दुनिया उनके लिए बेमानी हो गयी। उनकी हँसी लगभग ग़ायब हो गयी। वे हम सभी से उकताने और ऊबने लगे। और अपने सभी मित्रों और परिचितों से भी। उनसे मिलो तो लगता था, वे छटपटा रहे हैं। जैसे उनकी हर हरकत यह कहती थी, 'दफ़ा होओ, यहाँ से जाओ, बोर मत करो, मुझे अकेला छोड़ दो।' वे ज़्यादातर अटपटे वाक्यों में बोलते—अक्सर भूले हुए-से। उनके ललाट पर नसें और उभर आयीं। चेहरा धँस गया। लेकिन हाँ...बिस्तरा साफ़-सुथरा। बर्त्तन मँजे हुए। कमरे के जाले साफ़-सूफ़। धूल और ग़र्द भरसक बाहर और चीज़ें (जहाँ तक सम्भव था) क़रीने से लगी हुई। लेकिन कवि लगभग गुस्से में—बेचैन। यह सोचते हुए कि औपचारिकताएँ और सामाजिक सम्पर्क उस पर ख़ामख़ा के लिए भारी पड़

रहे हैं। और स्वभाव की नफ़ासत यह कि सीधे कह भी नहीं सकता कि 'बेवक़्त आये। मेरे पास अब किसी के लिए भी समय नहीं है।' जैसे शमशेर चाहते हों कि यह दुनिया कुछ देर, कुछ दिनों, अगर हो सके तो कुछ वर्षों के लिए तिरोहित हो जाय और सिर्फ़ वही रहें—सिर्फ़ वही—प्रेम के इस अचानक आये उन्माद में टूटते-बिखरते, लेकिन उसे अपने आग़ोश में बुरी तरह कसे हुए :

मुझसे दूर अलग न जाओ
मुझको छोड़ न दो
कहीं मुझको छोड़ न दो....

और तब शमशेर पचास बरस के हो रहे थे। और लड़की की उम्र कुल जमा उनकी आधी। हमारे लिए उनको इस नई भूमिका में अचानक पाकर 'ऐडजस्ट' करना थोड़ा मुश्किल हुआ। लेकिन शुरुआती अचम्भे के बाद हमने उनके चिड़चिड़े व्यवहार के आगे हथियार डाल दिया। वैसे भी वह परम एकान्तिक आदमी थे, लेकिन अब तो बिल्कुल 'तख़्लिया' हो गया। इस बार जब मैं कलकत्ते से आया तो केवल दो दिन टिक पाया। लगा कि वे बहुत तकलीफ़ में हैं। मैंने अटैची उठायी और 'राज होटल' में डेरा जमाया।

शमशेर ने उस लड़की की महत्वाकांक्षाओं को हवा देना शुरू किया। लेकिन गणित के आधार पर नापतौल कर नहीं। कहीं वे इतने सरल-सीधे और गहन रूप से भावुक आदमी थे कि वे ऐसा ही समझने लगे कि इस लड़की में ग़ज़ब की प्रतिभा है। वह कविता की ऊँचाइयों तक आसानी से पहुँच सकती है। कि वह अनिर्वचनीय सुन्दरी है—जैसा कि बुढ़ापे में प्रेम करने वाले लोगों के साथ अक्सर होता है। अतः वे तन-मन से उसे उपलब्धि के शिखरों तक पहुँचाने में जुट गये। उन्होंने उस लड़की की कविताओं पर मशक्कत शुरू की। फिर वे कविताएँ कुछ ऐसी हो जातीं कि जब वह उनका पाठ करती तो लगता, हम शमशेर की ही कोई कच्ची कविता सुन रहे हैं। लेकिन कोई मुस्कुरा नहीं सकता था। हमारे कई दुष्ट दोस्त आँखें चौड़ी करके एक दूसरे को सिर्फ़ घूरते और अन्त में 'वाह-वाह' भी करते। शमशेर शर्माते हुए, नज़रें झुकाये इस 'वाहवाही' पर ख़ुश होते।

तो शमशेर एक जोगी की तरह रम गये थे। पूर्ण रूप से प्रेम में एक 'होल-टाइमर'। मैं उनके पिछले जीवन के बारे में कुछ भी नहीं जानता था। सिवा इसके कि वे विधुर हैं। उनके एक भाई हैं....श्री तेज बहादुर चौधरी। भाई की एक बेटी है—इन्दु, जिसको वे बहुत प्यार करते हैं और वह शादीशुदा है। उनके एक भतीजा है—राजा, (राजबहादुर सिंह—अब

डाक्टर) जो बहुत ख़ूबसूरत है और सत्रह-अठारह साल का। तो वे बिल्कुल घरेलू नज़र आते। लेकिन अब ? अब उन्हें इस तरह रमे हुए, तनावग्रस्त और एक चिन्तित-चिन्मय आनन्द में डूबे हुए देखकर लगता कि, शायद, वे इसी इन्तज़ार में थे। उनकी कविताओं से तब कम ही परिचय था—थोड़ा 'दूसरा सप्तक' के माध्यम से और अब उनके छोटे-से संग्रह 'कुछ कविताएँ' के माध्यम से, जिसे जगत शंखधर ने एकाध साल पहले प्रकाशित किया था। उसकी एक प्रति उन्होंने हमें दी, जो आज भी उनके 'लिखे' के साथ सुरक्षित है। इसी तरह 'इतने पास अपने' की वह प्रति, जिसमें उन्होंने बहुत सारे फेर-बदल अपने हाथों से किये हैं और फिर हमें दे दी। . . . तो कविताएँ बोलती कम थीं, चुप रहने की ओर अधिक इशारा करती थीं। जबकि उस वक़्त की 'नई कविता' कितनी 'लाउड' थी—उबाने की हद तक। एक शब्द बार-बार उनकी कविताओं में 'रिपीट' होता था—'मौन'। और अब देखता हूँ तो पाता हूँ कि वह उनके पूरे काव्य-संसार का 'बीज' शब्द है। सैकड़ों बार 'रिपीट' हुआ है। तो कविताएँ कुछ नहीं बताती थीं। या यह हमारी ग़लती थी कि हम उनकी कविता और उनकी ज़ाती ज़िन्दगी को अलग-अलग मानकर चलते थे। सोचते थे कि कविता तो कल्पना का संसार है और जीवन ठोस, वस्तुगत, कटु सत्य, अति-साधारण। और सचमुच यह ग़लती थी। उनका जीवन और कविता—दोनों ही अति ठोस, वस्तुगत, कटु-सत्य से संधानित, अति-साधारण को असाधारण पारलौकिकता तक उठा देने के राग से अनुरंजित हैं। वे कविता में प्रेम और प्रेम में कविता खोजते और साधते हैं। उनके लिए यह एक 'अजपा-जाप' की तरह है—सम्पूर्ण अस्तित्व में घुला, नाभि से उठकर कंठ में थरथराता हुआ....निरंतर एक जोगेश्वर-भाव। इस प्रेम-प्रसंग के प्रकट होते ही जैसे उनकी ठाँठ और खुँखब़ ज़िन्दगी में अचानक बहा८ आ गयी थी। वे हवा के हर झोंके को बाँहों में बाँध लेने की कोशिश में जी-जान से जुट गये थे। तब हम देखते कि उनके चेहरे, हाथों और घुट्ठियों पर उभरी हुई नसें धड़कती हुई नज़र आतीं :

क्यों यह धुकधुकी, डर—
दर्द की ग़र्दिश यकायक साँस के तूफ़ान में गोया।
छिपी हुई हाय-हाय में
सुकून
की तलाश।

. . . .

तैरती आती है बहार
ख़ाब की दरिया में

उफ़क से
जहाँ मौत के रंगीन पहाड़
हैं।

३९

जैसे-जैसे शमशेर हवा देने लगे, लड़की की महत्वाकांक्षाएँ पेंग बढ़ाने लगीं। वह समझने लगी कि सैफ़ो, मीरा और महादेवी के बाद वह दुनिया की सबसे बड़ी कवयित्री बन सकती है। कि वह इस क्षुद्र जगत में कुछ भी हासिल कर सकती है। वह हर नज़रिये से एक क़ाबिल नवयुवती है और उसे कुछ भी कर डालने, सब कुछ ताबड़तोड़ पा लेने का एकछत्र अधिकार है। सो, वह फटाफट आगे बढ़ी। एक बार भटक खुल जाने के बाद उसका उच्छृंखल आत्मबल कई गुना बढ़ गया। उस घर में कवि-लेखक तरह -तरह के बैक्टीरिया की तरह फैले हुए थे। हवा के हर झोंके के साथ आते-जाते रहते थे। अज्ञेय भी अक्सर आते थे। उनका आना एक उन्मादक उत्सव की तरह होता था। सो, वह लड़की फटाफट आगे बढ़ी और उसने बड़ी जल्दी ही उस सुवेष, सुघड़, चमकते, गौरवशाली कवि से प्रेम कर डाला। सात पर्दों में छिपी हुई बात थी यह। क्योंकि वात्स्यायन शमशेर की तरह बिफरकर, मुक्त होकर, दुनिया को ठेंगा दिखाते हुए प्रेम करने वाले व्यक्ति नहीं थे। निजी मामला दोनों का था लेकिन अज्ञेय के लिए परम संगोपनीय, चुप-चुप, दुनिया की नज़रों से ओझल, छुपाछुपी जैसा। और शमशेर दूसरे के लिए मुक्त, खुला हुआ, उजाले के संगीत की तरह, प्रकट-प्रकट। लेकिन यह घटित हो गया। हम लोग अजीब पशोपेश में पड़ गये। 'यह क्या हो रहा है ? वात्स्यायन इतने 'छोटे' हैं ? उन्हें अपने कवि-मित्र का भी ख़याल नहीं ?' मुझे शमशेर पर गुस्सा आता। क्या वे इतने असहाय हैं कि ख़त्म नहीं कर सकते ? क्या वे डरते हैं कि फिर कभी प्रेम नहीं मिलेगा ? लेकिन यह तो खुल्लमखुल्ला अपमान है। ऐसे स्निग्ध और कोमल कवि को 'हर्ट' करना है। क्या वे बिल्कुल 'हर्ट' नहीं 'फ़ील' कर रहे हैं। या क्या वे अगली शताब्दियों के प्रेमी हैं जब तुम्हारी प्रेमिका को तुम्हारी ही बाँहों से कोई ले जायेगा और तुम उसकी आवभगत के उत्सव में मगन रहोगे। या यह दो बड़े लोगों का एक मुक्त व्यभिचार है ?

शमशेर से क्या मिल सकता था ? सिर्फ़ शब्द, सिर्फ़ ऊँचाइयाँ, सिर्फ़ अनन्त आकुल प्रेम, जो व्यक्त को भी अव्यक्त बना देता था। लेकिन

अज्ञेय से प्रेम करना तो सामान्य घर से आयी हुई उस लड़की के लिए एक उपलब्धि थी। उसकी नज़र में एक ऐतिहासिक उपलब्धि।

और वात्स्यायन के पास क्या नहीं था ? उन्होंने जीवन और साहित्य, दोनों अपनी शर्तों पर जिया। उनके पास शब्द, प्रेम में गुंजायमान आप्तवचन, वह धीमी गुनगुनाहट, वह पूरे व्यक्तित्व में झंकृत मौन और पारदर्शी, चमचमाती मुस्कुराहट, और कभी-कभी धुली हुई उदास हँसी—यह सब किस लड़की को पागल नहीं कर सकते थे ! और फिर एक ऐतिहासिक-राजनैतिक-सांस्कृतिक व्यक्तित्व, जो चमकती हुई लीक की तरह उनके पीछे-पीछे खिंचता चलता था। कितनी भी भीड़ में चलें, वात्स्यायन भीड़ से अलग नज़र आते थे। अकेले चलें तो सबकी निगाहें उनकी ओर उठ जाती थीं। वे चाहे घुलने-मिलने का जितना प्रयास करें—उनका व्यक्तित्व, उनका कंचन वर्ण, उनकी धजा, उनका रख-रखाव इसमें आड़े आता था। वे बहुत कोशिश करते थे लेकिन उनका शरीर उनके और जन-समूह के बीच में एक बाधा की तरह आकर खड़ा हो जाता था। चाहे वे जितना सामान्य बनने की कोशिश करें, उनकी 'विशिष्टता' उनसे छल कर बैठती थी।

लेकिन शमशेर ? भीड़ या भीड़ के बाहर भी आते-जाते उन पर किसकी नज़र पड़ती थी ? वह अत्यन्त सामान्य, साधारण, अदेखे आदमी थे—पूरे जन-समूह में मिले हुए, उसी के अंग। वैसा ही मटमैला, साँवला-सा, बुझा-बुझा, उदासी में अगम लेकिन हँसता हुआ—हमारे भारतीय जन का चेहरा। वही मिट्टी का रंग और आँखें....जिसे निराला ने कहा है :

देखा मुझे उस दृष्टि से
जो मार खा रोई नहीं।

कम्यून में रह जाये एक धुर कम्यूनिस्ट, जिसकी आन-बान, जिसकी सख़्ती, जिसकी विनम्रता रह-रह के बीच-बीच में झलक मारती रहती थी। लेकिन अब....इधर-उधर मारे-मारे फिरते। रोज़ी-रोटी का कोई ठिकाना नहीं। फिर भी ग़रीबी को ऐश की तरह भोगते। कवि के रूप में समादरणीय, लेकिन कभी सार्वजनिक नहीं। ज़्यादातर चर्चा का विषय नहीं। लोगों को याद भी कुछ इस तरह, कि भुलाये गये-से। जबकि अज्ञेय उस समय साहित्य में एक ऐतिहासिक खदबदाहट के अगुआ थे।

ऐसे वक़्तों में शमशेर घर से बाहर चले जाते थे। हम लोग हैरान-परेशान कि वात्स्यायन कब दिल्ली लौटेंगे। शमशेर क्या सोचते होंगे ? उन पर क्या गुज़र रही होगी—इसका अन्दाज़ा लगाना आज कठिन

है। लेकिन अज्ञेय का तो 'मोटो' था—'मुझे मूर्ति नहीं चाहिए, मुझे मूर्तिपूजक चाहिए। मुझे वह चाहिए जो मुझे देखे, जो मेरी ईश्वरता का पुजारी हो।' यानी अज्ञेय तो ख़ुद देवता के आसन पर विराजमान थे। जबकि शमशेर एक दीन-हीन पुजारी की तरह, आह्लादित, गद्‌गद, बराबर मंदिर के द्वार पर ख़ाली हाथ खड़े। दोनों में यही फ़र्क़ था। एक धौंस के साथ कहता था—'मुझसे, सिर्फ़ मुझी से प्रेम करो।' दूसरा कहता था :

द्रव्य नहीं कुछ मेरे पास
फिर भी मैं करता हूँ प्यार
रूप नहीं कुछ मेरे पास
फिर भी मैं करता हूँ प्यार
सांसारिक व्यवहार न ज्ञान
फिर भी मं करता हूँ प्यार
शक्ति न यौवन पर अभिमान
फिर भी मैं करता हूँ प्यार
कुशल कलाविद् हूँ न प्रवीण
फिर भी मैं करता हूँ प्यार
केवल भावुक दीन-मलीन
फिर भी मैं करता हूँ प्यार।

यह कविता सन् '३७', ३८ की है। इसमें शमशेर आगे एक और सत्य, एक और गहन मजबूरी की बात करते हैं :

उसकी बात-बात में छल है
फिर भी है वह अनुपम सुन्दर
माया ही उसका सम्बल है
फिर भी है वह अनुपम सुन्दर

यानी 'छल' की बात सन् सैंतीस-अड़तीस में भी है। लेकिन छल के 'छल' होने से क्या होता है ! 'छल' से सौन्दर्य नष्ट नहीं होता। प्रेम का भ्रम (माया) पैदा करने से वह नष्ट नहीं होता। चाहे वह 'वियोग का बादल' हो, 'अस्थिर नभ-सी' हो या 'अन्तिम भय-सी' हो—वह कैसी भी हो, वरेण्य है। कैसी मजबूरी है ! व्यक्तित्व में कौन-सी खोट है, या कौन-सी ऊँचाई है जिसकी वजह से यह मजबूरी पैदा हुई है ? कवि शमशेर के जीवन और काव्य का यह अनुभव सनातन है। सन् सैंतीस के बाद फिर सन् पचासी के आसपास यही आहत-जर्जर भाव पुनः व्यक्त होता है :

तुम मुझको दो
अपना रूप
अपना मद

अपना यौवन
अपनी शक्ति
अपनी माया
अपना प्रेम-छल
अपना सत्य–मेरा !

इसी **माया**, इसी **प्रेम-छल** में वह बँधा हुआ है। इनकार-तिरस्कार कहीं नहीं है। जैसे **'मौन'** कवि की पूरी कविता-यात्रा का बीज-शब्द है उसी तरह **'प्रेम-छल'** उसके जीवन और कविता, दोनों का आदि और अनादि अनुभव है। इस **'प्रेम-छल'** को जानते हुए भी वह जीवन भर इससे खेलता चलता है। क्योंकि उसके अलावा सत्य का कोई दूसरा चेहरा है भी कहाँ !

४०

लेकिन इस सारे काण्ड में वात्स्यायन की कोई ग़लती नहीं थी। वात्स्यायन कुछ नहीं जानते थे। वे यही समझते थे कि शमशेर का घर तो यों ही भरा रहता है। वहाँ सब कुछ सामान्य है। वहाँ कोई ऐसी चीज़ नहीं है जो भीतरी गहराई में 'कुछ और' हो। वात्स्यायन कभी भी अपने कवि-मित्र को तकलीफ़ देना नहीं चाहते थे। और सहसा ही उन पर यह बात प्रकट हो गयी। उन्हें बड़ी कोफ़्त हुई। उन्होंने अपनी हेठी महसूस की। अपनी ही नज़रों में उन्होंने अपने को छोटा महसूस किया। उन्हें लगा कि ऐसी क्षुद्रता हो गयी है जिसे धोया-पोंछा नहीं जा सकता। वे शमशेर से क्या कहते ? सफ़ाई देना सम्भव ही नहीं था। उनके लिए इस प्रेम का कोई ख़ास मतलब भी नहीं था। उन्हें लड़की पर बहुत गुस्सा आया और वे तुरन्त हट गये। जबकि शमशेर सोचते थे कि वात्स्यायन को समझना चाहिए था। और वात्स्यायन ? शमशेर जैसे 'मर्यादा पुरुषोत्तम' के बारे में वे कैसे यह सब सोचते ? बात आयी-गयी हो गयी लेकिन ख़लिश रह गयी। शमशेर के लिए तो प्रेम जीवन-मरण का सवाल होता था। उन्होंने फिर अपने भीतर अपने से सुलह कर ली। लेकिन वात्स्यायन के प्रति उनका दु:ख-जनित रोष काफी दिनों तक बना रहा। यह एक घटना से प्रकट है। इस काण्ड के कुछ दिनों बाद एक दिन निर्मल मेरी खोज में शमशेर जी के यहाँ पहुँची। हमेशा की तरह वे दरवाज़े की ओर पीठ करके बिस्तर पर बैठे थे। उनके आगे एक मोटी पोथी खुली हुई थी। निर्मल ने समझा 'डिडिया' अध्ययन-रत हैं। उसे सहज उत्सुकता हुई कि वे क्या पढ़ रहे हैं। उसने दरवाज़ें पर चप्पल

उतारी और दबे पाँव आगे बढ़ी। वह उन्हें चौंकाना भी चाहती थी। उनके ठीक पीछे जाकर वह खड़ी हो गयी। उसने देखा कि वह 'संकेत' का अंक खोले बैठे हैं। और वहाँ खोले हैं जहाँ लेखकों की तस्वीरें छपी थीं। उसमें अज्ञेय की एक निहायत ख़ूबसूरत, फ़्रेंच-कट दाढ़ी वाली तस्वीर छपी हुई थी। उसके नीचे शमशेर कुछ लिख रहे थे। निर्मल उत्सुकता में थोड़ा झुकी कि वे क्या लिख रहे हैं। तस्वीर के नीचे उन्होंने लिखा था—'फ़्रॉड'। अचानक उन्हें महसूस हुआ कि उनके पीछे कोई खड़ा है। उन्होंने मुड़कर देखा। निर्मल पर बहुत अधिक नाराज़ हुए—बहुत ही अधिक। यह नाराज़गी हमें काफ़ी महँगी पड़ी। कुछ इस हद तक कि उन्होंने हमारा लगभग पूर्णत: परित्याग कर दिया।

४१

उसकी बात-बात में छल है
फिर भी है वह अनुपम सुन्दर
माया ही उसका सम्बल है
फिर भी है वह अनुपम सुन्दर

कुछ इसी तर्ज़ पर शमशेर का जीवन फिर चलने लगा। लेकिन लड़की की जीभ पर तो ख़ून लग चुका था। उसे अपना घर, अपने लोग, अपना शहर—सब कुछ बहुत सीमित लगने लगा। यहाँ आगे बढ़ने के लिए कुछ भी नहीं था। न साहित्य में, न जीवन में, न 'कैरियर' के लिए। लोग बड़े दकियानूस और बासी नैतिकताओं के बाड़े में बँधे हुए घुट रहे थे। इलाहाबाद में क्या हो सकता था ! शमशेर भी उसकी हाँ-में-हाँ मिलाते थे। तो फ़ैसला यह हुआ कि 'दिल्ली चलो।' सो, शमशेर उसे लेकर दिल्ली गये। अब शमशेर किसी को लेकर दिल्ली जायँ और लोग उसे हाथों-हाथ न लें, यह कैसे हो सकता था। शमशेर इतिहास-पुरुष थे—विनम्रता और नफ़ासत की प्रतिमूर्त्ति। एक ठण्डी, बौद्धिक बयार की तरह थे वे। जिस घर में पहुँचें, वह महँक उठे। शमशेर अपने लिए कुछ नहीं चाहते थे लेकिन जिसको साथ लेकर गये थे, उसके लिए सभी कुछ करने को कटिबद्ध। पहले उन्होंने लड़की की रोज़ी-रोटी का जुगाड़ किया। क्या वे समझते थे कि बात यहीं तक रुक जायेगी ? शायद। शायद नहीं। क्योंकि थोड़े ही दिनों में लड़की उस आदमी की 'माइ क्वीन' हो गयी। धूमधाम से शादी हुई। शमशेर इस सारे कार्यक्रम के आयोजक-संयोजक—सभी कुछ थे।

फिर ? फिर वे अलग नहीं हुए। उसे उन्होंने मैत्री के संतुलन में बदल दिया। प्रेम और मैत्री, मैत्री और प्रेम—दोनों को कुछ इस तरह साधे रहते थे वह कि उनके व्याख्याकार हमेशा हैरत में रहेंगे। ऐसे व्याख्याकार जब चाहेंगे, हमें झूठ साबित करके निकल जायेंगे और कुछ पुराने और ठस आदर्शवादियों को अपने पक्ष में लेकर हँसने लगेंगे। ऐसे लोगों की आबादी आज भी कम नहीं है जो प्रेम को एक गुनाह से ज़्यादा कुछ नहीं मानते। और वे हमारी बातों को एक इल्ज़ाम की तरह लेंगे। ऐसे ही बाज़नुमा लोग जीवन के ख़िलाफ़ एक बाँध बनाते हैं। अगर सत्य पुरानी मर्यादाओं और रीति-रिवाजों में बँधा हुआ नहीं है तो वह सत्य नहीं है—ऐसे लोग यही तो मानते हैं। तो प्रेम और मैत्री, मैत्री और प्रेम की साधना शमशेर ने शुरू कर दी। वे मुक्त होकर भी मुक्त नहीं हुए। 'फ्रेण्ड-फ़िलॉसफ़र-गाइड' की तरह वे लगे रहे। उन्हें देखकर अजीब लगता था। जैसे कहीं कुछ हुआ ही न हो। जैसे सब कुछ सामान्य हो। भीतर की धसकन बाहर कहीं भी दिखाई नहीं पड़ती थी। क्या वे एक ऐसे देव-पुरुष थे जो ईर्ष्या-द्वेष, दुःख और खोने-पाने के भाव से एकदम ऊपर उठे हुए थे ? क्या अपनी प्रेमिका को दूसरे को सौंपते हुए उन्हें ज़रा भी हिचक नहीं होती थी ? या उनकी अनेकानेक मजबूरियाँ उन्हें ऐसा करने को बाध्य कर देती थीं ? उनके बस में, शायद, कुछ भी नहीं था। बस इतना ही कि दोस्ती के रूप में वे उसे ढोते रहें। एक जगह वे लिखते हैं :

अगर मुझे किसी से ईर्ष्या होती तो मैं
दूसरा जन्म बार-बार हर घंटे लेता जाता
पर मैं तो जैसे इसी शरीर से अमर हूँ—
तुम्हारी बरकत।

सत्य क्या इतना सरल है ? या सत्य क्या सचमुच इतना रहस्यमय है ? नहीं, दोनों का उत्तर है—नहीं।

४२

'सत्य को जानना इतना आसान तो नहीं है'—हमारे गुरु धीरेन्द्र वर्मा ने एक बार कहा था। तब नहीं कहा था जब हम उनकी कक्षा में पढ़ते थे, बल्कि तब, जब वे सभी जगहों से विमुक्त होकर पुनः इलाहाबाद लौट आये थे। लेकिन इस सनातन आप्त-वचन को न जानते हुए भी हम इसी के शिकार तो थे। इसी आप्त-वचन ने तो हमें आगे बढ़ना, बार-बार धूल में से

उठ-खड़ा होना, अपने को पहचानना सिखाया और धुर आवाराग़र्दी की ओर प्रेरित किया। इसी के भीतर से तो हम बार-बार जनम लेते और बार-बार मरते थे। जब हमारे दुनियादार दोस्त धीरे-धीरे अपने लिए जगह बनाने में दत्तचित्त थे, हम मिली हुई जगह को भी छोड़कर अकर्त्तव्य में अपने को झोंक देते। जब सब अपने सम्मान की रक्षा में तत्पर थे, मैं उपहास का पात्र बना घूमता रहा। लेकिन इसी सन्देह ने तो हमें चैतन्य-तत्व में परिणत किया। अपने को बार-बार तोड़ने और बनाने में हमने उस आनन्द की खोज की, उस आत्मविश्वास की, जिसके बल पर हम अभी भी जीवित हैं। तभी तो हम अपनी ही समृद्धि के उत्सव को तोड़ते रहे और पिटते, अपमानित होते रहे। तभी तो हमने मनुष्य-मात्र का सत्कार करना सीखा। तभी तो हमने जाना कि 'अप्रिय सत्य' को 'प्रिय सत्य' में बदला जा सकता है। जब हमारे गुरु ने यह बात कही तो हमें लगा कि हम गुरु-ऋण से मुक्त हुए—अनजाने ही। उन्होंने कुछ नहीं समझा होगा कि तब मेरी आँखों में आँसू क्यों भर आये थे। तब उन आँसुओं को भरसक रोकने की चेष्टा करते हुए हम अपने दोनों बच्चों को लेकर, उनके साथ ही कॉफ़ी-हाउस से बाहर निकल आये थे।

वे ऐसे तो नहीं थे।

अपना मन खोलना तो दूर, वे सामान्य संवाद का भी मौका किसी को नहीं देते थे।

वे ज्ञान और विद्वत्ता का मखौल उड़ाते-से लगते थे।

उनकी चुप्पी डरावनी होती थी और हँसी दैन्य-भरी।

यूनिवर्सिटी के सामने वाले अपने घर से हमेशा वे बिल्कुल समय से छाता लिए हुए विभाग तक आते। वे मझोली मोहरी का पैण्ट और माओ कोट पहनते थे। उनके अलावा वह कोट मैंने कभी किसी और को पहने हुए नहीं देखा। वे लम्बे क़द के, अत्यन्त दुबले और खंखड़ देह-धजा वाले एक कुरूप आदमी थे। तब हिन्दी की कक्षाएँ 'ओरियण्टल हॉल' में लगती थीं और उसके पीछे अमरूदों और मकोय के घने बाग थे। उनके कमरे की पीछे वाली गली का नाम लड़कों ने 'लव-लेन' रख छोड़ा था। कक्षाएँ न होने पर हम उन्हीं घने बगीचों में इधर-उधर बिखर कर बैठे रहते थे।

वे लेखक या रचनाकार नहीं थे। शुद्ध किस्म के 'एकेडमिक' व्यक्ति थे। संस्कृत से एम० ए० और सॉरबोन यूनिवर्सिटी, पेरिस से 'ब्रजभाषा' पर डि० लिट०। और हिन्दी-विभाग, इलाहाबाद विश्वविद्यालय के सनातन अध्यक्ष। विश्वविद्यालयों में हिन्दी-भाषा और साहित्य की पढ़ाई को उन्होंने व्यवस्थित किया। सच्चे मायनों में उन्होंने हिन्दी अध्यापकों का एक विशाल

'कॉडर' तैयार किया, जो यहाँ से दूसरी जगहों पर गये और वहाँ भाषा और साहित्य के पठन-पाठन को अनुशासनबद्ध किया। उन्होंने 'हिन्दुस्तानी एकेडमी' और 'भारतीय हिन्दी-परिषद' जैसी संस्थाओं की स्थापना की और 'हिन्दी-परिषद प्रकाशन' की स्थापना करके अच्छी, विद्वत्तापूर्ण पुस्तकों की प्रकाशन-व्यवस्था में सहयोग दिया। 'मध्यदेश' नामक पुस्तक लिखकर पहली बार उन्होंने ही हिन्दी जाति की भौगोलिक और ऐतिहासिक संरचना का महत्वपूर्ण प्रश्न उठाया।

वे कभी कक्षाएँ 'मिस' नहीं करते थे। एम० ए० प्रथम वर्ष में 'हिन्दी-उर्दू साहित्य का इतिहास' और द्वितीय वर्ष में 'भाषा-विज्ञान' पढ़ाते थे। उर्दू साहित्य का इतिहास पढ़ाते हुए वे बहर, काफ़िया और रदीफ़ समझाने के लिए हमेशा, हर वर्ष एक ही शेर उद्धृत करते—

इशरते-क़तरा है दरिया में फ़ना हो जाना
दर्द का हद से गुज़रना है दवा हो जाना।

बी० ए० तक मैं हिन्दी का विद्यार्थी नहीं था। इसके बावजूद जब एम० ए० प्रथम वर्ष में मुझे प्रथम स्थान मिला तो उनकी निगाह मुझ पर गयी। एक दिन उन्होंने मुझे बुलाया और कहा कि किताबों की ज़रूरत हो तो मैं उनके घर आकर ले सकता हूँ। एक दिन पहले उन्हें किताब का नाम नोट कराना पड़ता था। फिर दरवाज़ा खटखटाने पर ठाकुर (चपरासी) खोलकर झाँकता और उन्हें जाकर ख़बर करता। वे अपने अध्ययन-कक्ष के द्वार पर ही किताब हाथ में लिए खड़े मिलते। उनसे बात करने की हिम्मत न होती। किताब पकड़ाते हुए वे हर बार एक ही वाक्य बोलते, 'कृपया, अपना समय नष्ट न करें।'

इसका मतलब होता था कि 'अब आप तशरीफ़ ले जाइए।'

४३

फिर वे सागर चले गये। फिर न जाने कहाँ ! फिर जब इलाहाबाद लौटे तो वे एक बदले हुए आदमी थे। उनके पास करने को कुछ नहीं था। उनके बेटे-बेटियाँ नौकरियों में लग चुके थे। उनके पास कोई समस्या, कोई चिन्ता नहीं थी। और अगर थी भी तो उनका हल उनकी कूव्वत से बाहर था। अपनी लड़कियों के बारे में एक दिन उन्होंने कहा था, 'मैंने तो सभी नावें सही-सलामत तैरा दी थीं। अब सभी अगर किनारे नहीं लगीं तो मैं क्या कर

सकता हूँ !' यह बात उन्होंने एक ऐसे वीतरागी बूढ़े की तरह कही थीं, जिसके पास इतनी मानसिक और शारीरिक ताकत नहीं बची रह जाती कि वह अपनी जवानी के दिनों की तरह ही बाल-बच्चों के लिए फ़िक्रमन्द हो सके। लेकिन अगर वे उदास और असफल भी थे तो वे इतने अभिमानी और सुसंस्कृत व्यक्ति थे कि इसका प्रदर्शन नहीं कर सकते थे। और ऊपरी तौर पर....इलाहाबाद लौटकर वे निश्चिन्त-निहत्थे थे। बहुत सारे जिन कामों में लोगों का मन लगता है, उन्हें वे निरर्थक समझते थे। वे वास्तव में एक असामाजिक व्यक्ति थे और अपने काम से काम रखते थे। अतः समय बिताने के लिए वे किसी सामाजिक सेवा-कर्म में मन नहीं लगा सकते थे। निरर्थक पढ़ते रहना और ज्ञानार्जन उनकी 'हॉबी' नहीं थी, जिसके सहारे उनका दिन कटता। वे गपोड़िये भी नहीं थे। ज़िन्दगी-भर के कठोर अनुशासन, चुप्पी और कर्मठता ने उन्हें किसी लायक नहीं छोड़ा था। वे धार्मिक किस्म के व्यक्ति भी नहीं थे, जो बुढ़ापे में गीता रूपी वृक्ष पर चमगादड़ की तरह लटक जाते। उन्हें संसार से इतर किसी सत्ता में विश्वास था भी या नहीं, यह नहीं कहा जा सकता। ऐसे में अपने अन्दरूनी भटकाव और निहत्थेपन से बचने के लिए उनके पास कोई ईश्वर भी नहीं बचा था जहाँ हथियार डालकर वे सुख-चैन की नींद सो सकते। इस तरह 'कर्म योग' के उच्चतम शिखरों पर विराजमान होने के बावजूद अपने एकान्त बुढ़ापे में वे बिल्कुल अकेले और असहाय थे। क्यों ? क्योंकि वे एक ऐसे साधु-पुरुष थे जिनके लिए 'गोचर-जगत' के बाहर कुछ भी 'सच' नहीं था। यही वजह थी कि वे सच्चे मायनों में अभिशप्त किन्तु निर्भय व्यक्ति थे।

तभी अचानक उन्होंने सारे अनुशासन भंग कर दिये। वे सिगरेट पीने लगे। पूछने पर वे बेतुका तर्क देते कि खाँसी रोकने के लिए वे सिगरेट पीते हैं। जिन्दगी भर परिग्रही बने रहने के बाद अब उन्हें समझ में नहीं आता था कि उससे उन्हें क्या मिला। समस्या यह भी थी कि पैसे का वे क्या करें। सो, वे तरह-तरह की फ़िज़ूलख़र्ची पर उतर आये। वे मनमानी, अराजक और विशृंखल दिनचर्या में मज़ा लेने लगे। उन्हें लगा कि जीवन के मुक्त आनन्द से तो वे वंचित ही रह गये। वे काफ़ी तेज़ कार चलाते हुए तीसरे पहर के आसपास कॉफ़ी-हाउस आते और एकान्त कोने में चुपचाप बैठ जाते। वे कभी 'चाप्स' कभी 'सैंडविचेज़', कभी कुछ और मँगा लेते। उसमें से जरा-सा टूँगते और कॉफ़ी 'सिप' करते। फिर आराम से सिगरेट सुलगाते और कश लेते रहते। धुआँ अगर आँखों में जाता तो उसे हाथों से हवा करके इधर-उधर करते। कोई उनके पास बैठने का साहस नहीं जुटा पाता था।

उन्हीं दिनों दुबारा मेरी भेंट उनसे हुई। मैं अपने दोनों बच्चों को स्कूल से साइकिल पर लादे, कभी-कभी उनकी ज़िद पर कुछ खिलाने-पिलाने के लिए तीन, साढ़े-तीन के आसपास कॉफ़ी-हाउस ले आता। एक दिन ऐसे ही जब मैं बच्चों के साथ अन्दर दाख़िल हुआ तो मैंने उन्हें एक कोने में बैठे हुए पाया। मुझे, पहले तो, अपनी आँखों पर यकीन नहीं हुआ। फिर लगा कि नहीं, वही हैं। मैं सकुचाते हुए आगे बढ़ा और झुककर उनके पैर छुए। मैंने बच्चों को दूसरी टेबिल पर बिठा दिया था। उन्होंने सिर उठाकर पहचाना और अपने स्वभाव के विपरीत मुस्कुराये। वह पारदर्शी, निर्मल, मौन मुस्कुराहट चकित करने वाली थी। मैं यह पूछने का साहस नहीं कर सकता था कि आप यहाँ क्यों और कैसे बैठे हैं ?

'बच्चों को यहीं ले आओ।' तभी उन्होंने कहा।

मैं बस्ते-सहित बच्चों को ले आया।

'क्या खाओगे ?' उन्होंने बच्चों से पूछा।

फिर उन्होंने बच्चों की इच्छाएँ मुझसे पूछीं। वही-वही चीज़ें मँगायीं। और मेरे लिए भी।

'आप तो कुछ भी नहीं खा रहे हैं।' मैंने उनकी प्लेट की ओर देखते हुए कहा।

'वो तो मैं वैसे ही मँगा लेता हूँ—बैठने के लिए।' उन्होंने कहा।

फिर उन्होंने सिगरेट सुलगा ली।

'तुम भी पियो।' उन्होंने 'फ़ोर स्क्वायर' का पैकेट मेरी ओर बढ़ाते हुए कहा।

मैंने कहा कि मैं नहीं पीता।

फिर वे घर-बार, बाल-बच्चों के बारे में पूछते रहे। उन्होंने बताया कि बच्चों को ऐन पंखे के नीचे नहीं सुलाना चाहिए। फिर वे थोड़ी-बहुत निरर्थक बातें करते रहे। फिर प्रेमचन्द के बारे में—कि वे एक बहुत अच्छे लेखक थे।

फिर तो हफ़्ते में दो-तीन बार यह नियम-सा बन गया। मेरा संकोच किसी भी तरह दूर नहीं होता था। तभी उन्होंने संकेतों में बहुत सारी बातें बतायीं जो उदास कर देने वाली थीं। और फिर उन्हें जानना थोड़ा सहल हुआ। वे कितने कोमल व्यक्ति थे और ज़िन्दगी भर अनुशासन और मर्यादा और परिग्रह की कमठ-पीठ के नीचे दबे रहे ! उन्होंने कहा कि दुनिया एक ख़ूबसूरत चीज़ है। उन्होंने यह भी कहा कि वे घर में बेग़म अख़्तर को

बुलाकर सुनना चाहते हैं। और फिर अचानक यह भी कि 'सत्य को जानना इतना आसान तो नहीं है।'

४४

जब वे मृत्यु-शैय्या पर थे तो सभी लोग उनसे मिलने जाते थे। माताबदल जायसवाल भी जो उन्हें धृतराष्ट्र कहते थे। एक दिन मैं भी गया। उनकी वह दिव्यता दर्शनीय थी। वे पहले ही बहुत कृशकाय हुआ करते थे। अब तो जिसे 'खाट से लगना' कहते हैं—वही स्थिति थी। लेकिन वे मुस्कुरा रहे थे। भीतरी बरामदे में कोई ब्राह्मण देवता हवन की तैयारी कर रहे थे। दरअसल उनका परिवार आर्यसमाजी था। मैं कुर्सी खींचकर उनके बिस्तर के पास बैठ गया। वे जैसे मृत्यु को ठेंगा दिखाते हुए लेटे थे। उन्होंने अपने बड़े बेटे श्री सुशील कुमार जी से कहा कि वे जो आसाम से अन्नानास की बोतल लाये हैं, उसका शर्बत पिलायें। घर में सकता-भरी चहल-पहल थी। जैसे लोग किसी अदृश्य वस्तु का सामना करने के लिए अपने को धीरे-धीरे तैयार कर रहे हों। लेकिन मेरे गुरु के चेहरे पर एक निर्भाव मुक्ति थी—एक ऐसी मुक्ति जो जीवन भर उन्हें छलती रही, जो उनकी मर्यादा और परिग्रहधर्मिता के विरुद्ध थी, जिसकी खोज उन्होंने जीवन के अन्तिम दिनों में अचानक ही की थी। अपने स्वभाव की अन्तिम परिणति में वे एक ऐसे योद्धा सिद्ध हुए जिसकी शाबाशी या सांत्वना के लिए कहीं, कोई ईश्वर उपस्थित नहीं था।

४५

इलाहाबाद में इलाहाबाद का अपना कोई बड़ा लेखक पैदा नहीं हुआ। शायद दिल्ली में भी नहीं। ग़ालिब भी बाहर से ही आये थे। इलाहाबाद में लेखक 'आते हैं'—अपने अभ्यास-काल के धुँधलके में अचानक वे प्रकट होते हैं। गाँवों के अँधेरों के भीतर से, कस्बों की खबड़ीली, धुआँयी बस्तियों से, नदियों के निर्गम-स्थलों में उगे सरपतों के घने जंगलों से चलते हुए....ग़रीबी, बदहाली और बदहवासी के झोंकों पर तैरते हुए....ऐंठे हुए

दिल वाले ऋषि-कुल-परिवारों को अशान्त करते हुए....बीच-बीच में आते रहते हैं। लगभग सौ वर्षों से इलाहाबाद में यही हो रहा है। कभी वे पहाड़ों से उकताए हुए, ढले चेहरे लेकर उतरते हैं, कभी कुँआनो नदी के निर्जन किनारे से, कभी गंगा के हरे-भरे कछारों पर बसे मटमैले गाँवों से। और आते हैं तो बस, कहीं जाने का नाम ही नहीं लेते। अक्सर रोज़ी-रोटी का कोई साधन नहीं होता। कभी कुछ बनता है लेकिन अक्सर नहीं बनता। एक निर्वृत्ति किस्म की आकाशवृत्ति या कुछ छोटे-मोटे साधन या कर्ज़-उधारी और भुखमरी। भुखमरी, जो दिखती भी है लेकिन निश्छल अभिमान में बार-बार छिपायी जाती है। कुछ लोग चले भी जाते हैं घबराकर, लेकिन अधिकांश उस स्वच्छ और निर्मम, लू में तड़कते या वर्षा में हहराते या ठंड में ठिठुरते आसमान के नीचे अपना ख़ेमा गाड़ लेते हैं। इस बेरहमी और प्यार से यह शहर पकड़ता है कि आपको हिलने नहीं देता। श्रीधर पाठक का पुराना बँगला, जिसकी चारदीवारी टूट-टूट कर तकरीबन ग़ायब हो गयी है, लूकरगंज में मौजूद है। एक ज़माने में पन्त जी को लेने के लिए उनकी टमटम जाती थी और फिर शाम को छप्पन पानी में धुली हुई भाँग और गप्पें, जिसमें पन्त जी सिर्फ़ गप्पों में ही शामिल होते थे। इसके अलावा शुद्ध इलाहाबादी दूसरे लेखक पंडित बालकृष्ण भट्ट थे। लेकिन मुख्य जमात तो हमेशा बाहर से आती रही। महिषादल, गढ़ाकोला, गायघाट वाराणसी और भूसामंडी लख़नऊ से होते हुए निराला ने अन्ततः यहीं आकर दारागंज की गली में डेरा डाला। पन्त जी कौसानी से उतरे तो जगह-जगह घूमघामकर उसी के० जी० मार्ग वाले घर में रहे। महादेवी तो जो पढ़ने आयीं, फिर कहीं गयीं ही नहीं। शमशेर ने बीच के बम्बई-प्रवास को छोड़कर '३५ से '६५ तक यहीं निवास किया। इलाचन्द्र जोशी, पहाड़ी, रामनाथ सुमन, अमरकान्त, भैरव प्रसाद गुप्त, मार्कण्डेय, शेखर जोशी, नीलकान्त, सत्यप्रकाश मिश्र, ओम प्रकाश श्रीवास्तव, जितेन्द्र, ज्ञानप्रकाश, कमलेश्वर, दुष्यन्त, भारती, लक्ष्मीकांत, अजित पुष्कल, मलयज, शिवकुटी लाल वर्मा, सतीश जमाली, भुवनेश्वर, रवीन्द्र कालिया, विजयदेव नारायण साही, केशव चन्द्र वर्मा, नरेश मेहता, रघुवंश, रामस्वरूप चतुर्वेदी, जगदीश गुप्त, सर्वेश्वर, अमृत राय, श्रीपत राय, वाचस्पति पाठक, और अन्य अनेक। अश्क तो शाश्वत रूप से बस ही गये। थोड़े-थोड़े दिनों के लिए अज्ञेय, रेणु, नेमिचन्द्र जैन, मुक्तिबोध और नागार्जुन भी। और आज भी यह आमद, बदस्तूर, जारी है। नये लोगों का एक अच्छा-ख़ासा हुजूम ज़ोर-आज़माइश के लिए इधर शहर के कोनों-अँतरों में चहलक़दमी कर रहा है। और इनमें से अधिकांश बेघरे हैं। अजब दस्तूर है इस शहर का ! तंगहाली और ज़लालत के भीतर हँसते

हुए हमेशा यहाँ के लोग एक दूसरे की जड़ में मट्ठा डालने को तैयार रहते हैं। आपने ज्योंही थोड़ा खाद-पानी ग्रहण किया, हरियाने को हुए कि तुरन्त एक आदमी आपकी जड़ के आसपास की मिट्टी खुरपिया कर आपकी जड़ों में झाँकझूँक करेगा और पहला अवसर मिलते ही अपनी बुद्धि की चुटैया खोलकर थोड़ा मट्ठा डालकर, ढाँकढूँक कर चलता बनेगा। फिर एक आँख से देखता रहेगा कि बावजूद मट्ठे के आपमें हरियाने की ताकत बची है या नहीं। अगर उसके बावजूद आप हरियाते चले जा रहे हैं तो आप में दम है, वरना अपना डेरा-डण्डा उठाइए और चलते बनिये। इलाहाबाद आदिवासी मुसहर प्रजाति के रचनाकारों का शहर है। कीचड़ और दलदल में सोंटा गड़ा-गड़ा कर ये मुसहर आपको खींचकर बाहर निकाल लेते हैं। अगर आप ज़्यादा फन काढ़ रहे हैं और डँसने को आकुल-व्याकुल हैं तो खट्-से इलाहाबादी मुसहर एक पत्थर की पटिया निकालेगा। आपका फन और ज़हर घिसकर आपको कन्धे पर डाल लेगा और चलता बनेगा। उसके बाद भी अगर आप उसे डँसने की ताकत रखते हैं तो वह कन्धे से उतारकर आपको स्थापित करेगा और कहेगा, 'हे नाग देवता ! मेरा गद्गद प्रणाम, कृपया, ग्रहण करें।'

फन घिसने में माहिर इस शहर के पुराने लेखक आपको रगड़-रगड़कर चमकाते भी हैं। और आपकी दिव्य कान्ति पर गर्व भी करते हैं। यह इस बनजारा-बिरादरी का रहन-सहन है। यह एक ख़ास किस्म की निजी, बौद्धिक ज्योति से आपको आलोकित करने का वह ढंग है जिससे आप, सिर्फ़ आप ही जैसे लगें। और आपकी तरह कभी कोई दूसरा न लगे। मौलिकता का यही संस्कार पाना और देना इस नगर के मुसहरों का धर्म है—एक साहित्यिक धर्म, एक कलात्मक संस्कार से पवित्र करने का अद्भुत अनुष्ठान, जो जाने-अनजाने ही यहाँ घटित होता रहता है। अगर आप इसमें असफल हुए तो 'निचली तहों' में डाल दिये जाते हैं। या फिर किसी दूसरे शहर में ठिकाना कीजिए और सिरमौर बन जाइए।

लेकिन कोई भी शहर अपने बौद्धिक पर्यावरण को कितने दिनों तक सुरक्षित रख सकता है ? बहुत तेज़ धूप है। अमरकान्त के चेहरे जैसी हँसती हुई पीड़ा-भरी उदासी यहाँ चारों ओर फैली है। अनुष्ठान के पुरोहितों की अन्तर्दृष्टि धीरे-धीरे ग़ायब होती दिखती है। उनके 'रेटिना' पर धुन्ध छायी हुई है। दीक्षान्तों का नया शास्त्र नहीं बन रहा है। आवारागर्दी ग़ायब है। किसी नये 'साहित्य-संविधान' के लिए तोड़फोड़ नहीं है। शहर एक धुँधलके और सन्नाटे में लिपटा हुआ है।

तो फिर ?

क्या इस मोहनजोदड़ो का उत्खनन ही शेष है ?

या बार-बार नगर के ऊपर एक नया नगर बसेगा ?

शमशेर ने कहीं लिखा है :

यह इलाहाबाद है
दास, नागर, देब से मेरे लिए
इसकी फ़िज़ा आबाद है।

कहाँ है वह आबादी जो अपने को शमशेर की तरह बर्बाद होने देने के लिए कमर कसे तैयार खड़ी है ?

क्योंकि कला और रचना के क्षेत्र में 'बसने' और सुरक्षा की खोज का कोई अर्थ नहीं होता।

यहाँ वही 'बसते' हैं जो सदा के लिए 'उजड़' जाते है।

४६

२ नवम्बर, १९६४। शाम चार बजे के आसपास। टी० बी० सेनेटोरियम, रसूलाबाद। बेड नं० ३७। शमशेर जी एकाएक सुरेन्द्रपाल के साथ प्रकट हुए। मैं ऊब रहा था। पच्छिम की ओर से बरामदे में सुखद धूप सारे बिस्तरों को सेंक रही थी। मरीज़ कम्बलों में दुबके चुप थे। वे हँसते हुए आये और सुरेन्द्रपाल चक्-चक् करता हुआ। उसे भयंकर पायरिया था। मैं पलंग के पिछले हत्थे से टिक कर बैठा था। उन्हें देखकर मुझे डर लगा। तीन-चार दिनों से निर्मल आयी नहीं थी और कोई ख़बर भी नहीं। नवाँ महीना था। वह लगभग रोज़ बघाड़ा से यहाँ तक लगभग चार मील की दूरी खड़खड़ सड़क पर रिक्शे में बैठकर आती। मेरे लिए फल, कुछ दवाइयाँ लेकर और मुझे देखने। सुबह से ही उसका इन्तज़ार रहता। लेकिन जब वह आती तो मैं चाहता कि वह जल्दी-से-जल्दी यहाँ से चली जाय। उसे छूत लग सकती है। वह बिल्कुल कमज़ोर और पीली नज़र आती। आते ही फल-वल रखकर अक्सर वह बरामदे के बाहर लगे नल पर पानी पीने जाती। जब वह झुककर चुल्लू रोपती तो उसका बड़ा-सा पेट काफ़ी बड़ा लगता। अपने दुबलेपन के बावजूद मातृत्व का रौब उसके चेहरे पर दमक मारता रहता। फिर मैं उसे तरह-तरह के बहानों से भगाने के फेर में रहता।

'निर्मल कैसी है ?' मैंने बिना किसी औपचारिकता के शमशेर जी से पछा। मैं समझ गया था कि अगर वे आये हैं तो ज़रूर सुरेन्द्रपाल के

यहाँ गये होंगे। निर्मल से मिले होंगे, तब आये हैं। सेनेटोरियम में दाख़िल होने के वक़्त मैंने निर्मल से कहा था कि वह मेरे मित्र सुरेन्द्रपाल के परिवार के साथ रहने चली जाय। सो, वह वहीं रहती थी।

'ठीक है। एकदम ठीक है।' शमशेर जी ने मुझे थपथपाते हुए कहा।

'आयी नहीं ?' मैंने कहा।

सुरेन्द्रपाल शमशेर जी का मुँह देखने लगा।

'वो....ऐसा है। नहीं, कोई ख़ास बात नहीं।' उन्होंने फिर मुझे थपथपाया, 'कुछ पेट ख़राब था। डायरिया-टाइप। दिन पूरे हो रहे हैं। कोई 'रिस्क' नहीं ले सकते थे। और कोई वजह नहीं थी।' जैसी कि उनकी आदत थी—अधूरे, टूटे, अर्ध-विस्मृत वाक्य-विन्यासों में बात करने की।

'किस बात की वजह ?' मैंने पूछा।

'नहीं, कुछ नहीं। हमने उसे भर्ती करा दिया। वो ठीक है लेकिन। बिल्कुल ठीक है।' वे जैसे सफ़ाई देते रहे।

थोड़ी देर बैठने के बाद वे चले गये।

मैं समझ गया, कोई-न-कोई गड़बड़ ज़रूर है। शमशेर कुछ भी छिपा नहीं सकते थे। उनके अधूरे वाक्य, शब्दों के बीच में छूटी हुए जगहें, डॉट्स में डोलता हुआ मौन, भीतर की ओर मुड़े हुए अधकटे शब्द हमेशा ज़रूरत से ज़्यादा बता देते हैं। कविता में, जीवन में, चलने-फिरने में—सब जगह जो अधूरा-अधूरापन-सा है वही तो उनके व्यक्तित्व का शिल्प है। यही मौन तो उनका 'अनहदनाद' है।

लेकिन मैं कर क्या सकता था। भीतर देह में जो छन्द-भंग हो गया था उसे लयबद्ध करने के लिए मुझे बिस्तर, बरामदे, दवाओं और नींद तक जकड़कर रख दिया गया था। अभी तो छुट्टी मिलने में महीनों देर थी।

४७

'मुझे एक तकिया दो।' मैंने मलयज से कहा, जो भर्ती के वक़्त मेरे सिरहाने खड़े थे।

'आपको अभी तकिया नहीं मिलेगा। अभी ख़ून आ रहा है।' डाक्टर ने हँसते हुए कहा, जो मेरी जाँच कर रहा था। मलयज ख़ुद ही एक फेफड़े के आदमी थे। सन् पचपन तक 'स्टेप्टोमाइसिन' का आविष्कार नहीं हुआ

था। कम से कम भारत में यह दवा उपलब्ध नहीं थी। मलयज बीमार पड़े। उनका एक फेफड़ा पूरी तरह बर्बाद हो गया। उनकी उम्र कुल बीस-इक्कीस की थी। उन्हें वेल्लौर में भर्ती कराया गया। डाक्टरों ने पीठ में ऑपरेशन करके पीछे से उनका एक फेफड़ा निकाल दिया। फिर वे कभी बनियान नहीं उतारते थे। उनकी पीठ में दाहिनी ओर आरपार तलवार की तरह एक बाँके घाव का निशान था। पीठ झुक गयी। उनकी आवाज़ पतली हो गयी। उनका खिलंदरापन ग़ायब हो गया। वे जीवन भर 'चुप' बने रहे। छब्बीस वर्षों तक उन्होंने एक ही फेफड़े से काम चलाया।

'हम आपको बचा लेंगे।' डाक्टर ने हँसते हुए कहा।

अब 'स्टेप्टोमाइसिन' की सुई थी। तपेदिक की दुनिया में एक आश्चर्य की तरह। डाक्टर निश्चिन्त थे। लेकिन फिर भी लोग वहाँ पटापट मरते थे। वे मुझसे भी ख़राब स्थिति में आते। जब उनके दोनों फेफड़े पूरी तरह कीड़े चाल दिये होते। झाँझर, नरकंकाल, घर-द्वार, परिजनों-प्रेमियों से अक्सर डर के मारे परित्यक्त—वे कई-कई दिनों तक 'बेड' के इन्तज़ार में बरामदे के बाहर ज़मीन पर लेटे हुए ताकते-कराहते रहते। फिर वे 'बेड' पर आ जाते। फिर उनकी दवा-दारू शुरू होती। थोड़े दिनों में वे हरियाने लगते। तब वे सिर घुमाकर अगल-बगल के बिस्तरों की ओर ताकते। देखते कि कौन है, कैसा है, किस स्थिति में है। पूछताछ, घर-द्वार, बाल-बच्चे, माई-बाप, घरनी...सबके बारे में पूछताछ—जैसे बरसों से स्थगित सहवास-संवाद शुरू होता। मरीज़ के चेहरे पर वो जो निराला कहते हैं—'**चली पवन पहली**' वाला भाव होता। फिर एक नया और सुहृद संसार चारों ओर 'रचने' लगता। एकाध महीने में ही दोस्तियाँ गाढ़ी हो जातीं। मरीज़ एक-दूसरे की मदद, देखरेख, चिन्ता-फ़िक्र करने लगते। जो सबसे ज़्यादा स्वस्थ होता उसका यह काम होता कि बाक़ियों के ऊपर नज़र रखे। नर्सें राउण्ड लेकर चली जाती थीं। डाक्टर भी। फिर वे अपने चैम्बर में बैठकर गप्पें लड़ाते या सो जाते। तब मरीज़ ही कमज़ोर मरीज़ों का 'पॉट' लगाते। बाँहों में थामकर थोड़ा ऊँचा उठाकर दवा पिलाते। करवट बदलवाते। बातें करते, दिलासा देते। उस वक़्त की मुस्कुराहटें, वे आपसी दिव्य स्पर्श, आँखों के ईश्वरीय आश्वासन—'मानुख-धरम' का ऐसा अद्भुत दृश्य स्वस्थ मनुष्यों के संसार में कहाँ देखने को मिलेगा !

वहाँ एक ही काम था—अपने को मौत से बचाना और जो मरते हैं, बस देखते रहना। एक बेबसी की तरह मान लेना और फिर इन्तज़ार करना कि उस 'बेड' पर कौन आता है। चादर बदल दी जाती, अगल-बगल सफ़ाई हो जाती और फिर स्ट्रेचर पर लदा हुआ कोई आता। कभी बिल्कुल अकेला और कभी साथ वाले ऐसे, जो जान छुड़ाकर भागने की फ़िक्र में

होते। कभी सुन्न चेहरे, सुबकती माताएँ, बहुएँ, बेटियाँ या भाई, पिता-पुत्र। घूँघट निकाले मैली-कुचैली स्त्रियाँ जो बरामदे के बाहर बस जातीं। रात को चार ईंटों पर बने चूल्हों से धुआँ उठता और तेलचट रजाइयों में बैठी मूर्तियाँ कभी हिलती-डुलतीं और अँधेरे में आकर, ऊँचे स्टूलों पर बैठ जातीं। फिर वे निर्भय होकर दूसरे मरीज़ों की सेवा-सुश्रुषा भी करतीं। सुबह का इन्तज़ार, जीवन का इन्तज़ार....हड्डियों के हिलते-डुलते ढाँचों में धड़कन या सन्नाटा। वे छू-छू कर देखतीं कि 'हमार भइया कइसे हैं।' और फिर काँपते सन्नाटे में सिसकियाँ या चुपचाप गिरते आँसू। बाहर ओस और ठण्डी हवा और पाले की सरसर।

४८

वहाँ एक 'स्क्रीनिंग रूम' होता था। हर रोज़ राउण्ड के बाद दस-बारह मरीज़ 'स्क्रीनिंग' के लिए भेजे जाते। जिसकी बारी होती उसे सभी दिलासा देते, 'अब तो काफ़ी ठीक हो गया होगा।'

वह आदमी सकते में मुँह ताकता।

'घबराओ मत।' दूसरे मरीज़ कहते।

अधिकांश अनपढ़ मरीज़ होते। उन्हें समझ में नहीं आता। स्क्रीनिंग के बाद बहुतों के 'रिलीज़ ऑर्डर।'

उन्हीं मरीज़ों में एक करम पाल था। नर्स ने कहा, 'करीम पाल, आज तुम्हारा छुट्टी।'

'छुट्टी ?' करम पाल का मुँह खुला का खुला रह गया।

'हाँ, अब्र तुम घर जाओं। लेकिन मौज-मजा मना। बदमाशी नहीं करेंगा। औरत के पास सोयेंगा नहीं। उसे घूँसा दिखायेंगा। अपन बाप के खटिया के पास खटिया रखना माँगता। राखी में थूकेंगा। सफ़ाई रखेंगा। ख़ूब खायेंगा-पियेंगा। समझा।' नर्स ने समझाया।

करम पाल बिस्तर से कूदा और उसने नर्स के पाँव छान लिए।

'छोड़ो....एँ, ये क्या करता ? 'आइसोनेक्स' लग गया क्याँ ? पागल हो गयाँ ? एँ छोंड़ो।' नर्स छुड़ाने लगी। मरीज़, जो थोड़े-थोड़े ठीकठाक थे, अपने बिस्तरों से कूदे और भीड़ हो गयी।

'नहीं मेम साहब, हमका बिदा जिन करें। हम कहाँ जाबै। कोऊ

ठिकाना नाहीं। घर-दुआर नाहीं। खुराकी कहाँ पाबै ? मेम साहब, हम मरि जाबै....हमें बचाइ लें मेम साहब ! हमें रहन दें—हिंअईं रहन दें।' करम पाल फूट-फूट कर रोने लगा।

नर्स हतप्रभ। गुस्से और तक़लीफ़ में लाल।

'हियाँ खैराती खुला है ?' उसने ज़ोर से पाँव झटका। 'डाक्टर मानेंगा ? क्यों मानेंगा ? वहाँ मरीज लोग सड़क पर पड़ा हैं। 'बेड' खाली नहीं होंगा, भर्ती नहीं होंगा तो क्या मरेंगा ? और अच्छा मुस्टंडा हियाँ मीट-माछ उड़ायेंगा—हुँह।' वह कहती हुई चली गयी।

करम पाल की छुट्टी हो गयी।

दो-चार दिन तक करम पाल सड़क पर पड़ा रहा। मरीज़ों का खाना बँटता तो वह बेहया के झाड़ों के पीछे लुकता-छिपता प्रकट होता। मरीज़ अपनी ज़रूरत से अधिक एकाध रोटी, सब्ज़ी, एकाध गोश्त के टुकड़े ले लेते। सभी मियाँ जियाउद्दीन के तामचीनी के कटोरे में रखा जाता और फिर कोई मरीज़ दौड़कर करम पाल को दे आता।

कुछ दिनों तक यह चला। लेकिन एक दिन जब करम पाल तामचीनी का कटोरा बाहर वाले नल पर माँज रहा था, तभी दवाई बाबू ने उसे देख लिया। उसे कैम्पस़ के बाहर सड़क पर भगा दिया गया। शाम को जब डा० सक्सेना राउण्ड पर आये तो पच्छिमी बरामदे के सारे मरीज़ों की पेशी हुई।

'कौन-कौन खाना देता था ?' डॉक्टर सक्सेना ने पूछा।

सभी लोग चुप।

'पैन किसका था ?' फिर सवाल।

'जी मेरा।' मियाँ जियाउद्दीन आगे आये।

डॉक्टर ने एक बार उनके चेहरे की ओर देखा। फिर चुपचाप चले गये। मजलिस बर्ख़ास्त हो गयी। दूसरे दिन मियाँ जियाउद्दीन की भी छुट्टी हो गयी।

लेकिन कुछ दिनों बाद दोनों लौटे। मियाँ जियाउद्दीन ख़ून की उल्टियाँ करते हुए और करम पाल चलने-फिरने में एकदम असमर्थ। उसकी चमड़ी पर से झिल्ली छूटती हुई। अस्पताल के नियमों के मुताबिक दोनों को भर्ती किया गया। करम पाल डोभी का रहने वाला था और मियाँ सुरियावाँ के। मियाँ भी नहीं बचे और करम पाल भी नहीं। मियाँ की लाश तो उनके घर वाले ले गये लेकिन करम पाल का तो कोई नहीं था। चौबीस घंटे तक इन्तज़ार हुआ। तब दवाई बाबू ने जमादार से एक ठेला लाने को कहा। ठेले पर करम पाल को लादा गया जैसे डाँगर लादते हैं। दवाई बाबू

पीछे-पीछे गये और शंकर घाट पर 'परवाह' हुई।

मैं था और मंगल और राम औतार चौबे और बड़कू लाल। दवाई बाबू ने बहुत धमकाया, 'रिपोट कर दूँगा। छुट्टी हो जायेगी। चढ़ाई-उतराई है। किसी को उल्टी हुई तो बाद में मत कहना। इसी घाट आओगे।'

'चुप सारेऽऽ...।' राम औतार से नहीं रहा गया।

नदी थी। वही नदी। मिथकीय, पौराणिक, अति-आधुनिक, धुँधली, मटमैली, क्षितिज तक अपने पेटे को फैलाये हुए, कई धाराओं में बँटी हुई....थरथराती—जिसके लिए कवि ने कभी कहा था—

तन्वंगी गंगा ग्रीष्म-विरल....

लेकिन तब नवम्बर था।

और साँझ हो रही थी।

४९

यह मेरी दूसरी 'स्क्रीनिंग' थी। घुप्प अँधेरे में तना हुआ मैं खड़ा था। दम साधे। दोनों डॉक्टरों की आवाज़ कानों में आ रही थी।

'कैविटी' तो भर गयी है।' डॉक्टर सक्सेना कह रहे थे।

'लेकिन' पैचेज़' हैं सर...।' डॉक्टर पाण्डेय।

हाँऽ...वो तो हैं।' और खट् से उजाला हो गया।

तभी मुझे थोड़ा घूमने-फिरने की इजाज़त मिली थी। बरामदे से बाहर—सड़क तक या पीछे वाले मैदान में। पहली बार जब चला तो टाँगें भर आयीं। और वह खुशी कि मैं चल सकता हूँ। मैं फिर चल सकता हूँ। मैंने धीरे-धीरे आदत डाली। फिर मैं दुरुपयोग पर उतर आया। अब मैं आँख बचाकर पीछे वाली सड़क पर चहलक़दमी करने लगा।...फिर एक रोज़ जब आधी रात थी। चाँद आधा कटा हुआ निकला और चारों ओर ठण्डी उजास छा गयी। धुँधली, कुहरे में लिपटी चाँदनी और 'कर्ज़न-ब्रिज' के कंकाल को खड़खड़ा कर गुज़रती हुई कोई ट्रेन। मैंने कसकर चादर लपेटी। कम्बल को बिस्तर पर यों फुलाया जैसे कोई टाँगें फैलाये उतान लेटा हो। अगल-बगल सब सो रहे थे। मैं खिसककर बेहया के घने झाड़ों के पीछे आया। फिर सड़क पर, फिर शंकर घाट के नीचे नदी के कछार में उतर गया। नदी पर घना कुहासा था। नदी दिख नहीं रही थी। थोड़ी दूर रेती पर

चलने के बाद 'छप-छप' की हल्की-सी धुन सुनाई दी। बालू का ही कगार बन गया था। धार इसी ओर थी और वह जब-तब बालू को काटती रहती। एक बड़ा थक्का धब्ब से गिरता, पानी में घुल जाता और फिर वही धीमी छप-छप, छप-छप्प, छप-छप। मैं बैठा रहा। अस्पताल और दुनिया और पत्नी से बेख़बर। न अतीत में, न वर्तमान में, न भविष्य में। कहीं नहीं। न विस्मृत, न उदास, न खुश। न कोई नशा, न कोई गुनाह, न पुण्य, न पाप—बस ऐसे ही अनायास, निरुद्देश्य, ठण्ड में काँपता और कुहरे की खुशबू में दबा हुआ।

मैं कितनी बार यहाँ आऊँगा ! शायद इसी घाट आऊँगा। अगल-बगल—कहीं भी। कभी दोस्तों, परिचितों को कंधे पर उठाये हुए, कभी खुद को उठाकर। आऊँगा ही। न जाने किन तारीख़ों में—कब। हवा के धक्के खाता हुआ बैठा रहूँगा। चला जाऊँगा। या फिर कभी नहीं लौटूँगा। यही होगा।

काश ! कि यह कभी नहीं होता।

इच्छाओं के अनन्त द्वार हैं और तुम सभी दरवाज़ों पर एक साथ कैसे खड़े हो सकते हो ?

फिर तभी जैसे होश लौटा हो। उठा और कगार पर चढ़ा। देखा कि साँस नहीं फूल रही है। इसका मतलब कि फेफड़ों में दम 'है।' कँटीले तारों के बीच से जगह बनाकर मैं भीतर आया। दूर ही से देखा कि बरामदे में उजाला है। कई मरीज़ खटपट से जागकर अपने 'बेड' पर उकड़ूँ बैठे हैं। दो नर्सें इधर-उधर टहल रही हैं। तभी डॉक्टर पाण्डेय दिखे। वे रात की 'ड्यूटी' पर थे। वे मेरे 'बेड' के पास खड़े हुए। एक नर्स रात के उस तीसरे पहर मेरा 'टिकट' (बीमारी की फ़ाइल) लिए खड़ी थी। मैं ठीक सामने से बरामदे में चढ़ा तो वे लोग घूमे। डॉक्टर पाण्डेय ने मुझे देखा और बिना कुछ पूछे चले गये।

'तुम मेरा नौकरी लेगा। तुम मरेगा। तुम क्या चाहता है बाबा ? ऐट द डेड ऑव नाइट ! तुम कोई भूत है कि जिन्न...तुम क्या है बाबा ? कौन जिम्मेवारी लेगा ? वह जो पेट फुलाये तुम्हारा वाइफ़ आता है। कैसे सादी बनाया वह तुमसे ? तुम 'डिमन' (डेमन) है। बीमारी में भी आवारागर्दी करता। नईं रखने का। तुम कल ही दफ़ा हो। बिल्कुल नईं रखने का। हम मार्निंग में डॉक्टर सक्सेना से बोलेगा। कल से सारा मरीज़ लोग सड़क पर दौड़ेगा तो हम क्या करेगा ?'

यह वात्सल्य और चिन्ता से भरी हुई एक अधेड़ औरत की भभक

थी, जो नर्स का ड्रेस पहने इधर से उधर टहल रही थी—बिफरी हुई, रुँआसी लेकिन गुस्से और धमकी का असफल नाट्य करती हुई।

५०

मैं अक्सर पूर्वजों के अँधेरों में भटकता हूँ और अपने समय के अँधेरे को पहचानने की कोशिश करता हूँ। अगर मैं लौट सकूँ तो क्या वे मुझे पहचान लेंगे ? नहीं, सिर्फ़ राख और धूल और मिट्टी है। हवा में खिंची हुई उनकी गन्ध है जो कभी-कभी झोंकों-दर-झोंकों में आती है। मैं उन्हें छूना चाहता हूँ। उनकी ठुड्डी की बनावट, उनकी रीढ़ के उभार, उनकी आँखों के नीचे का ऊबड़-खाबड़पन...वह उदासीनता, जिसके भीतर से रिसता हुआ उनका सारा जीवन धीरे-धीरे निकल गया होगा। उनकी चुँधियाई आँखों में धूप की वह चकमक, जिसके उजाले में उन्होंने दुनिया को एक रहस्य की तरह देखा होगा और मजबूरियों को फलाँगने की कोशिश में धीरे-धीरे गुम हो गये होंगे। मैं क्या उनसे अलग हूँ ?

सच और यथार्थ तो हम सबके बगल में है। बंजर और वीरान। लगभग फूहड़ और उबाऊ और घुटनभरा। लोग आते हैं, जाते हैं। तिकड़म, बेबसी, लाचारी के दड़बे से दूसरे दड़बे तक। यह अजब-सी 'शंटिंग' है, जिसमें सारा जीवन चुक जाता है और रवानगी होती ही नहीं। हर आदमी सुभीते से मरने के लिए ख़ाक छान रहा है। दुनिया धुएँ के लपेटे में चल रही है। बड़े-बड़े इल्हाम अपने रहस्य के उजाड़ में खड़े हैं। फिर भी लोग हैं कि उनके खोखलेपन के इर्द-गिर्द भटक रहे हैं। सच अपनी परछाईं बना हुआ है। या अँधेरे की ओट में है।

५१

मैंने उसी नर्स की चिरौरी शुरू की जो मुझे अस्पताल से निकालने के लिए बड़बड़ा रही थी। 'राउण्ड' के बाद मैं उसके पीछे-पीछे नर्सों के वार्ड तक गया। वह अचानक पीछे घूमी—

'अब क्या चाहता है बाबा ?' उसने अत्यन्त रूखे स्वर में कहा।

'मेरा वाइफ़ भर्ती है सिस्टर !' मैंने कहा।

पहले तो वह समझी नहीं। गुस्से में खड़ी रही। 'भर्ती है तो हमसे क्या माँगता?' वह चुप हो गयी। फिर बोली, 'ओह, पुअर गर्ल।' उसने क्रॉस का चिह्न बनाया। 'ईसू सबका भला करता।' उसकी आँखें भीग आयीं।

'मैं थोड़ी देर की छुट्टी चाहता हूँ सिस्टर !' मैंने कहा।

वह मेरा मुँह ताकने लगी।

'बस, मैं जाऊँगा, देखकर चला आऊँगा। सिर्फ़ एक घंटे की छुट्टी।'

'ओ बाबा !' वह अस्त-व्यस्त हो गयी।

उसे लगा हम दोनों एक षड्यन्त्र में शामिल हो गये हैं। उसने इधर-उधर देखा। बिल्डिंग के कोने में गयी। पीछे-पीछे मैं भी।

'तुम मानेगा नहीं...यू...यू...।' वह रुक गयी, 'कब जायेगा ? अच्छा, 'लंच' के बाद जाने को...और लौटेगा...ठीक पाँच बजे' उसने घड़ी देखी, 'और हम जिम्मेदारी नहीं लेता...भागो, चलो हियाँ से।' उसने वार्ड ब्वाय को इस ओर आते देखकर कहा और कमरे की ओर बढ़ गयी।

ठीक तीन बजे मरीज़ों और 'स्टाफ़' की आँखों से बचता मैं सड़क पर आया और बिना मोल-भाव किये एक रिक्शे पर बैठ गया। 'कमला नेहरू अस्पताल'—मैंने कहा और बस। शमशेर जी का वह 'ख़ैर, बहरहाल' मुझे परेशान कर रहा था। मुझे लगातार लग रहा था कि मुझसे ज़रूर कुछ छिपाया जा रहा है। मैं इतना बड़ा शक्की हूँ कि हमेशा आने वाली घटनाओं में भयावहतम अशुभ की कल्पनाएँ करने लगता हूँ। तब सड़क के दोनों ओर घास के बड़े-बड़े मैदान थे और सड़क एकदम सुनसान रहती थी। चैथम लाइन्स के तिकोने से बस्ती का सिलसिला शुरू होता था। दृश्यों में थोड़ा-थोड़ा मन लगाता हुआ, अशुभ की कल्पना पर काबू पाने की मैं कोशिश करने लगा। यूनिवर्सिटी टॉवर पर मैंने देखा तो अभी केवल तीन-बीस हो रहे थे।

अस्पताल पहुँचकर सबसे पहले मैं 'स्टाफ़' में गया। अब मैं अस्पताल के तौर-तरीकों से पूरी तरह वाकिफ़ हो चुका था। पिछले कई महीनों से एक अस्पताल ही मेरा घर था। मैंने कमरे का पता लगाया। वहाँ पहुँचा तो देखा उसमें तीन 'बेड' लगे हुए थे। दो बिस्तरों पर दो औरतें चेहरों पर कराह लिए अधलेटी थीं। उनके आसपास उनके घर की दूसरी स्त्रियाँ थीं। तीसरा 'बेड' ख़ाली था। वे लोग मुझे देखकर अचकचा गये। बातें बन्द हो गयीं और बैठी हुई औरतों ने थोड़ा-थोड़ा घूँघट से मेरी ओर देखा।

'ये कहाँ हैं ?' मैंने ख़ाली बिस्तर की ओर इशारा करते हुए पूछा।

'लेबर रूम गयी हैं।' एक औरत ने कहा।

मैं बिस्तर पर ही टिक कर बैठ गया। मैं 'लेबर रूम' का अर्थ नहीं जानता था। मैंने समझा इसका अर्थ 'बाथ रूम' होता होगा।

दस-पन्द्रह मिनट यों ही गुज़र गये। मुझे धड़का होने लगा। दुबली-पीली, बीमार-बीमार-सी, तिस पर दिन पूरे। इतनी देर 'बाथ रूम' में क्यों लग रहे हैं ? तभी मैंने महसूस किया कि यहाँ उसके साथ कोई नहीं है—देखरेख के लिए। क्योंकि होता तो यहाँ उपस्थित होता। या हो सकता है कि जो साथ हो वही 'बाथ रूम' ले गया हो। हौलदिली में कभी मैं बाहर दरवाज़े की ओर देखता, कभी आँखें बचाते हुए उन औरतों को। मैंने देखा कि वे घूँघट में हौले-हौले मुस्कुरा रही हैं।

'आप उनके कौन हैं ?' तभी उनमें से एक ने पूछा।

'जी, वो मेरी पत्नी हैं।' मैंने कहा।

'दर्द उठा है। बच्चा होने वाला होगा। आप वहीं जाइए।' उसने कहा, 'उधर गलियारे के उस ओर, जहाँ लाल बत्ती जल रही होगी—वहीं।'

अब मैंने 'लेबर रूम' का मतलब समझा। झेंपने का भी वक़्त नहीं था।

'बेचारी कित्ती कमजोर हैगी ! बचेगी भी....।' मैंने जाते-जाते सुना।

उस लम्बे गलियारे के सिरे पर वह लाल बत्ती दिखाई दी। सनातन ख़तरे का निशान। गलियारे में बेंचें थीं। एक बेंच के सिरे पर सुरेन्द्र पाल की माँ गुड़ी-मुड़ी बैठी थीं। भीतर से प्रजनन का दहला देने वाला आर्त्तनाद गलियारे में सुनाई पड़ रहा था। मैं चुपचाप बेंच पर बैठ गया। मुझे सहसा देखकर वे डर-सी गयीं और बेंच से नीचे उतर कर बैठने लगीं। मैंने मना किया। तभी गलियारे के दूसरे छोर पर मुन्ना (मलयज का छोटा भाई) का हाथ पकड़े अम्मा आती हुई दिखीं। वह भी मुझे देखकर चकित हुईं। थोड़ा घूँघट और खींच लिया और बेंच पर बैठ गयीं। तभी उनके कानों में उनकी बेटी की दारुण चीख़ सुनाई पड़ी। वे अशब्द-बेआवाज़ सुबकने लगीं। उनकी नाक और गालों के शिखर एकदम लाल हो गये।

फिर अचानक वह चीख बन्द हो गयी और धरती पर अपने पहले स्पर्श के साथ ही एक शिशु की तीख़ी-कर्कश रुलाई से सारा माहौल भर गया। अम्मा ने अपना घूँघट थोड़ा और खींच लिया।

डॉक्टर निकली और हम लोगों पर एक सरसरी निगाह डालती आगे बढ़ गयी।

थोड़ी देर बाद गलियारे में एक 'स्ट्रेचर' प्रकट हुआ। परम विश्रान्ति

में माँ-बेटे दोनों को आँखें बन्द थीं। जैसे तालाब के पानी में भीतर हरी-हरी घास लहरें लेती है, उसी रंग के हरे, ताज़ा धुले घने, घुँघराले बाल। और आकर्ण खिंची हुई, मुँदी पलकें।

रिक्शे पर अस्पताल वापस जाते हुए मैंने सोचा, आज कौन-सी तारीख़ है ?

छः नवम्बर, शुक्रवार, १९६४।

साँझ के चार बजकर पाँच मिनट पर वह एक अनहोने सपने की तरह प्रकट हुआ था।

५२

शमशेर ने अपनी नाराज़गी को भुला दिया था। कह सकते हैं कि उन्होंने हमें माफ़ कर दिया था। वही परिचित वात्सल्य, वही नर्मदिली, वही झेंपती हुई मुस्कान, वही कुछ-कुछ उदासी में घुला हुआ कर्त्तव्य-बोध। एक गहन सामाजिकता। परिवार और एकान्त के धुँधले स्वप्नलोक के बीच ख़ुशी का इज़हार करते हुए वे आये। उन्होंने अपना बहादुरगंज वाला घर बन्द किया और निर्मल और बच्चे को लेकर मेरे एक कमरे के घर में रहने चले गये। निर्णय उन्होंने ख़ुद लिया। जब तक मैं 'सेनेटोरियम' से ठीकठाक होकर नहीं आ जाता, वे मेरी पत्नी और बच्चे के साथ रहेंगे। वे सभी काम बड़ी मुस्तैदी से निबटाते। खाना-नाश्ता, जच्चे-बच्चे की देखरेख, घर की सफ़ाई, डाक्टर....जो भी ज़रूरत हो। वे बच्चे के लाल-लाल तलुए छूते और कहीं खो जाते। वे हाथों का तकिया बनाये उसी कमरे में रज़ाई में गुड़ी-मुड़ी पड़े रहते। बच्चा चीख़ता तो वे डर जाते कि शायद वह बीमार न हो। उसे कोई तकलीफ़ न हो। उनके चेहरे पर एक बेबसी नाचने लगती। उनके लिए यह सब कुछ अजूबा था। उन्हें डर लगता कि कहीं उनसे कोई चूक न हो जाय। वह कभी इस तरह गृहस्थ नहीं रहे। अब उन पर ज़िम्मेदारी थी। सो, वे भीतर ही भीतर थरथराते रहते थे। फिर जैसे-जैसे समय गुज़रने लगा और मेरी छुट्टी नहीं हो रही थी, वे ऊबने लगे। लेकिन वे जितना ही ऊबते उतना ही ऊब को छिपाने की कोशिश करते। कभी-कभी जब बच्चा सो रहा होता, वे खाट पर उकडूँ बैठ जाते और निर्मल को कविता सुनाने लगते :

प्रात नभ था बहुत नीला शंख जैसे

भोर का नभ
राख से लीपा हुआ चौका
(अभी गीला पड़ा है)
बहुत काली सिल ज़रा-से लाल केसर से
कि जैसे धुल गयी हो।

वे जल्दी से जल्दी दिल्ली जाना चाहते थे। हालाँकि उनके लिए वहाँ अभी तक कुछ नहीं था। सिर्फ़ दीवानगी थी। जिस प्रेम को पाने के लिए वे 'साइक्लोन' के मानिन्द हहराते हुए टूट पड़े थे, वह गुज़र चुका था। उन्होंने खुद ही उसे दूसरे के हाथों में सौंप दिया था। नहीं, वे पछतावे में नहीं थे। वे सिर्फ़ आसपास बने रहने को आकुल थे। और यहाँ इस नन्हीं-सी, अँखुआती गृहस्थी के गोरखधन्धे में वे फँस गये थे। जो एकान्त, जो घरघुसरापन उनके जीवन का अंग था, अब उन्हें नहीं भा रहा था। वे बहादुरगंज से ऊबे हुए थे। कोई पूछ सकता था कि वे दिल्ली क्यों जाना चाहते थे ? क्या कठिन भुखमरी के कारण ? लेकिन मैं तो जब से उन्हें देख रहा था, वे ऐसे ही थे और उसी में मगन थे। तब उस एकान्त से कोई ज़्यादा छेड़छाड़ करता तो वे खीझने लगते। भाषायें सीखने लगते और फिर अपनी उस स्व-शिक्षा को भी वे कविताई में बदल देते। लेकिन अब ? उन्हें यहाँ कुछ भी सुहाता नहीं था। पहला मौका मिलते ही वे दिल्ली भागने के फिराक में थे। ऐसी अनाविल, पवित्र बेचैनी मैंने फिर कभी नहीं देखी।

५३

मेरे अस्पताल से लौटते ही वे दिल्ली रवाना हो गये। सब लोगों ने मिलकर 'सी-१२, मॉडल टाउन' वाला मकान लिया। एक कमरे में मलयज, एक में उनके पिता-माता और छोटे भाई-बहन और एक कमरे में शमशेर। अपनी आत्मा को अनेक धक्कों और अनेक कठिन एकान्तों से बचाये रखने के लिए वे देह को साधने लगे। आसन, प्राणायाम में वे घंटों बिताते। पता नहीं कहाँ से पढ़कर उन्होंने बहुत सारे कठिन और ऊटपटाँग आसनों को साध लिया। उस उम्र में उनको शीर्षासन नहीं करना चाहिए था, लेकिन वे करने लगे। वे दीवार से टेक लगाकर उल्टे खड़े होते। उनकी आँखें बहुत ख़राब हो गयी थीं। उनका कहना था कि शीर्षासन से आँखों में पुन: जोत लौट सकती है। वे अक्सर कच्चे करेले का रस पीने लगे। कभी-कभी दिल्ली-प्रवास में हम भी फँस जाते थे। तब वे हमें भी पिलाते और

ज़ोर-ज़बर्दस्ती पिलाते। जब हमारा मुँह बिगड़ता जाता तो वे खड़े-खडे करेले के रस का बखान करने लगते।

'बहुत कड़वा है।' मैं कहता।

'कोई बात नहीं, धीरे-धीरे आदत पड़ जायेगी।' वे पीठ थपथपाते हुए कहते।

उनके प्रेम करने, निबाहते चले जाने, हलकान होते रहने के बारे में सिर्फ़ चकित हुआ जा सकता था। 'धीरे-धीरे आदत पड़ जायेगी।'—क्या ऐसा ही था उनके साथ भी ? हारने, पिछड़ने, अपने प्रेम-पात्र को ख़ुशी-ख़ुशी (शायद) दूसरों को सौंप देने और फिर जीवन भर निबाहते रहने के बाद, जीवन को सँभाले रखने की उतनी कूव्वत, उतना अपरम्पार धैर्य किसके पास होगा ? हर बार पाने की कोशिश—सिर्फ़ लगातार खोते रहने के लिए ! अन्त के बाद वे ठगे हुए-से खड़े रह जाते थे—दुनिया को चकित भाव से निहारते हुए, सड़क पर तेज़-तेज़ चलते, पसीने से तर-ब-तर, उलझे हुए, बुदबुदाते, हवा में अक्सर हाथों को फेंकते, अपने-आप से जवाब-तलब करते और फिर एकाएक बोल पड़ते हुए—'अच्छा है...अच्छा है।' दुनिया के सब अनकहे दुख इन शब्दों में मूर्त्त हैं।

दरअसल अत्यन्त सघन और शरीरी होते हुए भी वे प्रेम को अशरीरी धरातल पर उठा देते थे—शब्दों, बिम्बों, कल्पनाओं, मुद्राओं के पारदर्शी अशरीरी धरातल पर। फिर वे उसी ऊँचाई पर रमे रहते थे—समाधिस्थ जोगी की तरह। उस आसन से नीचे उतरना उन्हें गवारा नहीं था। क्योंकि नीचे तो सिर्फ़ तलछट होती थी। वे उसमें पाँव धँसाना नहीं चाहते थे। प्रेम के भीतर से वे सिर्फ़ उसके भीतरी 'आनन्द-तत्व' को सुरक्षित रखते थे। प्रेम उनके लिए कविता का ही उच्चतर प्रारूप होता था। जीने और मगन रहने और रमे रहने का एक अत्यन्त झीना और वायवीय साधन। इस तरह प्रेम को भी वे कविता के धरातल पर ही जीते थे। किसी भी घटना, दृश्य, अनुभव या हरकत को बिम्बों में बाँधना और इस क्रिया के आध्यात्मिक आनन्द में डूबे रहना, यही उनका स्वभाव और यही उनकी नियति थी। स्त्री-देह की गहरी ललक और उसकी प्राप्य-आप्रप्यता के कारण ही उनकी कविता इतने गहरे रूप में 'सेन्सुअस' है। इसीलिए उल्लसित मुद्राओं का अंकन उनकी कविता में बार-बार मिलता है। विरक्ति अन्त तक नहीं है, क्योंकि 'फुलफ़िलमेण्ट' नहीं है। वह उच्छृंखल यौनेच्छा नहीं थी, वह सिर्फ़ हवस नहीं थी—वह प्रेम के न जाने किस अलभ्य रूप को पाने की दुर्दम्य इच्छा थी, जिसमें वे बार-बार हताहत हुए और क्षत-विक्षत पड़े रहते थे। आर्थिक तंगी, बदहाली, शारीरिक अक्षमताएँ, उम्र, कम्यूनिस्ट नैतिकताएँ, चरित्र के भीतर घुस कर बैठा हुआ द्वैत, अनिर्णय, उनके व्यक्तित्व की

उन्नत मर्यादाएँ तथा भीतर का निपट आदर्श-अभिमान उन्हें अतिसाहसी होने से बार-बार रोकता था। बिना घर-गिरस्ती के एक खड़खड़ाती सड़क के अँधेरे कमरों में पड़े हुए वे कभी नहीं चाहते थे कि एक जवान लड़की का जीवन उनके साथ नष्ट हो। वे इतने अन्धे और समाज-विरोधी भी नहीं थे। यही वजह थी कि वे प्रेम की संकल्पनाओं को हरकतों के स्मरण और उच्छल कामनाओं की कसक और ललक में जीने के आदी हो गये थे। निस्तार सिर्फ़ कविता में था—और कहीं नहीं।

यह कसकता, यह उभरता द्वन्द्व
तुम्हें पाने मधुरतम उर में
तोड़ देने धैर्य-वलयित हृदय
उठा।
परम अन्तर्मिलन के उपरान्त
प्राप्त कर आनन्द, मन एकान्त
खिला, मृदु-मधु शान्त।

'तुम्हें पाने मधुरतम उर में' और 'परम अन्तर्मिलन'—बस यही बचता है। इतना ही और तब इसी के भीतर से प्रेम का वह उनका 'दर्शन' सामने आता है—'प्रेम-छल'। तब इससे अधिक शमशेर के लिए कुछ नहीं बचता कि **'मैं तुम्हारे मुख में आनन्द का एक ग्रास हूँ।'** जो यह समझेंगे कि यह वंचित रह जाना है, वे ग़लती पर होंगे। यही तो वह सनातन सत्य है, यथार्थ का दो-टूक निदर्शन जिसे शमशेर सबके सामने खोलकर रख देते हैं :

बहुत से तीर बहुत-सी नावें, बहुत-से पर इधर
उड़ते हुए आये, घूमते हुए गुज़र गये
मुझको लिये, सबके सब। तुमने समझा
कि उनमें तुम थे। नहीं, नहीं, नहीं।
उनमें कोई न था। सिर्फ़ बीती हुई
अनहोनी और होनी की उदास
रंगीनियाँ थीं। फ़कत।

५४

उनकी मृत्यु पर मेरे एक मित्र ने कबीर की दो पंक्तियाँ उद्धृत कीं :

सकल जनम सिवपुरी गँवाया।
मरती बार मगहर उठि आया।।

मुझे अच्छा नहीं लगा। हम लोग सड़क पर चल रहे थे। तेज़ धूप और लू का मौसम। मैं जानता था, मित्र के मन में कोई गाँठ नहीं थी। उनके मुँह से बेसाख़्ता निकल गयी थीं ये पंक्तियाँ।

'मगहर में सब नहीं मरते। मगहर में मरने का साहस होना चाहिए।' मैंने कहा।

वे चुपचाप चलते रहे।

'मगहर में कबीर मरते हैं।' मैंने फिर कहा।

'हाँ, साहस तो चहिए।' उन्होंने चलते हुए कहा।

'मगहर में वही मर सकता है, जो सारी दुनिया को अपना घर मानता हो।' मैंने कहा।

'नहीं, जो विच्छिन्न महसूस करे। जिसकी मजबूरियाँ हों। जो वहाँ नहीं रह पाये, जहाँ वह रहना चाहता हो। उसे जाना पड़े। उसे जाना ही पड़े।' वे बोले।

'श्रीकृष्ण भी वहीं जाकर मरे थे।' मैंने कहा।

'उनकी भी मजबूरियाँ होंगी।' उन्होंने कहा।

फिर हम कुछ नहीं बोले। हमने एक दूसरे से विदा ली।

चर्च के चारों ओर गोलाई में गुलमुहर लाल हो रहे थे।

यही तो कवि का अपना रंग है—मैंने सोचा।

मुझे उनकी एक कविता की कुछ पंक्तियाँ याद आयीं :

. . . . अजब सरूर
मृत्यु की बाँहों में, अजब ग़रूर
जीवन की झुकती आँखों में।
मुझसे दूर
उसका वक्षस्थल।

५५

बहुत-से लोग घर बनाते हैं अपने सुरक्षित मरण के लिए। उनमें रहते नहीं, मरने की तैयारी में ऊबते रहते हैं। उसकी ज़रा-सी भी टूट-फूट या उठा-पटक उन्हें 'नर्वस' करती रहती है। घर उन्हें शान्ति और आराम नहीं पहुँचाता, उन्हें चिन्ता में डाले रहता है। कुछ लोग पुराने घरों को नया करते

रहते हैं लेकिन उनकी बू-बास बनाये रखते हैं। कुछ लोग उसे थिर और जड़ देखना चाहते हैं। मैं अपने एक मित्र के पास जाता हूँ तो औरतें बतियाती रहती हैं। लेकिन वह मेरा यार, जिस दीवान पर मैं पसरा होता हूँ उसकी चादर की शिकनें बार-बार ठीक करता रहता है। कुछ लोगों के लिए घर एक प्रकार की स्थायी पूँजी होती है जिसका हिसाब-किताब वे सोते-जागते करते रहते हैं। कुछ लोगों के लिए हर घर समान होते हैं। वे कहीं भी बेखटके खुर्राटे ले सकते हैं। कुछ महान, समझदार और आधुनिक लोग ऐसे भी हैं जो अपने घरों की आन्तरिक साज-सज्जा के चक्कर में घर की आत्मा को ही बाहर कर देते हैं और अजनबियों की तरह जीवन भर उसमें टहलते रहते हैं। कुछ घरों में हम बनवास करते हैं और कुछ वनों में भी घरों की सघन आत्मीयता और तनाव-मुक्ति रहती है। कुछ घर हमारे लिए तम्बू होते हैं जिनका पता नहीं होता कि कब वे हमारे ऊपर से उखाड़कर फेंक दिये जायेंगे।

कुछ लोग घर बनवाने की फिकिर के साथ ही जनम लेते हैं। हमारे यहाँ वकीलों, डाक्टरों, चोरबाज़ारियों और घूसखोरों के घर आनन-फानन में खड़े हो जाते हैं। न्याय की गुहार लगाते-लगाते एक सुन्दर घर और चैम्बर, लोगों की जान ले लेकर एक बँगला और नीचे का हिस्सा अक्सर नर्सिंग होम। और काले धन के कुकुरमुत्तों से बने हुए विशाल महल। पत्रकारों के घर चरित्र-हनन की धमकियों से तैयार होते हैं या बड़े लोगों के संग-साथ और डालर से। व्यवसायी वर्ग के घर बीच की अन्धाधुन्ध बचत से बनते हैं। और इन सभी घरों को बनाने वालों के घर ? गन्दे परनालों के किनारे-किनारे, नीची जगहों में, बहुमंज़िली इमारतों के पिछवारे—प्लास्टिक और टिन की छतें, जिन पर ईंट-पत्थर बेतरतीब गँजे होते हैं, जिससे आँधी-पानी में वे बचे रहें। और दीवारें ? कभी मिट्टी, कभी ताड़-खजूर के पत्तों और कभी रहठे के ऊपर लीपन से। इन घरों में हड़ियल पेट वाले बच्चे और मक्खियाँ और सुअरें और मोर्चा-खायी, बड़ी-बड़ी आँखों वाली माताएँ एक साथ रहती हैं। और मर्द ? लटियाए हुए, पाउच के नशे में किसी कोने-अँतरे में धुत् पड़े रहते हैं। सोचने की फ़ुर्सत नहीं है। नैतिक होने का वक़्त ही कहाँ है ! सफ़ाई के लिए जगह नहीं और इच्छाओं को ढील देने वाली डोर टूटी पड़ी है। लेकिन फिर भी हर शहर का यह सबसे प्यारा और सबसे गौरवशाली और भूखा 'वोट-बैंक' होता है। इसकी कीमत हम-आप नहीं जानते। काले चश्मे वाले संसद-सदस्य रूपी महात्माओं के ये हरे-भरे चरागाह हैं।

और लेखकों के घर ? अगर वे हैं तो हैं—नहीं हैं तो न हों। बेघरा रहना ठीक है। कुछ लोग कहेंगे, यह एक रोमैण्टिक विचार है। क्या लेखक

आदमी नहीं होते ? होते हैं और उनके भी घर कभी-कभार बन ही जाते हैं—कुछ जोड़-बटोरकर, कतर-ब्योंत करके, उधारी पर या कोई नौकरी-चाकरी करके। लिखने के लिए जिस एकान्त और आलस्य, सोचने की, चुपचाप पड़े रहने की अपरम्पार फुर्सत के लिए भी एक घर तो चाहिए ही। लेकिन उस घर के लिए अपने को इस्तेमाल होने देना अनैतिक है—या अपने लेखन को इस्तेमाल होने देना भी। उसके लिए झुकना, अनचाहे घिघियाना, ऊँचाई से अभिनय करना, बड़न-बड़न का साथ पाने के लिए छाता और कटोरा लेकर चल पड़ना...यह सब जो लेखक करते हैं और फिर समझते हैं कि उन्होंने कुछ नहीं किया—यह अभिनय, यह ढोंग, यह पाखण्ड छुपाया नहीं जा सकता। आप सीना तानकर चलते रहिये, आपके लिखने में घुन लग जायेगा। थोड़े ही दिनों ने आप सब कुछ पा लेंगे और आप मिट्टी हो जायेंगे। लिखना कमाई के लिए नहीं होता। वह कुछ-कुछ ख़तरनाक किस्म का रचा जाना है। वह एक भड़काऊ तत्व है। विकृत लोकप्रियता, सभा-पटु होना या व्यावसायिकता घातक है। लेकिन हमारे यहाँ तो अजब हाल है। कुछ लेखकों की मसें (साहित्य में) भी नहीं भीगी होतीं और पता लगता है कि उनके घर बनने शुरू हो गये। कुछ लोग इसके लिए लगातार अपनी कलम का इस्तेमाल करते रहते हैं और शब्द को कंकरीट में बदलते देखकर फूले नहीं समाते। कुछ लेखक घर-वर बनाकर, सब कुछ ठीकठाक करके, तब लिखने और मैदान मारने के लिए कमर कस कर उतरते हैं। आप पायेंगे कि ऐसे लोग सहसा ही हिंसक हो उठे हैं। वे हमेशा दूसरों को हिक़ारत की नज़र से देखते हैं। कितने उजड्ड, फूहड़ और बदनसीब होते हैं ऐसे लोग ! ऐसे लोगों के लिखने से जब कुछ नहीं बनता तो वे सारी रचनात्मकता की खिल्ली उड़ाते, पाइप पीते हुए एक मृत हास्य में बोरियत से अपना पिण्ड छुड़ाने में लगे रहते हैं। ऐसे ही लेखकों के लिए हमारे एक दोस्त ने कविता की दो पंक्तियाँ रची हैं :

सब कुछ तो कर लिया
चलो, अब साहित्य करें।

५६

हमारे देहात के घर तो पुश्तैनी होते थे—गिरते-ढहते अपनी जगह पर कायम। हर साल दीवाली के अवसर पर औरतें पीली मिट्टी से पूरा घर चौखुँट्ट पोतकर चमका देती थीं। फिर गेरू और चूने से तरह-तरह के

बेल-बूटे, हाथी-घोड़े, राजकुमार-राजकुमारियाँ, चिड़ियाँ, पेड़-पौधे, फूल-पत्तियाँ बनातीं। बड़े-बड़े कमरे जिनमें दिन में भी अँधेरा होता। उन घरों में गाय-भैंस, बैल-बछरू, आदमी-बच्चे, बकरियाँ, कुत्ते, बिच्छू-साँप और पेड़-पौधे—सब एक साथ रहते थे। अक्सर कोई भैंस धरा जाती—यानी उसे बुख़ार हो जाता। उसके मुँह से लार की रस्सी बन जाती, आँखों में कीच-आँसू और पेट में हँफनी। उसका खाना-पीना बन्द हो जाता। फिर वह लेट जाती और गझिन रात के अँधेरे में पसर जाती। तब सारा घर अँधेरे में एक दिये के टिमटिम उजाले-तले चुपचाप बैठकर सुबकता रहता था। उस घर में बाहरी और भीतरी दालानें होतीं और हर दालान से गुज़रने के बाद एक आँगन। हमारे घर में तो तीन-तीन आँगन थे और बैठके से भीतर तक पहुँचने में पाँच मिनट लग जाते थे। हर आँगन में चारों ओर लकड़ी की नक्काशीदार खम्हिया और चौखुँट्ट ओसारे। उन ओसारों के भीतर बड़े-बड़े अँधेरे कमरे, जिनमें दिन में भी छिप जाओ तो कोई पता न पाये। किसी घर में गोइँठा, किसी में रहठा, किसी में भूसा धरा होता। भूसे में अनाज के बोरे और गर्मियों में चोरी से छिपाकर पकने के लिए गाड़े गये अपने-अपने आम, जो अक्सर दूसरे के हाथ लग जाते। दो-तीन सारीघर (जानवरों को बाँधने के लिए) होते, जिनमें रात में बैलों-गायों और भैसों की मचर-मचर पागुर सुनाई पड़ती। गर्मियों में दीवारों पर हाथ रखकर चलना मना होता क्योंकि अक्सर करइल के काले बिच्छू गर्मी से तंग आकर दीवारों पर टहलते हुए हवा लेते होते। घर में पाख़ाने या नहाने की कोई व्यवस्था नहीं थी और लोग खेतों और नदी के कछार की ओर सुबह-अँधेरे निकल जाते।

लेकिन ये घर समय की भीतरी तहों में ज़िन्दा थे—गिरते-पड़ते फिर नये होते—अपने अँधेरों-उजालों के साथ। अपनी सोंधी अन्तरात्मा की मारक गन्ध के साथ, मेरे भीतर कठिन एकान्त और समागम का उत्सव मनाता हुआ वह मेरा घर अभी भी जीवित है। मैं उसके ज़र्रे-ज़र्रे को उकेर सकता हूँ। मेरे स्मरण में वह वहीं और वैसा ही है—यद्यपि कि जाने पर मुझे अब चौंधा लग जाता है। मैं उन जगहों को टटोलता हूँ। लेकिन वहाँ तो कुछ और ही है। फिर मैं देखता हूँ कि वहाँ दो-दो घर एक साथ खड़े हैं—एक पुराना, दूसरा नया। उजाले में भी मुझे अक्सर ठोकर लगती है क्योंकि मेरे हिसाब से जो जहाँ था, वह वहाँ नहीं है। मैं हँसता हूँ लेकिन मेरी हँसी कोई नहीं समझता।

क्या उन घरों की धड़कन दुबारा पायी जा सकती है जहाँ हमने जनम लिया था ? किसी अस्पताल या नर्सिंग होम में नहीं—उस परम्परागत 'सौरी' में, जिसमें सारे बच्चे पैदा होते थे। जिसके दरवाज़े पर बोरसी में

आग और लोहखर रखा रहता था। औरतें दिन-रात अगोरती रहती थीं। और हम अपने नये जन्मे भाई-बहन के उत्सव में काँची (एक प्रकार का हल्वा) खाने के लालच में सौरी के दरवाज़े पर मँडराया करते। और इस उत्सुकता से भी कि शायद इस घर के अस्तित्व पर हक़ जमाने के लिए प्रकट हुए उस नये जीव के दर्शन हो जायँ।

अब तो हम अन्तरात्मा के उस उत्सव से भाग आये हैं। हम तो महाभिनिष्क्रमण में हैं जिसमें तप ही तप है। जिसमें लौटकर भी नहीं लौटते हम। लेकिन चाहे जो हो, घर तो वही है—वही जगह, वही टूटी-फूटी शाद्वल धरती और घनी हरियाली और पेड़ों और नदियों और नंग-धड़ंग बच्चों या आँखों पर हथेली की ओट करके आने वाले को पहचानने की कोशिश करते हुए किसी बूढ़े की झुकी कमर वाला घर।

वहाँ अद्‌भुत स्वागत होता है मेरा ! जब हम अपने गाँव के सामने 'बस' से उतरते हैं तो दूर से ही देखकर दस-बारह बच्चे और चार-पाँच कुत्ते अपने पिल्लों के साथ पूँछ डुलाते बह की निचान से एकाएक छवर पर प्रकट होते हैं—मेरी ओर दौड़ते हुए सरपट। ऐसा लगता है जैसे अचानक वे किसी घाटी से निकलकर ऊपर आ गये हों। धूल-कीचड़ में सने, छोटे-छोटे मरियल पिल्ले मेरे पाँवों के इर्द-गिर्द लेट जाते हैं। मेरे पैरों को सूँघते-चाटते हैं, फिर उचक-उचक कर मेरा पाजामा खरोंचते हुए गन्दा कर देते हैं। वे मुझे आगे नहीं बढ़ने देते। बच्चे उन्हें दुर-दुर करके भगाते हैं तो वे लोट-लोट कर अपना हड़ीला पेट दिखाने लगते हैं। कोई एक लड़का फट-से अपने मैले अँगौछे की गद्दी बनाकर माथे पर रखता है और उस पर मेरी अटैची रख लेता है। फिर यह पूरा कारवाँ सड़क से गाँव की ओर उतर पड़ता है। खेतों में काम करती मैली-कुचैली औरतें माथे पर आँचल खींचती हुई कनखियों से झाँकती हैं। मुझे अजीब सी सकुचाहट होती है कि मैं इतना साफ़-सफ़ेद क्यों हूँ ? जा अपने लोग हैं, उनके बीच में अलग-थलग दिखता हुआ—एक ऐसा आदमी जो इन सारे लोगों पर अपमान की तरह है। फिर भी मैं आता हूँ और इस अद्‌भुत स्वागत के संग प्रकट होता हूँ।

उस आँगन में जाना अब अनायास नहीं हो सकता। मन करता है धधाकर आँगन में दौड़ जाऊँ। उन अँधेरे घरों की वह पुरातन गन्ध सूँघता फिरूँ। कहीं छिपाकर भूसे में गाड़े गये आम मिल जायँ, जिन्हें किसी अँधेरे कोने में छिपकर चाभ लूँ और गुठली भूसे में छिपाकर, भूसे से ही हाथ-मुँह पोंछकर बाहर निकल आऊँ। लेकिन भीतर जाना अब उस तरह सम्भव नहीं है। वैसे ही खाँस-खँखारकर जाना पड़ता है, जैसे हमारे बचपन में बुढ़ऊ जाया करते थे। अब वहाँ आँगन में हमारे छोटे भाई के लड़कों की

नयी-नवेली बहुएँ घूमती-फिरती हैं। और वह आँगन और घर भी अब कहाँ है ! वह लाल-कत्थई और बरसात में भीगी हुई काई लगी हरी खपरैलों वाली ढलुवाँ छाजन अब कहाँ है, जिसकी तिकोनी मिलान पर लाल रंग की खूबसूरत हुक्कियाँ आसमान में उठी रहती थीं। ओरियानी को थामे हुए वे निगस्ते भी नहीं हैं जिन पर पंडुक और गौरैय्या गर्मियों में अपना खोंता लगाते थे। यानी वह घर नहीं है। ईंटों के डिब्बेनुमा, सपाट छतों वाले घर हैं जिन पर बैठी हुई औरतें दूसरे आँगनों में झाँकती हुई गलचच्चर करती रहती हैं।

बचपन में लौटता हूँ। कई बार सपने में या सड़क पर चलते-चलते या लेटे-लेटे। देखता हूँ कि मेरी उम्र इतनी ही है। मेरे बाल सफ़ेद हैं और मेरे पिता, जो मुझसे उम्र में कम हैं, उनके बाल एकदम काले। फिर भी मैं उनकी उँगली पकड़कर चल रहा हूँ और आश्वस्त हूँ। यह कौन-सा खेल है जो बार-बार खेलता हूँ ?

सुबह-सवेरे बुढ़ऊ खरमेटाव के लिए बाहरी दालान से आँगन में खाँसते-खँखारते प्रकट होते थे। मेरी माँ हम दोनों भाइयों को अक्सर एक ही साथ दूध पिलाती होती। हमने उसके दोनों दुद्धुओं में बाँट-बखरा लगा लिया था, जिससे मारपीट न हो। दायाँ मेरे छोटे भाई का और बायाँ मेरा। वह एक ही साथ हम दोनों को लगा देती, जैसे मेमने चिपके रहते हैं। उसकी कुर्ती ऊपर उठी होती और गोरा-गोरा पेट खुला रहता। तभी बुढ़ऊ अचानक प्रकट होते। माँ अपना घूँघट थोड़ा खींचती और हम दोनों के ऊपर आँचल डाल देती—कुछ इस तरह कि दूध पीते हमारे चेहरे और उसका पेट ढँक जाता। बुढ़ऊ दूसरी ओर नज़र किये भीतरी आँगन की ओर बढ़ जाते।

५७

लेकिन उस आँगन की सबसे बड़ी स्मृति तो मेरे पिता की मृत्यु है। मृत्यु या दुर्घटना। उन्होंने मरने की ठान ली थी। उन्हें क्या बीमारी थी, कभी समझ में नहीं आया। हमारे पास साधन नहीं थे। अत: बीमारी का आना, माने मौत। अतिसार हो, मलेरिया, मियादी बुख़ार, जर-खाँसी—कुछ भी होता और लोग मरने को तैयार हो जाते। घर वाले मान लेते कि अब 'जाना' है। कुछ थोड़ा-बहुत वैद्य या खर-बीरो या कोई जंगली जड़ी-बूटी या झाड़-फूँक,

ओझाई, मान-मनौती—यह था हमारा विराट मेडिकल कालेज और बीमारी के ख़िलाफ़ मोर्चेबन्दी। अचानक हल्ला मचता कि दक्खिन दिसा से आधी रात या भिनसारे दो सूँड़ का एकदंता हाथी गाँव में घुसा है। डुगडुगी बजने लगती। बेहरी (चन्दा) वसूली होने लगती। काली माई को कड़ाह और बकरा चढ़ाने का इन्तजाम होने लगता। बीमारियों के ख़िलाफ़ यह पूर्व-रोकथाम का तरीका था।

लेकिन बाबूजी तो नास्तिक थे। परम नास्तिक। अगर कोई बीमारी थी तो दवा के लिए पैसे चाहिए होते थे। कोई किसान अपना जीवन बचाने के लिए ज़मीन बेचने की बात नहीं सोचता था। उसी के सहारे तो पीढ़ियों से लोग टिके हुए थे। तब ? लोग मौत को सहज भाव से आने देते थे। स्त्रियाँ गली के कोनों-अँतरों या घरों के अँधेरे कोनों में आँचल मुँह में ठूँसे सुबकने लगती थीं। वे जानती थीं कि वक़्त आ रहा है जब वे सारे दुख को गा-गा के रोयेंगी। बच्चे सकते में मारे-मारे फिरते और लड़कियाँ पूरे घर की सेवा में तत्पर-तैयार। चाहे मजबूरी ही सही, जो बीमार होता वह लगभग इच्छा-मृत्यु का वरण कर लेता। बाबू जी ने भी वही किया। वे कोई दवा-दारू नहीं करते थे। धीरे-धीरे वे एक चलते-फिरते नरकंकाल हो गये। फिर इतने कमज़ोर कि चलना-फिरना भी बन्द हो गया। वे आँगन में एक बँसखट पर लेटे रहते और बुढ़िया कड़वे तेल से उनकी हड्डियों की मालिश करती रहती। वह ज़्यादातर तेल में भीगे, चमकते रहते। लगता जैसे किसी जीव-विज्ञान के संग्राहालय के लिए अपने ढाँचे को तैयार कर रहे हों। उनका बिस्तर चीकट हो गया था और बगल से गुज़रने पर तेलौंस की दुर्गन्ध आती। वे ऊपर आसमान या बरगद की डालों को ताकते रहते। उनके लिए कोई भी पूजा-पाठ, झाड़-फूँक मना थी। इससे परिवार और पट्टीदारी के बड़े-बूढ़े खिन्न थे और अक्सर कानाफूँसी होती कि यह देवता का शाप है। बाबूजी की आवाज़ पहले धीरे-धीरे पतली..बारीक, हाँफ़ती हुई, फुसफुसाहट में बदल गयी। फिर उन्होंने बिल्कुल मौन धारण कर लिया।

क्या वे मेरी माँ के आत्मघात से इतने दुखी थे ? उनका विवाह सात बरस की उमर में हुआ था। तब माँ की उमर तीन-चार बरस की थी। दोनों साथ-साथ खेलते हुए बड़े हुए थे। बचपन में वे लोग काफ़ी मारपीट करते थे और बाबूजी अक्सर पिट जाते थे। घर के सभी लोग माँ का पक्ष लेते जो एक छोटी-सी झुँटइली बच्ची थी और जो यह नहीं जानती थी कि उसका घर कहाँ है और उसके माँ-बाप कौन हैं। हमारे नाना-नानी मरने के पहले उसे लाकर बुढ़ऊ को सौंप गये थे। माँ-बाबूजी सखा-सखी की तरह बड़े हुए थे और जब वह पन्द्रहवें साल में थी तो मैं पेट में आ गया था।

तो क्या सचमुच उन दोनों में इतना गहरा प्रेम था ? क्या वे 'मिस' करते थे ? क्या वे हाथ मलते रह गये थे ? या क्या उन्हें कोई ख़तरनाक बीमारी थी ? बुढ़िया कहती थी कि वह चुड़ैल रोज़ रात को पिछवारे की खुँटवारी से 'भइया' (बाबूजी) के पास आती है। खूब उज्जर लुग्गा पहनती है। गोरी-गोरी बाँह झलकाती है। आकर पाटी पर बैठ जाती है और भइया की देह से 'सत्' खींचने लगती है। कई बार रात में वह कोहराम मचाती। बुढ़ऊ और चाचा उसे डाँटते और बाबूजी असहाय भाव से सबको देखते रहते। उस घनी रात में औरतें ओसारे में सिर जोड़कर बैठ जातीं और अँधेरे में नि:शब्द रुदन शुरू हो जाता। फिर बुढ़िया ने उनकी बँसखट के पास बोरसी में आग और लोहखर रखना शुरू किया जैसे 'सौरी' के बाहर रखा जाता है, जैसे मेरे पिता अभी-अभी पैदा हुए हों। एक दिन जब इसी तरह वह बोरसी में आगी धरा रही थी, बाबूजी ने उसे पास बुलाया। बुढ़िया ने कान दिया। वे कुछ कह रहे थे लेकिन बुढ़िया को सुनाई नहीं दे रहा था।

'का जानीं का कहतारें।' उसने कहा।

मैंने कान दिया।

'कहि दऽ...आगी से कुच्छू ना होई।' उन्होंने फुसफुस किया।

और सचमुच कुछ तो नहीं हुआ। एक दिन लेटे-लेटे बाबूजी बदल गये। बदल गये, यानी वह, वह नहीं रहे जो अब तक थे—चाहे लेटे-लेटे ही सही।

बुढ़िया को लगा, 'भइया' की देह में बहुत दरद होगा। अब 'वहाँ' कौन मालिश करेगा ? कौन गोड़-हाथ दबायेगा ? चारों ओर लोग खड़े थे। वह उठी और कड़वे तेल की कटोरी में अजवाइन-तेल गरम करके लायी। उसने सब लोगों को इधर-उधर ठेल दिया और पैरों की मालिश करने लगी। चाचा ने हटाने की कोशिश की। फिर औरतों में से किसी ने। फिर बुढ़ऊ आये। खड़े रहे।

'कइ लेबे द जाऽ ! उन्होंने कहा।

'हमार भइया हउँअन कि...।' बुढ़िया ने कहा, 'हँ...अब ई वाला गोड़ दऽ' उसने उस पैर को सीधा किया और दूसरा मोड़ कर उठा दिया।

'अब ना बथीई...दबावतानी नऽ।' वह जैसे बाबूजी से बतिया रही हो।

'अब ई गयीं।' बुढ़ऊ ने कहा।

लोग बुढ़िया को पकड़ कर हटाने लगे।

दरवाज़े पर वही भाँट ढोलक बाँधे प्रकट हुआ। वही शादी-ब्याह के

भिनसारे गाता था। कटिया पर खेत में गाता था। खलिहान उठने पर गाता था। मूँड़न, जनेऊ, नामकरन पर गाता था। वही मौत का भी ठाट बाँधता था। सो, उसने शुरू किया :

एक दंत दुइ सुंड उठाये गाँवैं पइसें जमदेवाऽ
सबें मनुख तौ उठि के भागें जइसे चोहपें जमदेवाऽ
सुब्भ-असुब्भ कछू नहिं जानें दिन ना देखें जमदेवाऽ
गझिन अन्हारे दाँत गड़ावैं, अम्मर फूँकें जमदेवाऽ
सरग-पतार धसकि-धसकावैं दुनउँ हिलावैं जमदेवाऽ
कुँहुकि-कुँहुँकि सब रानी रोवैं, लरिका सुसुकैं जमदेवाऽ
माय खड़ी खटिया के आगें मारग रोके, जमदेवाऽ
भुइँ के करो बिछौना माई, बिनती करों म जमदेवाऽ
आतम खण्ड-खण्ड होइ भागा हँसें ठठाइ के जमदेवाऽ
माटी सुन्न-असुन्न देखि के रोवत भागें जमदेवाऽ

वह रो भी रहा था, गा भी रहा था।

५८

क्या मैं पुरानी दुनिया की वकालत कर रहा हूँ ? लेकिन नई दुनिया में कुछ ख़ास बनता हुआ नहीं दिख रहा है। मनुष्य के स्नायु-तंत्र पर भयंकर दबाव है। बाहरी अन्तरिक्ष में ही नहीं, उसके मन-अंतरिक्ष में भी प्रदूषण फैल रहा है। विचारों के जनतंत्र में मुक्ति की सम्भावनाएँ नहीं दिखतीं। वह अराजक है—कभी-कभी तर्क-प्रमाणित तर्क-शून्यता तक ले जाने वाला। बहुलतावाद एक नया हथियार है। उसमें छिन्न-भिन्न करके, तोड़कर, खण्ड-खण्ड करके सौन्दर्य देखने-दिखाने का आग्रह है। उसमें निर्विघ्न एकाधिकार और छल की सम्भावनाएँ अधिक हैं। धीरे-धीरे यह प्रकट हो रहा है कि उसके पीछे विचारों के साम्राज्यवाद की गहरी साजिश है। छोटा करके, छिन्न-भिन्न करके, एकान्तीकरण करके, कमज़ोर करके फिर मनुष्य के सोच को पंगु करने का एक नया दार्शनिक प्रयत्न है। वैचारिक-सांस्कृतिक कबीलों की घेरेबन्दी और फिर विनाश। मनुष्य-समूहों के सोच को सुरक्षा देने के नाम पर विचारों की निश्छल, सामाजिक और सामूहिक प्रजातियों को नष्ट करने का भितरघात है यह। सर्वोपरि होने का दम्भ और एकाधिकार की तुच्छताएँ वहाँ झलक मारती हैं। जबकि बुद्ध या मार्क्स मनुष्य और प्रकृति का सम्मान करना ही अपना मुख्य ध्येय मानते हैं। लेकिन यहाँ तो विचारों के जनतंत्र

के नाम पर विचारों का अवमाननापूर्ण रंगभेद महत्वपूर्ण है। एकछत्र सिंहासन, एक नया तख्ते-ताउस बनाने का प्रयत्न है जिसमें वह बहुरंगी और भोलाभाला देश-काल नष्ट और विच्छिन्न हो जाय। पन्त जी ठीक ही कहते हैं :

अरे दिग्गज सिंहासन जाल
अखिल मृत देशों के कंकाल।

५९

हर रचना एक निराकार में से साकार होती है। जन्म लेती है। रचना में रूप धरने से पहले मिथक और ऐतिहासिक सन्दर्भ भी निराकार हो जाते हैं। एक झीनी-सी छाँह रहती है। फिर उस निराकार में तोड़-फोड़ मचती है। 'फ्रिल्स' पड़ते हैं। और तब 'मिथक' और 'इतिहास' भी नया रूप ग्रहण करते हैं। 'रच' जाते हैं। एक अजीब-सी चमक, एक कौंध कहीं भीतरी पर्दों से छाया की तरह भासमान होती है। उसको पकड़कर बाँध लेने और थिर कर देने की प्रक्रिया ही रचना की प्रक्रिया है। मैं उसे भाषा के ऊँचे-नीचे, ऊबड़-खाबड़, चिकने, छलकदार, हरे-भरे, कभी-कभी लाल और कत्थई शिखर बनाकर पकड़ना चाहता हूँ। वह कौंध भागती है—हर बार, और उसी हिसाब से भाषा के ऊँचे-नीचे शिखर और घाटियाँ और अतल बनते जाते हैं। और अचानक ही वह मेरी पकड़ में आ जाती है—वह कौंध, वह निराकार चमक...मेरी घेरेबन्दी में फँस जाती है और थिर हो जाती है। और तब आप भी उसे देख सकते हैं। इसी तरह रचना एक नया 'मिथक' बनती है। क्योंकि वह वर्णन या मात्र वृत्तान्त नहीं है। वह चरित्र नहीं है, वह स्थिति या स्थिति का प्रभावक क्षण भी नहीं है—इन सबका रचा हुआ एक नया 'मिथक' है।

एक अच्छी कहानी भी उसी अनजान कौंध से प्रकट होती है। यानी सब कुछ पहले से पहचाना हुआ नहीं होता। जिनके लिए सब कुछ पहचाना हुआ होता है वे मात्र वृत्तान्त के भाँट होते हैं। इसीलिए हर अच्छी कहानी एक नया 'यूटोपिया', एक नयी 'असम्भाव्यता' होती है। प्रेमचन्द की बहुत सारी कहानियाँ 'यूटोपिया' और 'असम्भाव्यता' के संसार में खड़ी हैं। जैसे 'कफ़न', 'सुभागी', 'मुक्तिमार्ग' या 'सद्गति'। यथार्थ के सामान्य नपने से वे नहीं नापी जा सकतीं। अचम्भे में डालती हैं, लेकिन वे ही हैं जो कहानी

का एक नया 'मिथक' गढ़ती हैं। अमरकान्त या निर्मल या रेणु भी उस 'यूटोपिया' को भाषा के अलग-अलग तरह के शिखर बनाकर पकड़ लेते हैं। अमरकान्त में वह नुकीला होता है, निर्मल में लयबद्ध और गोलाकार और रेणु में घाटी की तरह अँधेरा, हरा-भरा किसी गर्म-जल के अदेखे सोते की ध्वनि से गूँजता हुआ। लेकिन वस्तु-तत्व की उस कौंध को पकड़ने वाला शिखर कहानी में कहाँ होगा, यह कहा नहीं जा सकता। अचानक हम पाते हैं कि वह यहाँ—इस जगह पर, ठीक हमारी पकड़ में है। कभी वह अन्त के आसपास मँडराता रहता है, कभी भाषा के उच्चतम शिखर के आजू-बाजू के अँधेरे में और कभी बिल्कुल शुरू में ही। यह बहुत कुछ बहेलिए जैसा काम है। आप कम्पा लगाकर दिन भर बैठे हैं और चिड़िया पास भी नहीं फटकती। वह ऊँची डाल से थोड़ा नीचे उतरती है, फिर अर्धचन्द्राकार गति से ज़मीन पर। फिर कम्पे के आसपास मँडराती है, सूँघती-साँघती है। और तभी आप देखते हैं कि वह अचानक उड़ी और जाकर डाल पर बैठ गयी। या अचानक उसके मन में आया और वह अन्तरिक्ष की ओर फुर्र हो गयी। आपका सारा प्रयत्न व्यर्थ चला जाता है। आप कम्पा उठा लेते हैं और थके-माँदे घर लौट आते हैं। मूर्ख शिकारी झूठी आशा में दिनों बैठे रहते हैं और बासी-बंजर शब्दों का ढेर लगाते चले जाते हैं। लेकिन चिड़िया तो नहीं होती उसमें।

रचना और कला-कर्म खाने-पीने, नहाने-धोने की तरह कोई दैनन्दिन कर्म नहीं है।

रचना-धर्म के लिए आलस्य और एकान्त—सोचने की अपरम्पार फुर्सत ज़रूरी है। वह राह-चलता काम नहीं है।

६०

सुमित्रानन्दन पन्त और ज्ञानरंजन की रचना-प्रक्रिया में अद्भुत समानताएँ हैं। दोनों में अन्तर्वस्तु एक चमकते हुए बिम्ब, एक सूक्ति-वाक्य, एक चमकदार आप्त-वचन के रूप में शुरू में ही रख दी जाती है। यह जलता हुआ आप्त-वाक्य पूरी रचना का सारतत्व होता है। पन्त और ज्ञानरंजन बिना किसी हीला-हवाली, बिना किसी दुराव-छिपाव के मूल कथ्य का सब कुछ शुरू में ही आपको बता देते हैं। यह 'मूल कथ्य' प्रारम्भ में ही एक घने केन्द्र में स्थित और जड़ होता है। शुरू में उस केन्द्र के चारों ओर एकदम

घना अंधकार होता है। यानी उस चमकते हुए सूक्ति-वचन से आप सब कुछ जान लेने के बावजूद कुछ भी नहीं जानते। यह अँधेरा वैसा ही होता है जैसे पहली बार पर्दा उठने पर मंच पर। अँधेरे का यह घनत्व ही पाठक में एक गहरी उत्सुकता की सृष्टि करता है—कि कौन-सा 'अनहोना सत्य' उस अंधकार में से प्रकट होने वाला है। पाठक एक सकते की स्थिति में चुप, एकाग्र और दत्तचित्त हो जाता है। यानी कि आलोकित होने वाली कला-सृष्टि के प्रति ये दोनों लेखक एकदम शुरू में ही पाठक को अपनी गिरफ़्त में ले लेते हैं—एक सम्मोहन की हद तक।

फिर उस केन्द्रीकृत, जड़ीभूत, स्थिर (और लगभग मृत) वस्तु-तत्व पर सहसा किसी कोने से रोशनी का एक भभका गिरता है और आप एकाएक विस्मय-विमुग्ध, उसके अन्तर्तत्व को देखने-जानने, सुनने और पहचानने की क्रिया प्रारम्भ करते हैं। पन्त जी यह काम एक-एक छन्द की नयी-नयी, अछूती, अनभूत बिम्बमालाओं से करते हैं और ज्ञानरंजन सघन-बिम्बात्मक, काव्यमय वृत्तान्तों के छोटे-छोटे पैराग्राफ़ों से। ज्ञानरंजन के ये पैराग्राफ़ भी, दरअसल, अलग-अलग वृत्तान्त-खण्डों में रची हुई सघन बिम्बमालायें ही होती हैं। यानी कहानी आगे नहीं बढ़ती, वह सिर्फ़ और-और आलोकित होती जाती है, स्पष्ट होती जाती है, प्रकट होती जाती है। जैसे दर्शन के किसी सूत्र को ग्राह्य और स्पष्ट बनाने के लिए दार्शनिक तरह-तरह की भाष्यगत उक्तियों-उदाहरणों का सहारा लेते हैं—कुछ-कुछ उसी तरह। इस तरह पन्त जी का हर अगला छन्द और ज्ञानरंजन का हर अगला पैराग्राफ़—नयी-नयी और अलग-अलग कोणों से फेंकी गयी रंग-बिरंगी 'फ़्लड-लाइट्स' होती हैं, जिससे धीरे-धीरे केन्द्र में स्थित वह स्थिर और जड़ वस्तु-तत्व अपनी सारी महिमा के साथ हमारी आँखों के सामने प्रकट होता हुआ चौंधियाने लगता है। 'छाया' या 'बादल' पढ़िये या 'पिता' और 'सम्बन्ध'—दोनों का शिल्प एक ही है। इस प्रकार पन्त या ज्ञानरंजन—दोनों में वस्तु-तत्व का विकास नहीं होता—वह सिर्फ़ 'खुलता' जाता है। कभी-कभी तो ये रोशनी के लुकारे (ये 'फ़्लड-लाइट्स') इतने तेज़ और गहरे हो जाते हैं कि आपकी आँखें चुँधिया जाती हैं और आप देखने-पहचानने से ही कतराने लगते हैं। उदाहरण-शिल्प की ये असंख्य पुनरावृत्तियाँ अन्ततः 'बोर' करती हैं और तब इसकी खोट समझ में आने लगती है।

पन्त जी की सारी बड़ी कविताओं (छाया, बादल, परिवर्तन, मौन-निमंत्रण, मोह, बालापन, सावन-भादों) और ज्ञानरंजन की सारी अद्भुत-अभूतपूर्व, अद्वितीय कहानियों (पिता, सम्बन्ध, हास्य-रस,

दाम्पत्य, रचना-प्रक्रिया, घंटा और बहिर्गमन) का शिल्प यही है—यही उदाहरण-शिल्प। यही—एक ही जड़, सघन, यथास्थितिवादी कथ्य को अनेक कोणों से जड़े हुए बिम्बात्मक छन्दों या काव्यमय वृत्तान्तों (ज्ञान) से आलोकित करते हुए उसे पूरी सफलता और सफ़ाई से प्रकट कर देना। दोनों यही करते हैं। और दोनों के पास अपने-अपने काल-खण्ड के प्रारम्भिक दिनों की विस्मय-विमुग्ध कर देने वाली भाषा का अभूतपूर्व तेवर है। लगता है, दोनों कभी रचना के अभ्यास-काल की अपरिपक्वताओं से गुज़रे ही नहीं। लगता है, दोनों मुँह में दाँत लेकर ही पैदा हुए हैं। दोनों मँजे हुए, सिद्ध और चालाक खिलाड़ियों की तरह मैदान में उतरते हैं और आनन-फानन में 'गोल करके' 'ड्रेसिंग रूम' में अन्तर्धान हो जाते हैं। पन्त निकलते भी हैं तो लगातार हारने और पिटने के लिए, लेकिन ज्ञानरंजन तो सचमुच रहस्यमय तरीकों से ग़ायब। फिर पता लगता है कि आॅर्थर रैबों तो 'अबिसीनियाँ' में हैं।

६१

'छाया', 'बादल' या 'परिवर्तन' जैसी कविताओं में आख़िर जो पहले छन्द में है, उसके अतिरिक्त अगले छन्दों में वस्तु-तत्व कहाँ बदलता या विकसित होता है ? नये-नये, अछूते बिम्बों में बार-बार वही आवृत्ति है। यहाँ तक कि हम उन बिम्बमालाओं के चमत्कार में फँसे हुए कविता के उसी प्रथम बिन्दु पर अपनी सारी वाहवाही के साथ टिके रहते हैं। और ज्ञानरंजन की कहानियों में भी। 'पिता' को विभिन्न उदाहरण-वृत्तान्तों में देखते हुए हम उनकी एकरस छवि से कब और कहाँ अलग होते हैं ? या छत पर कसरत करते हुए भाई से, या 'हास्य-रस' में विवाह के तुरन्त बाद 'प्रेमिका' के 'पत्नी' हो जाने के कारण जनम लेती ऊब और प्रेम की हास्यास्पदता से, या 'घंटा' के लाख़ैरेपन के 'सिनिकल' अद्वितीय-अनहोने प्रसंगों से, या 'बहिर्गमन' में बहिर्गमन में निहित मनोहर के अमानवीयकरण और उन्नतिमुखी पतन के व्यंग से ? इन सबका पता तो हमें आरम्भ में ही लग जाता है। फिर कवितात्मक गद्य से उस एक ही बात की सघन बुनावट बार-बार डाली गयी है। सिर्फ़ उसके रेशे-रेशे को 'क्लोज़ शाट्स' में कहानीकार बार-बार उजागर करता है। वस्तु-तत्व का विकास नहीं होता, तह-दर-तह उद्घाटन होता है।

६२

पन्त जब इन सघन बिम्बमालाओं के प्रसार और आवर्तन से मुक्त होना चाहते हैं तो विचारों की सरलीकृत दुनिया में शरण लेते हैं। यह अनोखे किस्म का भववाद है। जैसे 'परिवर्तन' कविता में अचानक सत्रहवें छन्द में एक सरल-स्थूल विचार प्रकट होता है और कविता के भव्य प्रासाद में छिपे हुए खँडहर उजागर होने लगते हैं। आख़िर कभी-न-कभी बिम्बों के घनघोर आवर्तन से छुट्टी तो पानी ही थी। नहीं तो कविता का अन्त कैसे होता।

वृथा रे ये अरण्य चीत्कार
शान्ति-सुख है उस पार

'उस पार' की इस कल्पना के प्रवेश करते ही कविता तिरोहित हो जाती है। अब तक वस्तु-तत्व एक स्थान पर संकेन्द्रित होकर अपनी सम्पूर्ण, अनहोनी, एकाग्र छवि के साथ चमक रहा था। उसे अपनी जगह से खिसकाने का प्रयत्न वृथा सिद्ध हुआ। कविता की पूरी संरचना तो आवर्तनधर्मी है—लट्टू की तरह एक ही जगह पर नाचती हुई। खिसकाने का मतलब है उसके गति-सौन्दर्य में बाधा पहुँचाना। वही होता है। कविता एकाएक धराशायी हो जाती है। दरिद्र और रूढ़िग्रस्त, परिपाटीबद्ध, नीरस दार्शनिक शब्दावली की खेह उड़ने लगती है :

एक छवि से असंख्य उडुगण,
एक ही सबमें स्पन्दन
एक छवि के विभास में लीन
एक विधि के रे ! नित्य अधीन।

या

वही प्रज्ञा का सत्य स्वरूप
हृदय में बनता प्रणय अपार
लोचनों में लावण्य अनूप
लोक-सेवा में शिव अविकार।

जब तक कविता में आवर्तन था तब तक उसमें बार-बार तोड़-फोड़ थी। बार-बार संरचनाएँ लौटकर आती थीं। वैसे तब भी वह 'शाश्वत' के धर्म से प्रमाणित थी। वह एक आप्त-वचन की तरह थी। पृथ्वी और ब्रह्माण्ड और जीवन के नये रूपों के अनहोने विकास 'परिवर्तन' के माध्यम से नहीं उभरते थे। कविता तब भी एकरेखीय ही थी। समय की भारतीय आवर्ती

अवधारणा से कविता और कवि बाहर नहीं निकल पाते। जब निकलने की कोशिश की तो अद्वैत वेदान्त में जाकर ढह गये। हमारे मित्र कहते हैं कि पन्त अनजाने ही ब्रह्माण्ड के बाहर की किसी दुनिया में, हमारे 'टाइम-फ्रेम' से बाहर सेंध लगा रहे हैं। तभी इतनी ज़बर्दस्त, चमकदार 'डाइलेक्टिक्स' दिखती है :

सृजन ही है संहार।

लेकिन वह 'टाइम-फ्रेम' कहाँ है ? क्या वह अद्वैत वेदान्त का है ? अगर नहीं, तो सब कुछ साफ़ है। कैसे अपने आवर्तन से बाहर जाते ही, कैसे अपनी संरचना को लाँघने का प्रयत्न करते ही कविता (पन्त की अधिकांश कविताएँ) मुँह के बल गिर पड़ती हैं। विचारों का रूढ़िग्रस्त दारिद्र्य फूटकर बाहर आ जाता है।

६३

ज्ञानरंजन अपने आवर्तन से कभी बाहर नहीं आते। वे अपनी स्वरचित, अर्जित समृद्धि को कभी नहीं तोड़ते—उसी को बार-बार 'रिपीट' करते हैं—अपनी पच्चीसों कहानियों में। यानी यह 'छाया', 'बादल' या 'परिवर्तन' की तरह ही एक दूसरे किस्म की उबाऊ पुनरावृत्ति है। अपने निजी कहानीपन, अपने बनाये कथा-बिम्ब से बाहर न जाने की ज्ञान की यह ज़िद अदभुत है। यह कहानी की दुनिया में एक घरेलू आदमी की ज़िद है। यह एक प्यारे और भोंदू और चालाक आदमी की ज़िद है। वहाँ सम्पूर्ण मध्यवर्गीय तन्त्र—यानी नकली नफ़ासत और वास्तविक लुच्चई, रोमान और 'होमसिकनेस'—अपने अक्षत रूप में विद्यमान है। भाषा के एक विशिष्ट अद्वितीय रूपवादी आदर्श से ज्ञानरंजन की कहानियों के मध्यवर्गीय संसार का पूरी तरह और अत्यन्त लावण्यमय तालमेल है। कहीं कोई खोट, कोई फाँक, कोई सन्धि या कोई अन्तर्विरोध नहीं है। इसीलिए ज्ञानरंजन की कहानियाँ हमेशा एक 'सम' पर रहती हैं—एक 'आलाप' में विद्यमान। उनमें ढरकाव या ऊँची-नीची गति नहीं है। तन्त्र और वस्तु का इतना खूबसूरत और सघन मिलाप हिन्दी कहानी में अन्यत्र दुर्लभ है।

लेकिन वह 'वस्तु' क्या है ? वह नितान्त सीमित, एकरस, और पन्त की श्रेष्ठ कविताओं की तरह ही चमकदार किन्तु पुनरावृत्ति से लस्त और उबाऊ है। ये कहानियाँ मध्यवर्ग के बारे में तोड़-फोड़ के मुद्दे नहीं खड़ी

करतीं, मध्यवर्ग की सामाजिक संरचना के विरुद्ध सवाल नहीं उठातीं, बल्कि उसके सौन्दर्यशास्त्र, उसके 'एथिक्स' और उसकी 'यथावतता' के प्रति रोमानी निष्ठा पैदा करती हैं। इसीलिए कस्बाई संवेदना के मारे हुए मध्यवर्गीय लेखकों और आलोचकों का झुण्ड इतनी आस्था और इतने आकर्षण से अपनी इस रानी मक्खी के इर्द-गिर्द छत्ते तैयार करने लगा। अब ये लोग कुछ भी सुनने को तैयार नहीं हैं। उनका मधु उनके पास है, जिसे चाटते हुए वे रानी मक्खी के एक इशारे पर आप पर टूट पड़ते हैं और सबक सिखाकर वापस लौट जाते हैं।

६४

यह अजब है कि उसकी कुल पच्चीस कहानियों में से सत्रह आत्मवाची हैं। उन सभी का वाचक 'मैं' है और वह सभी कहानियों में एकाकार है—एक ही व्यक्ति है। अलग-अलग कथा-खण्डों में वही व्यक्ति, व्यक्तित्व के थोड़े अलग-अलग झुटपुटों के साथ प्रकट होता है। एक खूबसूरत 'कोलॉज़' के अलग-अलग रंगीन टुकड़े, धीरे-धीरे एक दूसरे के पास उड़कर आते हुए दिखाई देने लगते हैं। उनको जोड़ना बहुत आसान है। उनमें रंगों की एक साँवली संगति हर जगह विद्यमान है। दरअसल ज्ञानरंजन की सारी कहानियाँ एक ही कथा, एक ही उपन्यास के छोटे-छोटे द्वीप हैं। दो कहानियों के बीच के अन्तरालों को वृत्तान्त की एक झीनी डोर से जोड़ दीजिए। तब एक छोटे से, खण्ड-खण्ड अखण्ड कथा-संसार का रूप खड़ा हो जायेगा। एक मध्यवर्गीय उदास महोत्सव, जिसमें पिता, माँ, भाई, बहनें, प्रेमिकाएँ, पत्नियाँ, सेक्स की भूखी औरतें, एक चाँईं और चौकन्ना 'मैं', और अराजक, बिगड़ैल किन्तु कमनीय दोस्तों का एक स्वर्णिम नरक, अत्यन्त ठण्डी, चमकदार और नव-कवित्वपूर्ण गद्य-भाषा में वर्णित है।

फिर कैसा महसूस होता है ? इन पच्चीसों टुकड़ों को जोड़ देने पर एक निरा समतल, समवाची, एकरस व्यक्तित्व खड़ा हो जाता है, जो भाषा और वाक्य-विन्यास के चमकदार टुकड़ों से हमें बार-बार आकर्षित करता है। लेकिन अपने अर्थ-विन्यास में एकरस और उबाऊ। हम अचानक पहचान लेते हैं कि अरे, यह तो वही आदमी है—आज दूसरे अत्याधुनिक, चमकदार, फ़ैशनेबल लिबास में 'परेड' पर निकला है। आँखें पल भर को उठती हैं, फिर सोचने लगते हैं—ओह, फिर वही वाणी के लटके-खटके। कोई नवीनता नहीं, बार-बार आविष्कृत होने वाला कोई अनहोनापन नहीं

(जो कला की आख़िरी-अन्तिम सच्चाई है)। वही पुनरावृत्तियाँ 'पच्चीसों' बार—जैसे 'प्रोफ़ेशनल' लहज़ा थोड़ा और मँज गया हो। इसीलिए ज्ञानरंजन के प्रति अरुचि से बचने के लिए उसकी कोई एक ही कहानी पढ़नी चाहिए—'घंटा' या अधिक से अधिक 'बहिर्गमन'।

अब ज़रा प्रेमचन्द से मिलाकर देखिये जिनकी हर कहानी एक नया 'आविष्कार' है, या चेख़ोव से या मोहन राकेश या फणीश्वरनाथ रेणु या अमरकान्त से...तब आप असलियत से वाक़िफ़ हो जायेंगे।

कला की महानता सुन्दर से सुन्दरतम पुनरावृत्ति में नहीं, हर बार एक नयी तोड़-फोड़, एक अनहोनेपन को आविष्कृत करने में है।

लेकिन ज्ञानरंजन यह सम्भव नहीं बना सके। क्योंकि भाषा के उस ख़ूबसूरत संसार, उस अटूट सिद्धि के साथ, वस्तु की उन नियामक सीमाओं के संग, 'बहिर्गमन' सम्भव नहीं है। क्योंकि नये विचारों से उनकी पुरानी दुनिया का तालमेल नहीं बैठ सकता। अपनी उस दुनिया से बाहर जाने के पहले प्रयत्न (अनुभव) में ही ज्ञानरंजन के 'पेट में बड़े ज़ोर का शूल उठने' लगता है और वे सब कुछ छोड़छाड़ देते हैं।

उन्होंने 'अपना संसार' पूरी तरह साध लिया है और अब कुछ नहीं हो सकता।

साध अपना मधुमय संसार
डुबा देता निज तन-मन प्राण।

६५

यह 'सन् १९७० के गर्मियों' के प्रारम्भ की बात है।

'एक नौजवान आदमी के अन्त का समारोह' मनाने की जगह ज्ञानरंजन ने अपने 'कथाकार के अन्त का समारोह' मनाना ज़्यादा बेहतर समझा। माँ-बाप, प्रेमिका, मित्रों और अपने शहर का अन्त करके ही वह कथा के नये संसारों का आविष्कार कर सकता था। लेकिन उसने ऐसा नहीं किया। व्यक्तित्व की इस नयी 'विकास-यात्रा' के जो ख़तरे हैं, उन्हें मूल्यों की दृष्टि से गर्हित मानकर उसने उनका जमकर विरोध किया। राहें और भी हो सकती थीं लेकिन भाषा के उस रूपवादी ढाँचे में वे 'फ़िट' नहीं हो पातीं। उसके लिए अपनी कमाई को गँवाना पड़ता। यह पहली शर्त होती है, जिसके लिए ज्ञान न तब तैयार थे और न आज हैं। इसके अलावा

मध्यवर्गीय, बोहेमियन और अराजक संस्कार भी इस मार्ग में बाधक थे। ज्ञानरंजन कहानी की अपनी बोहेमियन दुनिया में भटके हुए आदमी नहीं थे—वह सब कुछ सोच-समझकर अपनाया गया रूप था। अत: उससे निजात पाना आसान नहीं था। तभी वह जहाज के डेक पर न जाकर किनारे पर ही खड़ा रहा। वह अपनी 'ग़रीबी को छोड़ना और घर को लात मारना' नहीं चाहता था। वह उस नयी 'विश्व-बाज़ार वाली व्यवस्था' की 'धूल' से बचना चाहता था। तब उसने एक ठेठ मध्यमवर्गीय, रोमानी आदमी की तरह इस नयी दुनिया के विरुद्ध अपने तर्क पेश किये।

'बहिर्गमन' उसके इन्हीं तर्कों से लैस अपने को एक उच्चतर नैतिक भूमि पर प्रतिष्ठापित करने की कहानी है।

'घंटा' में 'पेट्रोला' से बाहर गया आदमी 'पेट्रोला' में वापस लौट आता है।

'बहिर्गमन' बाहर गये आदमी के गिरावट की समीक्षा है।

'मनोहर' और 'सोमदत्त', 'कुंदन सरकार' के ही थोड़े सुधरे हुए या ज़्यादा पतित रूपान्तरण हैं। और 'मैं' भी अभी 'घंटा' ही है। 'कुंदन सरकार' का नहीं तो 'मनोहर' का। और 'लॉ बोहीम' उस रेस्त्राँ का ही एक अन्य संस्करण है, जिसमें 'कुंदन सरकार' 'मैं' को ले गया था। लगता है 'घंटा' में ज्ञान की 'थीसिस' पूरी नहीं हुई। तब उसकी अन्तिम व्याख्या के लिए एक और कहानी लिखी गयी—'बहिर्गमन'। शायद यह उसकी सबसे लम्बी कहानी है क्योंकि मध्यवर्ग के प्रति अपनी रोमानी निष्ठा की सशक्त और बेलाग वक़ालत यहाँ पूरी होनी है। 'बहिर्गमन' में मनोहर जहाज पर सवार होकर पतन के चमचमाते, क्रूर और मग़रूर संसार की ओर जब निकल जाता है तब 'पेट्रोला' में पुन: लौट आने का 'मैं' का तर्क पूरा होता है। ज्ञान के तर्कों के अनुसार जो बाहर जाता है, वह 'जग में रह सकता है, देश में नहीं रह सकता।' इस वक़ालत के बावजूद ज्ञानरंजन की कहानियाँ आश्चर्यजनक रूप से 'जग' की कहानियाँ हैं। एक शहर की सीमा में बँधी होने के बावजूद उनका एक पतनोन्मुखी 'विश्व-बाज़ार' है। सघन रूप से व्यक्तिवादी, आधुनिक मुहावरों और तकनीकों के अन्तर्राष्ट्रीय फ़ैशन से ग्रस्त, अस्तित्ववादी ठण्डक और फ्रेञ्च आवाँगार्दिज़्म से लैस। फिर भी ज्ञानरंजन कहते हैं, 'वह गुमनाम लोभ से पराभूत, अज्ञात दुनिया के प्रति चमत्कृत एक बेबुनियाद भागमभाग थी।...अपनी जगह बेमिसाल होती है और आदमी एक टूटा हुआ पत्ता नहीं है।...लोगों को पता नहीं था कि मेरे अन्दर किस किस्म का आदमी बन रहा है। **मैं विद्रोही नहीं था** (बहिर्गमन)। 'घंटा' में जो 'क्रान्ति-तरंग' उठी थी वह भी कहानी के अन्त

में 'नदारद' हो चुकी थी और सीढ़ियों के ऊपर ही 'सभ्यता यथावत' नहीं हो गयी, कहानीकार के भीतर भी। ज़ाहिर है कि 'पेट्रोला' लौटने के अलावा और कहीं शरण नहीं थी। लेकिन 'पेट्रोला' कितनी बार लौटा जा सकता था ? 'अमरूद का पेड़' से लेकिर 'अनुभव' तक 'पेट्रोला' ही तो तरह-तरह से सामने आता है। ऐसे में जब कुछ नहीं रह गया, जब नयी खोजें सम्भव नहीं रह गयीं तो लेखक ने हारकर अपने 'अन्त का समारोह' मना ही लिया। जबकि रचनात्मक समृद्धि के संसार चारों ओर लहरें मार रहे हैं। ज्ञान जानते थे कि 'पेट्रोला' से बाहर जाना उनके लिए सम्भव नहीं है। इसीलिए उन समृद्धतम संसारों का उनके लिए कोई अर्थ नहीं था। फिर भी 'मध्यवर्गीय दुर्घटना के इस मलबे को फटाफट साफ़' नहीं किया जा सकता। उसमें एक ऐसा 'सारतत्व' है जिस तक हिन्दी कहानी में बहुत कम लोगों की पहुँच है।

फिर 'पेट्रोला' से निकलकर ज्ञानरंजन कहाँ गये ? पूरी तरह 'सुखी और सुरक्षित होने' (घंटा), जहाँ उनकी 'भद्रता प्रगति कर रही है।' क्योंकि ज्ञान यहाँ स्वीकार करते हैं कि 'काफ़ी अरसा पहले साहित्य मुझसे बिछुड़ गया था। अब मुश्किल से थोड़ा बहुत चिथड़ा बकाया था (घंटा)।' 'अनुभव' कहानी इसी थोड़ा-बहुत 'बकाये चिथड़े' की अभिव्यक्ति है जिसमें एक-दो बार 'मानवीय स्थिति पर दर्द-भरी डकार उठती है।' डकार के बाद आराम ही आराम है। मुक्ति है....कहानी से अन्ततः 'बहिर्गमन' है। 'अन्त का उदास समारोह' है।

६६

एम० ए० में हम लोग एक ही कक्षा में थे लेकिन एक दूसरे को बिल्कुल नहीं जानते थे। मैं बाहर से आया था और इलाहाबाद ज्ञान का घर था। मेरे लिए सभी लोग अजनबी थे। कम-से-कम पहले साल। दूसरे साल चेहरे पहचान में आने लगे और मैं जाना-जाने लगा। लेकिन ज्ञान का एक 'ग्रुप' था। विजय शुक्ल, हरिशंकर, गणेश और ज्ञान। ये लोग शहर के 'मौलिक' या 'मूल' लोग थे। इनके घर-द्वार, माँ-बाप,—रात में एक सोने-खाने की जगह, बीमारी-हिमारी में देख-रेख—यानी चारों ओर एक सुरक्षा-कवच था। ये लोग काफ़ी खिलंदरे, मौज-मस्ती लेने वाले, मुक्त और प्यारे लोग थे। बेफ़िक्र और वात्सल्य के घेरे में बँधे हुए—दुनिया को टटकी नज़र से देखते हुए, निर्भय और तरोताज़े। इस तरह के कई **'ग्रुप्स'**

थे और मैं कहीं 'फ़िट' नहीं बैठता था। मैं एक डरा हुआ आदमी था। मैं अपने पीछे एक भारी 'हाय हाय' छोड़कर भागा हुआ था। वे लोग क्या सोच रहे होंगे ? वे लोग कितने चिन्तित होंगे। मुझे अपने बैलों-गायों और खेत-खलिहान, बाग़-बगीचों की याद आती। मुझे अपनी बुढ़िया की याद आती। आँगन और अँधेरे घरों और बरगद और नदी-नालों की याद आती। मैं बिल्कुल अजनबी दुनिया में पड़ा हुआ था। मेरा बोलना-चालना, बात-व्यवहार, हँसी-मज़ाक—सब ऊपरी होते। भीतर से आतंक और अकेलापन मुझे तोड़ता रहता। मैं एक अस्वाभाविक व्यक्ति था—ऊपर से स्वाभाविक और सामान्य दिखने का नाटक करता हुआ।

फिर साहित्य ने हम दोनों को हल्के-से जोड़ना शुरू किया। लेकिन बिल्कुल अलग-अलग। एम० ए० ख़त्म हो गया और हम लोग निठल्ले हो गये। तभी मेरी एक कहानी छपी और फिर कहीं ज्ञान की। हमने एक दूसरे को नये सिरे से पहचाना—कुछ इस तरह कि हम एक ही बिरादरी में हैं। शहर में उन दिनों 'परिमल' का बोलबाला था। मैं उन लोगों द्वारा धर लिया गया। मेरे पास कोई 'ट्रेनिंग' नहीं थी। ज्ञान के पिता एक जाने-माने लेखक थे। इलाहाबाद का माहौल उसकी घुट्टी में था। वह 'परिमल' वालों को अच्छी तरह जानता था और बिदकता था। उसने उन्हें कभी 'लिफ़्ट' नहीं दी। इस मामले में वह शुरू से ही बादशाह था। उसे मातहती कतई पसन्द नहीं थी। पता चला वह 'अरुण-शलभ' नामक एक साहित्यिक संस्था चलाता है। मैं उसमें कभी नहीं गया। 'परिमल' के दिग्गजों के बीच उठते-बैठते धीरे-धीरे यह पता चला कि साहित्य भी एक 'बुनी हुई रस्सी' है जिसे ये लोग नवजात लोगों पर आज़माते हैं। काफ़ी ठनकता हुआ माहौल होता था वहाँ और 'प्राइवेट बैठकों', में यह तय किया जाता था कि नयों में कितने अनुगामी पैदा हो सकते हैं। दूसरी बैठक में जो संदिग्ध लोग होते थे, उनके साथ अत्यन्त ठण्डा और हत्यापरक व्यवहार किया जाता था। अनुगामी आकाश पर चढ़ा दिये जाते थे। फिर भी साहित्यिक भिड़न्त और नये माहौल को जाँचने-परखने की चेतना मुझे इन्हीं लोगों से मिली। यहीं पर मैंने जाना कि साहित्य में बड़ी उठा-पटक है और सब कुछ पवित्र-पवित्र नहीं है। यहीं पर मैंने तिरस्कार, थू-थू और पटकनी का मज़ा चखा और धूल झाड़ते हुए मेरे आत्मविश्वास ने आँखें खोलीं।

लेकिन ज्ञान को इस 'ट्रेनिंग' की ज़रूरत नहीं थी। इतना सब तो वह सहज संस्कार से सीखा हुआ था। उसकी ज़रूरतें और दिनचर्याएँ दूसरे ढब में थीं। शहर को घनघोर रूप से चाहते हुए भी वह इस 'कस्बे के हलाहल' से पूरी तरह परिचित था। उसे पूरी इजारेदारी चाहिए थी जिसमें किसी का बौद्धिक दख़ल न हो। वह जानता था कि यहाँ पनपना और मैदान मारना

इतना आसान नहीं है। इलाहाबादी हर किसी को शक की निगाह से देखते हैं। ज्ञान भिड़ने और घिसने और सीढ़ी-दर-सीढ़ी चढ़ने के लिए तैयार नहीं था। लिखते रहना और यश अर्जित करते जाना ही उसके लिए काफ़ी नहीं था। वह एक पूरा साम्राज्य स्थापित करने के लिए बेताब था। एक कुशल सेनानायक की तरह वह बिना भिड़े, बिना वक़्त बर्बाद किये नये हल्कों की तलाश में, ज़रा बगल से बचकर निकल जाना चाहता था। वही हुआ। रोज़ी-रोटी के अलावा शहर छोड़ने की एक मुख्य वजह नये 'भोले-भाले हल्कों' की तलाश भी थी जहाँ उत्तराधिकार के मामले न उठें। जहाँ वह मात्र चमकता हुआ नक्षत्र हो और शेष सभी अनुगामी। ज़ाहिर है कि प्रत्यक्ष रूप से 'परिमल' के दादाओं से बचते हुए भी उसने परोक्ष रूप से उनकी 'कला' को 'इन्हेरिट' किया।

६७

इलाहाबाद का 'मूल' और 'मौलिक' व्यक्ति ज्ञान ही था। इसकी रग-रग से वाक़िफ, शहर के प्यार में हलकान, धोखा खाने से चौकन्ना, हमेशा चिहुँकता हुआ, ऊपर से नरम और भीतर से निहायत सख़्त और बेमुरौव्वत। अपनी बौखलाहट को अन्दर दबाये हुए, एक ईश्वरीय उदासी से सम्पन्न। यहाँ के हर मुहल्ले की नब्ज़ पर उसकी उँगली थी। लोगों की मनोवैज्ञानिकताओं के ज़र्रे-ज़र्रे से वह परिचित रहता था। उसी में कहानियाँ बुनी जाती थीं। सूक्तियाँ निकलती थीं और उनका बँटवारा होता था। नये ताज़े नोट की तरह ये सूक्तियाँ दोस्तों में हाथों-हाथ चल जातीं और कल्पना से उनका विस्तार किया जाता। उस ताज़े-ताज़े लोक-मिथक का लिखिया ज्ञान होता, जिसकी कलम की नोक पर वे चमक उठतीं। यही चकमक चमक उसकी कहानियों की जान है।

'शहर' ज्ञान की कहानियों का बीज शब्द है, और वह भी सिर्फ़ इलाहाबाद। ज्ञान कहता है, 'मैं अपना शहर छोड़ नहीं पाया और मेरा शहर हमेशा के लिए मुझे 'लग गया।'...मुझे अपने शहर से इतना घातक लगाव क्यों है ? मुझे लगा, मैं व्यापक रूप से सोच नहीं पाऊँगा। सच तो यह है कि मैं अन्त तक यहीं रहने की इच्छा रखता हूँ।...सम्पर्कवाद की दुनिया का भाँडा फूट चुका है।....शहर, शहर... शहर, अनन्त बार शहर की चर्चा...एक सीमा तक यह उसी तरह की स्थिति है जैसी सामन्तों की अपनी हवेली और अपनी बन्दूक के प्रति हुआ करती थी।' सच तो यह है कि यह

शहर नहीं था जो उसे हमेशा के लिए 'लग गया', यह उसकी कथा की अन्तर्वस्तु थी। यह अन्तर्वस्तु 'शहर' था और शहर से बाहर कुछ भी नहीं था। यह 'घातक लगाव' इस हद तक था कि उसे खा गया। शहर छूटा तो कहानी भी छूट गयी। उसकी सारी कहानियों में 'शहर' एक विचार की तरह बिछा हुआ है। वही वस्तु है और वही रूप। उससे बाहर कुछ भी नहीं है। ज्ञान के लिए उससे बाहर कहानी का अस्तित्व भी नहीं है। क्योंकि वह शहर का अन्धभक्त है। **'एक भरोसो, एक बल, एक आस विस्वास'** कुछ ऐसी ही मानसिक और रचनात्मक स्थिति है उसकी। अगर 'सम्पर्कवाद का भाँडा फूट चुका है' तो बाकी दुनिया तो आपकी आँखों के आगे से तिरोहित हो ही जायेगी। यह सच है कि वह अकेला कहानीकार था जिसके लिए यह शहर ही रचना की वस्तु थी। वह सचमुच इसका मालिक, ज़मींदार था। शहर उसके लिए 'हवेली' और 'बन्दूक' दोनों ही था। शहर पूरी मिल्कियत थी उसकी और ठीक इसीलिए उसकी कथा का ठाट भी मात्र उसी की मिल्कियत है। उसकी नकल आप नहीं कर सकते। एक जने अपने साहित्य के शैशव-काल में पहाड़ से उतरे और बड़े शातिरपने के साथ उसकी 'स्टाइल' में उतनी ही तेज़-तर्रार एक-दो कहानियाँ लिख डालीं। लेकिन जल्दी ही उन्हें अपनी हैसियत समझ में आ गयी और कहानी की दुनिया में चहलक़दमी उन्होंने बन्द कर दी। एक इधर के बाल-गोपाल ने तो अपने को ज्ञानरंजन + अमरकान्त का अवतार ही घोषित कर दिया। वास्तव में यह बुनियादी तौर पर 'जेनेटिक्स' का मामला था। इस माखन-चोरी के लिए क्या कहें ! लोग नहीं जानते कि बड़े से बड़े लेखक की 'संवदेना' का 'एक्सटेंशन' किसी को भी मौलिक लेखक नहीं बनाता, बल्कि आपको अनजाने ही निगल जाता है। लेकिन कुछ लोग दूसरों की तरह बनकर, वैसा ही 'कहकर' खुशी से गँधाते फिरते हैं। जिसके पास ज्ञान की मिल्कियत नहीं है वह ज्ञान की तरह कैसे हो सकता है ? और साहित्य में जिसकी जो 'मिल्कियत' होती है, वह उसी की होती है। क्योंकि वह आत्मा का सारतत्व है। इलाहाबाद शहर ज्ञानरंजन की आत्मा का सारतत्व है। शहर उसकी कहानियों का 'ओढ़ना-बिछौना' है। उसकी नींद है, उसकी भूख-प्यास है, उसका चैन-हराम है, अन्तरात्मा का धन है। मेरी कहानी 'आइसबर्ग' में एक जगह आता है 'नवाब युसुफ़ रोड की बत्तियों का कर्व'। ज्ञान ने इसको पढ़ने के बाद कहा, 'यार, इसे तो मैं लिखना चाहता था। यानी एक-एक ज़र्रे पर, दृश्य पर, अँधेरों-उजालों पर उसकी नज़र रहती थी। शहर उसकी अन्तरात्मा में रमा हुआ था।

लेकिन फिर, इससे बाहर कुछ भी नहीं। शहर छोड़ते ही पटाक्षेप हो गया। अन्तरात्मा दरिद्र, अकिंचन हो गयी। अब वह एक साधू की तरह

आता है और शहर से छिपा-छिपा फिरता है। वह एक कराह की तरह यहाँ की सड़कों पर दिखाई देता है।

तभी, शहर छोड़ने के पहले उसने लिखा था, 'क्या तुम्हें कभी यह ध्यान आया है कि शहर अपनी क़ब्र में विदा ले रहा है ? बगीचे, सड़कें और इमारतें अब एक भूत की तरह हिल रही हैं।...शहर से अपने प्यार का मामला अब अस्त होने लगा। यही समय होता है, जब कोई रास्ता बदलता है और उसके तर्क सीखता है।' और वह तर्क अपने 'लेखकीय अन्त का समारोह' मनाकर ही सीखा जा सकता है। ज्ञान ने अपनी एक कहानी में लिखा है—'दरअसल जब मैंने अपना अध्ययन किया तो मुझे पता चला, मेरे व्यक्तित्व की मुख्य लपक प्यार है। इस मुख्य लपक को समाप्त नहीं किया जा सकता।' ऐसे पवित्र और अन्धे प्रेम की समाप्ति सिर्फ़ आत्मघात में होती है। क्योंकि ऐसे लोग 'विकल्पों' पर विश्वास नहीं करते। अगर तुम छूटे तो सब छूटा—यह आवाज़ बार-बार उनके भीतर से आती रहती है। नयी 'शुरुआतों' और नयी 'खोजों', सौदर्य के नये खजानों और रचना की नयी प्रसार-भूमियों को ऐसे लोग नफ़रत की निगाह से देखते हैं। अनैतिक समझते हैं। वे इतने भोले, पवित्र और अन्धे होते हैं कि आगे की दुनिया में उनकी कोई गति नहीं होती। वे अपने को खुला नहीं रखते और अत्यन्त प्यार और क्रूरतापूर्वक अपनी हत्या कर देते हैं।

६८

कभी-कभी लगता है कि मध्यवर्ग के प्रति ज्ञान की रोमानी निष्ठा मध्यवर्ग का मज़ाक उड़ाने के लिए है। मध्यवर्ग की जीवन-पद्धति कितनी निस्सार है और उस निस्सारता को मूल्य, उपलब्धि और जीवनादर्श मानकर उससे चिपके हुए लोग और उनकी खिल्ली उड़ाता कहानीकार। पिता का पुराने घर, पुराने मूल्यों और आदतों से चिपके रहना। माँ की चिन्ताएँ और उससे अपने-अपने ढंग से अनासक्त उसके बेटे। इसी तरह प्रेम, दाम्पत्य और यौन-सम्बन्धों के छद्मों का उपहास करता हुआ कथाकार। जैसे हास्यास्पदताएँ ही अन्तर्वस्तु हैं और मध्यवर्ग की पूरी कार्य-प्रणाली में हैं। ज्ञानरंजन ने इसके लिए भाषा के तत्सम रूपों और स्लैंग्स का व्यंग के रूप में इस्तेमाल किया है। यानी कहानी का पूरा ठाट दिखता कुछ और है और कहता कुछ और है। भावुकता का इस्तेमाल भावुकता का मज़ाक उड़ाने के लिए किया गया है। शालीनता भरे वाक्य शालीनता के छद्म में तेज़ सुई

भोंकते हैं। भाषा के मानक रूपों से उसके उसी मानक रूप को काट-कूट कर फेंक देने का अद्‌भुत रचनात्मक प्रयास है। इस तरह ज्ञान की कहानियाँ मध्यवर्ग की पूरी जीवन-शैली को ही चपेटे में ले लेती हैं। यह तौर-तरीका उसके पहले या उसके समकालीनों और बाद के कथाकारों में ही किसके पास है ?

६९

ज्ञानरंजन में प्यार करने की अभूतपूर्व क्षमता है। प्यार करने के लिए वह हमेशा ताज़ादम और नरम-नरम-सा दिखाई देता है। उसका एक स्पर्श, एक गहन आलिंगन किसी को भी अभिभूत कर देने के लिए काफ़ी होता है। उसकी मारक मुस्कान के तले कितने लोग मरते-जीते रहते हैं। उसकी मनसबदारी पाने के लिए लोगों में होड़ लगी रहती है। अक्सर यह देखने में आता है कि उसके मनसबदार 'दुश्मन पार्टी' से आते हैं। उनमें जो भी कमज़ोर और महत्वाकांक्षी होते हैं उन्हें वह पकड़ लेता है और स्थापित कर देता है। दो लेखकों की आपसी खुन्नस पर वह गहरी नज़र रखता है और जिसे पीटना होता है उसके ख़िलाफ़ फट-से दूसरे का इस्तेमाल कर लेता है। ये सब ख़ूबियाँ हैं जो किसी भी आदमी को लेखक नहीं, सूबेदार बनाती हैं। फिर भी उसके पास नर्मदिली का एक विराट संसार है। वह बहुत पवित्र और पारदर्शी लगता है, हालाँकि वह दिनों नहीं नहाता और हफ़्तों ब्रश नहीं करता। वह हमेशा बहुत साधारण कपड़ों में रहता है और जूते कभी नहीं पहनता। चप्पलें घसीटता रहता है। उसके पैर हमेशा गन्दे रहते हैं। उन दिनों भी वह ऐसे ही रहता था जब घनघोर प्यार में मुब्तिला था। तब और अब में परिवर्तन यही है कि उसकी ख़ूबसूरत काली दाढ़ी अब स्वच्छ-सफ़ेद हो गयी है और घुँघराले बाल थोड़े कम। लेकिन उन दिनों वह ग़जब की मारक उत्तेजना में रहता था। तब हम एक ही मुहल्ले में रहते थे। बावजूद विचारों के बहिर्गमन के उसने अपना बोहेमियन रखरखाव बिल्कुल नहीं बदला। एक कम्यूनिस्ट होते हुए भी उसमें एक ग़जब की तानाशाही है। वह एक ऐसा साँवला, खगोलीय ग्रह है जिसके गुरुत्वाकर्षण में अनेक छोटे-मोटे ग्रह-नक्षत्र बँधे हुए घूमते रहते हैं। सभी को उससे रोशनी चाहिए चाहे वह जितनी भी कम, जितनी मैली-कुचैली हो। सभी तानाशाहों की तरह वह भी आदेशों के बिना एक पल भी नहीं रह सकता।

आत्मा और देह की स्थायी अशान्ति में
वह अमर है।

७०

पिता के लिए बुढ़िया का गा-गा कर रोना या रो-रोकर गाना निरन्तर चालू था। अधिकतर लोग चुप रहते या बीच-बीच में डाँट देते। लोग धीरे-धीरे मौत को भूलना चाहते थे और वह थी कि निरन्तर मृत्यु को उपस्थित किये रहती थी। बच्चे उसे देखते ही सटक जाते या बच कर निकलते। धीरे-धीरे वह एक अशुभ तत्व में बदल गयी। घर के पूरे माहौल से वह हँसी-खुशी को दूर रखती और अकेले बैठकर बिसूरती रहती। वह उस छपटाहट की तरह थी जो सारे घर-आँगन को अस्त-व्यस्त किये रहती थी। वह आँगन बुहारती जाती और गाती जाती :

उहवाँ तोहार गोड़वा केहू न दबावत होई...आरे मोरे भइआऽऽ
उहवाँ तोहार कपारा बथथ होई...आहि मोरे भइआऽऽ
पिअसबऽ त केकर मुँहवाँ तकबऽ...आहि मोरे भइआऽऽ
उहवाँ तोहके पनियाँ के, के पूछत होई...आरे मोरे भइआऽऽ
आरेऽ दइबा रे दइबा, तोरे कुल्हि अंग कीरा फूटे रे दइबाऽऽ
तोके माता-माई उठाइ ले जासु रे दइबाऽऽ
आरेऽ मिलिते रे दइबाऽ त
तोरे मुँहवाँ लुकाठी से जरितूँ रे दइबाऽऽ
हामार आँचर सून कइले रे दइबाऽऽह।

गली में गुज़रते हुए लोग सन्नाटे में आ जाते। औरतें मुँह में आँचल ठूँसकर सुबकती हुई इधर-उधर झाँकने लगतीं। घर के लोग बुढ़िया से कुछ-कुछ आजिज़ आने लगे। घर-आँगन में वह एक दमघोंटू ऊब की तरह छायी रहती थी। धीरे-धीरे बाबूजी से उसका एकतरफ़ा एकान्त संलाप शुरू हुआ। फिर वह लगातार हँसने लगी। इस तरह उसने दुनिया को सबसे पहले इन्कार किया। लोगों ने उसका ध्यान रखना बन्द कर दिया। यही वह स्थिति थी जिसमें मैंने पढ़ाई छोड़ने की सोची और बी० ए० के बाद नाम लिखाने नहीं गया। वैसे भी मेरा पढ़ाई में कभी मन नहीं लगता था। हमेशा जब मैं 'प्रथम' आता तो घर के लोग खुशी और गर्व से कराहने लगते। हफ़्तों बातें होती थीं लेकिन मेरा मन कभी नहीं लगता था। कक्षाएँ और मास्टर मुझे

उदास करते और यहाँ भी घर-गाँव के अँधेरे बगीचों में झिल्लियों की झनझन, नदी के भुतहे और कँटीले अरार और वह कुआँ जिसमें छलाँग लगाकर माँ ने आत्महत्या की थी—लगातार मैं एक अनबूझ उदासी और अँधेरे और आलस्य में विचरण करता रहता था। मेरी कोई इच्छा नहीं रह गयी थी जैसे। सारे काम अनिच्छा से करना और हर बार सफल होने पर यह सोचना कि इसका मतलब क्या है ? बरसों-बरस यही मनस्थिति बनी रही और मैं निर्विघ्न, अपने लिए अनिच्छित—बड़ा होता चला गया।

जब तक बुढ़िया ठीक थी तब तक इस अँधेरे और आती हुई साँझ के ख़िलाफ़ एक आसरा था। जब वह विस्मृति में चली गयी तो मुझे अपने सामने खड़ा पाकर चुड़ैलों की तरह हँसती रहती। अब मैंने उसकी सेवा का पूरा भार अपने ऊपर ले लिया। मैं लिटाता तो वह लेट जाती। बाहर ले जाता तो चली जाती। दिसा-फ़राग़त के बाद नदी के सूने घाट पर ले जाकर उसे सौंचाता तो वह मुड़कर मुझे देखती और हँसने लगती। खाना खिलाता तो चपर-चपर मुँह चलाती और कभी मना नहीं करती। रात में हमेशा उसके पास ही सोता, क्योंकि वह अचानक कभी उठती और अँधेरे या काँट-कुस की परवाह किये बिना जिधर भी मन होता चल देती। सोते वक़्त वह अपनी गोदने वाली, लम्बी-सी, भरी-पुरी साँवली बाँह मेरे गले में डाल देती। मैं ऊभ-चूभ होता हुआ, उस बाँह को सँभाले रात-रात भर जागता रहता।

सब लोग समझते थे कि बाबूजी के मरने के बाद वह ज़्यादा दिन नहीं रहेगी। जो औरत उनकी मरी हुई ठठरी में तेल की मालिश कर रही हो। दरवाज़े पर बिमान रखा हो और वह शव को हाथ नहीं लगाने दे रही हो। जो समझाने-बुझाने वालों पर बाघिन की तरह झपट्टा मार रही हो, वह भला कैसे जियेगी ? लेकिन इसका उल्टा हुआ। पहले उसने रोते-रोते गाया, फिर चुप हो गयी। एक दिन वह 'भइया' की धोतियाँ ढूँढ़ने लगी। उसके लिए उसने बहुत गाली-गलौज किया। उसने धोतियों के लुगड़े बाँधकर छाती से चिपका लिए। फिर उन्हें फेंक दिये और चुप हो गयी। और अन्तत: वह सभी को भुला बैठी—घर-द्वार, खूँटी-अरार, दूध की कहँतरी, लैनू का घूँचा, अपना बक्सा, अपनी खाट, अपना रहन-सहन। कभी-कभी जब मुझे नींद लग जाती तो जागने पर मैं पाता कि वह मेरी बगल में नहीं है। मैं सोचता कि आज कुछ-न-कुछ गड़बड़ हो गयी होगी। पहले मैं नदी के अरार पर जाता, फिर घनी बँसवारियों में, फिर कुएँ के पास, फिर पिछवारे वाले आम के पेड़ नीचे। तभी उसकी छाया अँधेरे में उभरती—लम्बी सी, भरी-पुरी देह वाली। उसका बड़ा-सा बुलाक होंठों को ढाँपे हिल रहा होता :

दैन्य-जड़ित, अपलक नत चितवन
अधरों में चिर नीरव रोदन
युग-युग के तम से विषण्ण मन
नत मस्तक
तरु-तल निवासिनी।

यह दिनचर्या बुरी नहीं थी लेकिन इसके लिए तो मुझे पढ़ाया-लिखाया नहीं गया था। मुझे अब घर के लिए ऊपरी कमाई करनी थी। तय हुआ कि मैं म्यूनिसिपल बोर्ड में क्लर्की करूँ। हमारे एक रिश्तेदार फ़ौजदार सिंह वहाँ हेड कैशियर थे और वही यह नौकरी दिलवा रहे थे। मैंने बात मान ली। बुढ़ऊ बड़े प्रसन्न हुए। रात को बुढ़िया के पास लेटे-लेटे फिर भी मैं सोचता रहा। क्या ऐसा नहीं हो सकता कि मैं कुछ न करूँ और बुढ़िया के पास यों ही अँधेरे में पड़ा रहूँ ? मैं नौकरी करके भी क्या करूँगा ? या...मैं चल दूँ ?

आधी रात होगी, जब मैं यह सोचते-सोचते हिचकियाँ लेकर रोने लगा। मैंने उसकी गोदी में मुँह छिपा लिया। उसे शायद थोड़ी असुविधा हुई और उसने नींद में ही करवट बदल ली। मैं उठ बैठा। मैंने देखा उसका बुलाक एक ओर लटक रहा है और मुँह खुला हुआ है। अचानक मैं उठा और कूँड़े के पीछे से उसकी बकसिया घसीटकर निकाली। अलगनी पर टटोल कर अपने कुर्ते की जेब से मैंने चाबी निकाली। उसे खोला। उसमें बाबूजी का एक मुचड़ा मलमल का कुर्ता बिछाकर रखा था। उसे हटाने पर नीचे सोने के गहने थे और एक थैली में रुपये। मैंने कुल बीस रुपये निकाले और झोले में रख लिए। फिर मुझे नींद नहीं आयी।

सुबह, मुँह-अँधेरे जब मैं चलने को हुआ तो बुढ़ऊ ने घी से भरा हुआ एक घूँचा दिया जिसे कैशियर साहब की सेवा में प्रस्तुत करना था। वे बैरिया तक मेरे साथ आये और पुराना पुल पार कराके लौटे। उन्होंने बार-बार चेतावनी दी :

'छोटी सरजू में पानी कम, बाकी धार बड़ी तेज होती है। पाँव थाम-थाम के रखना।'

लेकिन छोटी सरजू को हेलना कहाँ था। जब मैं ताल के निचाट में घुसा तो आगे-पीछे देखकर मैंने घी का घूँचा घुमाकर अरहर के खेत में फेंक दिया और सीधे चितबड़ागाँव रेलवे स्टेशन पर। तब उस गाड़ी का नाम होता था—'अवध तिरहुत रेलवे।' टिकट के पीछे ओ० टी० आर० छपा होता था। मैंने बिना किसी मक़सद के इलाहाबाद का टिकट लिया और गाड़ी पर बैठ गया।

जब कुछ नहीं करना है तो ऐसी जगह चलो, जहाँ तुम्हें कोई नहीं जानता हो।

७१

अकेलेपन, दु:ख और एकान्त को जो दार्शनिक जामा पहनाने की आदत है वह तभी सुन्दर और महान लगती है जब ख़त्म हो जाने का डर न हो। जब दु:ख के लिए निश्चिन्तता हो, आराम हो, सुकून हो। तब पीड़ा का दर्शन अच्छा लगता है। तब उसकी वीर-पूजा होती रहती है और हम उसमें मगन रहते हुए अपने को दुनिया और दुनिया वालों से ऊँचा समझने लगते हैं। एकान्त और अकेलेपन को चुभलाते हुए हम उसके रस से अहाहा करते हुए दुनिया को यह बताते चलते हैं कि हम इस सृष्टि की अनोखी कृति हैं। लेकिन अगर आपके नीचे से दुख भोगने के लिए चाहे-अनचाहे जुटाई गयी सुविधा के ज़मीन खींच ली जाय, आपको सचमुच निराधार, बेसहारा छोड़ दिया जाय। जब आपके अकेलेपन को 'सच' कर दिया जाय, जब आपके एकान्त के लिए, आराम फ़रमाने के लिए एक टूटी खटिया भी न हो, तब तुरन्त दर्शन हवा हो जाता है। दु:ख और एकान्त और अकेलापन अगर सचमुच है, तो वह भयावह लाचारी है, वह मौत की ओर धीरे-धीरे गमन है, वह तुरन्त आपके अस्तित्व को चूसना-चबाना शुरू कर देता है।

यही हुआ—ठीक यही हुआ।

घर पर जो भरी-पुरी उदासी थी, जो दार्शनिक ऐंठ थी, जो अपने को बड़ा और अनहोना समझने की अदृश्य अकड़ थी उसके पीछे बिन माँगी सुविधाएँ थीं। पुश्त-दर-पुश्त चला आने वाला उत्तराधिकार था। दु:ख और असुविधा को पैने से पीटते हुए बुढ़ऊ थे। माताएँ थीं। घर, खटिया, बिस्तर, निरन्तर जलते हुए चूल्हे थे जिनके बारे में सोचना भी नहीं था।—इलाहाबाद में उतरते ही सब कुछ ग़ायब हो गया। डर, एक वास्तविक डर पहली बार गले में आ अँटका। ऐसे शुरू होता है एकान्त...इस तरह थरथराता है अकेलापन ! इस तरह छाती को धसकाता हुआ चढ़ बैठता है अँधेरा कि भागकर सड़क के लैम्पपोस्ट तले आने को पैर मुड़ते हैं और भीड़ में जाने पर साँस में साँस आती है।

तो इलाहाबाद में उतरते ही इस एकान्त ने मुझे चूसना-चबाना शुरू किया। मैं ही ज़िम्मेदार था। मैंने ही इसका चुनाव किया था। न जाने किस

अनहोनी वस्तु की तलाश में मैं निकल पड़ा था ? मेरे सामने कुछ भी स्पष्ट नहीं था। कोई तस्वीर नहीं थी, कोई लक्ष्य नहीं था, कोई जगह नहीं थी। रात रामबाग स्टेशन पर ही बितायी। दूसरे ही दिन अपनी ओर के एक आदमी ने मुझे घूर-घूर कर देखना शुरू किया और पहचानने की कोशिश करता रहा। मैंने चादर ओढ़ी और पानी पीने के बहाने बम्बे की ओर चला गया। अगर लौटना नहीं है तो पहचाने जाने से बचना होगा। सो, मैंने उत्तर वाले प्लेटफ़ार्म पर डेरा जमाया। रात में मैंने यार्ड में खड़ी गाड़ी के डिब्बे में शरण ली। जो गाड़ी आती थी वह सुबह जाने के लिए उत्तर की ओर यार्ड में खड़ी रहती। उसी के किसी डिब्बे में छिपकर मैं सोने की कोशिश में लगा रहता। मच्छर बेतहाशा थे और सोना असम्भव होता। धीरे-धीरे दो-चार दिनों में ही मेरा मुँह सूखकर छुहारा हो गया। ऐसे ही एक रात डिब्बे में लेटा हुआ मैं पटापट मच्छर मार रहा था कि आर० पी० एफ़० के एक सिपाही ने मुझे धर लिया। उसने नीचे उतारकर दो झापड़ रसीद किये, बचे-खुचे रुपये छीन लिए और पूरब की ओर लाइन-पार उस नुक्कड़ तक ले गया, जहाँ नीचे उतरते ही एक वीरान, लम्बी-चौड़ी क़ब्रगाह है। सिपाही के डर के मारे मैं उस क़ब्रिस्तान के अँधेरे में उतर गया। बड़े-बड़े पेड़ और हवा की साँय-साँय और कभी-कभी हवा में सूखी पत्तियों की खरखराहट। मैंने एक पेड़ की जड़ को तकिया बनाया और निर्विघ्न, अरक्षित नींद में गिर गया।

पैसे छिन गये तो भुखमरी शुरू होनी ही थी। तब मैंने स्टेशन के सामने वाले ढाबों में शरण ली। अक्सर मैं किसी बेंच पर बैठा रहता और गाहकों को खाते हुए देखता रहता। पहले दिन बेयरे ने 'कस्टमर' समझकर खाने को पूछा। मैंने हाँ और नहीं एक साथ की। वह कुछ खाने को ले आया। मैंने खाया, पानी पिया, मुँह धोया और फिर आकर बेंच पर बैठ गया। जब उसने पैसे माँगे तो मैं उसका मुँह ताकता रहा। फिर ढाबे का मालिक आया। वह भुनभुनाता रहा, गालियाँ दीं और फिर उठा दिया।

लेकिन मैंने वहाँ मँडराना बन्द नहीं किया। मेरा झोला किसी ने छीन लिया। मेरी दाढ़ी बढ़ गयी और चेहरे तथा हाथ-पैरों पर मैल की एक परत बैठ गयी। मेरे खूबसूरत और घने बाल लटिया गये और मेरा जूता मेरे ही जैसे किसी आदमी ने छीनकर पहन लिया। मेरी बरुनियों और काँख में अठगोड़वे चिपक गये और कपड़ों में चीलर। सिर्फ़ मैं अपनी चादर भींचकर बचाये हुए था। मैंने सोचा कि अगर बुढ़ऊ मुझे इस तरह देख लें ? तब अपनी गन्दगी और दुर्गन्ध से ऊबकर एक दिन मैं मिण्टो पार्क वाले घाट पर जमुना में उतरा जहाँ धोबी कपड़े धो रहे थे। मैंने चादर पहन कर अपने कपड़े धोये-सुखाये। वे साफ़ तो क्या हुए, सिर्फ़ उनकी मैल

फैलकर बराबर हो गयी। फिर नंगे होकर मैं नदी में घुसा और मल-मल कर नहाने लगा। उस वीराने घाट पर मुझे तैरता हुआ देखकर धोबी घबराकर गालियाँ बकने लगे। तब मैं बाहर निकल कर नंग-धड़ंग धूप में बैठ गया।

'साला पागल है।' एक ने कहा।

'साले, मर जाओगे।' एक अधेड़ धोबी चिल्लाया।

'शरम नहीं आती...तुम्हें ? यहाँ औरतें हैं।'

लेकिन औरतें हँस रही थीं।

मैंने चादर लपेट ली।

बालों को मैंने मिट्टी से धोया, जैसे मेरे गाँव की औरतें करती थीं। देर तक पानी में रहने से बदन की मैल फूल गयी थी और मलने पर साफ़ हो गयी। थोड़ा गोरा-सुनहला, पिटा हुआ, कातर सुनसान चेहरा निकल आया, जैसा कि जमुना के हरे जल में मैंने उसे धुँधला-धुँधला देखा।

७२

ऐसे तो नहीं चलेगा—भोजन की टोह में दूकानों-ढाबों को ताकते हुए मैंने सोचा।

कुछ न करने के लिए भी तो कुछ करना ही पड़ेगा।

वहाँ घर था, सुरक्षा थी, खाना था और अकड़ थी तो अपने को विनष्ट करने की हद तक प्यार था। उदासी थी और आत्मघाती व्यर्थता की वीर-पूजा थी। मुझे बुढ़िया की याद आयी। इस तरह ज़लालत और अपमान सहते-सहते तो मैं भी एक दिन विस्मृति की भाठी में ढकेल दिया जाऊँगा। मुझे अपनी माँ की अपने जीवन के प्रति वहशी नृशंसता की याद आयी। मुझे अपने पिता की इच्छा-मृत्यु याद आयी। क्या होगा इन लोगों को याद करने से—क्या होगा ? बचना ज़रूरी है। स्मरण को भीतर ढकेलकर मूँदना ज़रूरी है। क्यों, यह मत सोचो। भागो, इस व्यर्थता के नरक से। इस न कुछ से भागो। कोई जुगत करो। जियो और तब देखो कि तुम्हें क्या करना है। अभी तो बस, बचे रहना है—शरीर से ही नहीं, अन्तरात्मा से भी। अपमान, ज़लालत और भूख तो मुझे कहीं का न छोड़ेंगे। इस तरह तो एक दिन देखते ही देखते किसी सड़क के कोने, किसी प्रतीक्षालय, किसी घाट-घटउर, यार्ड में खड़े, मुँह बाये मालगाड़ी के किसी डिब्बे में मैं मरा हुआ मिलूँगा।—नहीं, यह नहीं होने देना है। जीवन इतना निरर्थक नहीं है।

यही सब सोचता हुआ मैं डाट के पुल से गुज़र रहा था। बगल में फलों और सब्ज़ियों की दूकानें थीं और बायीं ओर मुसलमानों के छोटे-छोटे ढाबे। खाने की जुगाड़ में मैं लोगों को देखकर मुस्कुराता चल रहा था। तभी मुझे अपनी बोली में बोलता हुआ कोई सुनाई दिया। मैंने पलटकर देखा तो नाई था, जो ज़मीन पर अपनी दूकान जमाये हुए, अपने गाहक से बतियाता हुआ उसकी दाढ़ी बनाता जा रहा था। मैं डौल भिड़ाने के लिए उसके सामने जाकर खड़ा हो गया।

उसने दाढ़ी छीलते हुए मुझे नज़र उठाकर देखा।

'कहाँ घर हऽऽ ?' मैंने अपनी बोली-बानी में कहा।

उसका चेहरा तत्काल खिल गया, 'छपरा जिल्ला।' उसने कहा, 'आ तोहार बबुआ ?' उसने मुझसे पूछा।

'बलिया जिला।' मैंने कहा।

'आछा, आछा...तब त घरे के हउअऽऽ।' उसने हुलसकर कहा, 'दाढ़ी बनी काऽऽ ?' उसने पूछा।

'बनीई तअ, बाकी पइसा नेइखे।' मैंने कहा।

'बे मर्दे, गाँव-घर का अदिमी से पइसा लेइबि ? आ आपन धरम बिगारब ? तनी बइठि जा तअ।'

उसने अपना बोरा मेरी ओर सरका दिया।

दाढ़ी बनवाने में बड़ी तकलीफ़ हुई। लेकिन...फिर भी। वह एक संस्कार था...बाहर का ही नहीं...आत्मा के भीतर उगी हुई घास-फूस का भी।

७३

यह एक सामान्य स्थिति नहीं थी। यह दाँव हारने जैसा था। उठकर मैं कहाँ जाता ? क्या लौटा जा सकता है ? तब जो उपहास होगा, जो ज़लालत झेलनी पड़ेगी, उसकी कल्पना से ही मन थरथरा उठता था। तो क्या अपने को बेहयाई के सागर में हिचकोले खाने के लिए छोड़ दूँ ? चारों ओर अनिश्चय का अन्धकार फैला था। एक सन्नाहट थपेड़े मार रही थी। बिल्कुल आत्मघात से दो कदम पर रह रहा था मैं। वे लोग नहीं समझेंगे जो कमांडो सुरक्षा में रहते हैं और जो ख़ूब सोच-समझकर समृद्धि के घर

में सेंध लगाते हैं और पाँव के बल घुसकर फिर 'आदर्श की आहाहा' करते रहते हैं। वे कत्तई नहीं जान सकते कि आत्मा में भिनकती हुई मक्खियाँ किस क़दर परेशान करती हैं ! वे भी नहीं समझेंगे जो चिरकुट प्रजाति में पैदा हुए हैं और दुनिया का हर दुख भ्रष्टाचार से हल कर लेते हैं। पूरे पुराण के सामने जब एक आदमी नंगा होकर चीख़ता है कि मैं 'सच' की तरफ़ हूँ, मुझे बचाओ, तो वह आवाज़ अक्सर ख़ाली जाती है। कभी-कभी यह भी होता है कि तपस्या की कोटियाँ उसे उबार लेती हैं।

कुछ-कुछ ऐसा ही था और ऐसा ही हुआ, लेकिन बिल्कुल संयोगवश। इसीलिए मैं कहता हूँ कि दुनिया आज भी जितना संयोगों पर निर्भर करती है, उतना गणनाओं पर नहीं। ऐसे ही जब मैं मारा-मारा फिर रहा था, मुझे मेरे बचपन के सहपाठी कृष्णमोहन गिरि मिल गये। दो-चार बातें हुईं। कृष्णमोहन को समझते देर नहीं लगी और वे मुझे अपने साथ ले गये। वे मदन चाचा के साथ रहते थे। मदन चाचा पी० ए० सी० चौथी बटालियन में सिपाही थे। इंजिनियरिंग कालेज के लिए जहाँ रेलवे क्रॉसिंग है, उसके थोड़ा पहले तब कच्चे घरों की कतार थी। मदन चाचा उसी में से एक घर किराये पर लिए हुए थे। और कृष्णमोहन उनके साथ।

कृष्णमोहन भुगते हुए थे—मेरी ही तरह, ग़रीबी-मुफ़लिसी और अकेलापन। उनके पिता एक दिन खेत में ऊख गोड़ने गये और वहीं से लापता हो गये। सम्भवतः संन्यासी हो गये। उनके बारे में फिर कुछ पता नहीं चला। घर पर भरा-पूरा लेकिन कच्चा परिवार था। पिता के बारे में खोज-ख़बर शुरू हुई लेकिन सब बेकार। अगर कुछ पता भी चला हो तो इसे कृष्णमोहन ही जानते होंगे। इस प्रसंग को छूना कठिन था। कृष्णमोहन अत्यन्त कर्मठ, समझदार, दुनियादार, घर-परिवार की चिन्ता और रक्षा में अपनी आहुति देने वाले लड़के थे। लम्बा क़द, पीछे को कढ़े हुए बाल और घनी-झबरी मूँछों वाले कृष्णमोहन भीतर से अत्यन्त सरल, स्वप्निल, भावुक और उदास, लेकिन ऊपर से व्यंग करके आपकी खाल उतार लेने वाले एक तेज़-तर्रार नवयुवक हुआ करते थे। और आज भी, इस बुढ़ापे में भी वैसे ही हैं। कृष्णमोहन पाँच-छः ट्यूशन करते थे। घर का ख़र्चा भी उठाते थे और अपनी पढ़ाई का भी। मेरे वहाँ आने पर जब हमारे रहने-सहने की समस्या उठी, तभी हमने डे साहब वाला आउट-हाउस पाँच रुपया महीना किराये पर लिया।

कृष्णमोहन दिन भर ट्यूशन के लिए साइकिल दौड़ाते रहते। बीच में यूनिवर्सिटी में कक्षाएँ भी करते। उन्होंने अंग्रेजी साहित्य में एम० ए० में दाख़िला लिया था। वे खाना खाने आ जाते। नाश्ता तब हम नहीं करते थे। हमारे पास एक-एक थाली-गिलास थी। हम मदन चाचा के अतिथि के रूप

में पी० ए० सी० मेस में ही खाना खाते। खाने के वक़्त हम भी सिपाहियों के साथ सामूहिक नल पर जाकर अपनी थाली खँगालते, गिलास में पानी भरते और पाँत में जाकर बैठ जाते। वहाँ जितना भी खाओ, कोई रोक नहीं थी। महीने के अन्त में हम मदन चाचा को पैसे दे देते। मेरे पैसे का जुगाड़ भी कृष्णमोहन ही करते। फिर बाद में उन्होंने मुझे भी दो-एक ट्यूशनें पकड़ा दीं।

इस तरह कृष्णमोहन ने ही मुझे उस जीवित नरक से बचाया। आत्मघात से बचाया। मुझे शरण दी और युद्ध के लिए उचित जगह पर ला खड़ा किया।

'अगले साल 'एडमिशन' ले लो।' एक दिन उन्होंने लेटे-लेटे कहा।

अगले साल हम दोनों को ए० जी० ऑफ़िस में नौकरी मिल गयी। कृष्णमोहन ने नौकरी ले ली। मैंने फिर इन्कार कर दिया। फिर मदन चाचा का तबादला हो गया। कृष्णमोहन मुझे सुस्थिर करके कहीं और रहने चले गये। और मैं उसी कमरे में रह गया।

७४

मुझे वह एक कमरे का 'घर' कभी नहीं भूलेगा। यूनिवर्सिटी और कटरे से उत्तर की ओर जाती हुई दो सड़कों का वह तिकोना चौराहा, जिसमें से एक सड़क बायें हाथ को रसूलाबाद-मँहदौरी और दूसरी इंजीनियरिंग कालेज को चली जाती है, उसी तिकोने से एक पतली-छरहरी, सुनसान सड़क पूरब की ओर मुड़कर घूमती-घामती प्रयाग स्टेशन की ओर चली जाती है। इसी सड़क पर सौ कदम चलने पर बायें हाथ तिकोनी मुद्रा में एक बड़ा-सा फाटक होता था—बंगाली बाबू डे साहब के बँगले का फाटक। लगभग तीन-चार एकड़ ज़मीन के बीच उगी हुई एक बंगाली ढंग की ठंडी और शान्त इमारत, जिसकी खिड़कियाँ-दरवाज़े सब हरे रंग से रँगे होते थे। और खिड़कियों के पल्ले भी लकड़ी के सटरनुमा, जिन्हें भीतर की रस्सी के सहारे खोलो तो पसलियों की तरह खुल जाँय और झिर-झिर बयार भीतर आने लगे, और बन्द करो तो पसलियाँ एक दूसरे को छूती हुई लेट जायँ। उस बँगले में एक बड़ा-सा पोर्टिको होता था जिसमें दो घोड़ों वाली एक टमटम खड़ी रहती थी।

बँगले के चारों ओर मैदान था और मैदान में जंगल-झाड़, बड़े-बड़े

पेड़ और बेतरतीब उगी हुई घास थी। बँगले की एक सीमा सड़क से लगती और तीन सीमाएँ पी० ए० सी० बटालियन के मैदान से। इन तीनों सीमाओं पर लाइन से खपरैल के आउट-हाउस थे—बैरेकनुमा कमरे, जो आगे-पीछे दोनों ओर खुलते थे। इनमें मैला ढोने वाले जमादारों के परिवार, बाल-बच्चेदार पी० ए० सी० के सिपाही, विद्यार्थी, क्लर्क, गुंडे, उठाईगिरे, धोबी-दर्जी आदि तरह-तरह के लोग रहते थे। इन्हीं बैरेकों के उत्तरी हिस्से में जब कमरा नम्बर दो खाली हुआ तो हम उसमें रहने के लिए आये। उस बँगले का पता होता था—६-डी, चैथम लाइन्स। डे परिवार के साथ बसने वाले सारे लोगों की चिट्ठियाँ इसी पते से आतीं।

उस कमरे में खिड़कियाँ नहीं थीं। ऊपर की खपरैल झाँझर थी, जिससे गर्मियों की धूल-भरी आँधी में धूल पर्त-दर-पर्त छन कर अन्दर आती और बरसात में पानी के छोटे-बड़े परनाले। उसमें आगे-पीछे दोनों ओर दो दरवाज़े थे। पीछे वाला दरवाज़ा डे साहब के बँगले के विशाल सहन में खुलता था और आगे वाला पी० ए० सी० बैरकों की ओर। पहली कोठरी में इम्तियाज़ अली नाम के मौलाना रहते थे। दूसरी में मैं और तीसरी में एक जमादार—सपरिवार। आगे, वैसे ही दूसरे लोग।

मदन चाचा के तबादले के बाद पी० ए० सी० मेस में हमारा खाना बन्द हो गया। कृष्णमोहन दूसरी जगह चले गये और मैं अकेला रह गया। तब मैं कच्चे कोयले की एक अँगीठी ख़रीदकर लाया। एक कड़ाही, एक कल्छुल, एक बाल्टी, एक लोटा। थोड़ा आटा-दाल, थोड़े आलू-प्याज़। आदत नहीं थी और मुझे यह सब करते हुए शर्म लग रही थी। मेरी गिरस्ती का मतलब क्या था ? क्या मैं सदियों से बँधे हुए अपने परिवार से छिटक रहा हूँ ? मैं एक अजीब-से पछतावे और ग्लानि में गुम हो जाता।

मुझसे चूल्हा नहीं जलता था। मैं फूँकते-फूँकते थक जाता। बाहर, सामने जो सहन था, उसी में यह सब होता रहता। आटा गीला हो जाता और जब तक वह किसी लायक होता, कोयलों पर एक परत राख पड़ जाती। मेरे बगल के कमरे में रहने वाली जमादार की औरत अक्सर यह सब देखती हुई, मुझसे थोड़ी दूरी पर खाना पकाती रहती। उसके बच्चे उसके अगल-बगल किलबिलाते रहते। वह उन्हें मार-पीट कर बराबर करती रहती। यह शोर ही मेरी दुनिया थी अब। या फिर कुछ किताबें और एक-दो ट्यूशन। मुझसे रोटी नहीं बनती या कुछ कच्ची-पक्की, जो फिर भी उस वक़्त की भूख में अच्छी ही लगती। काफ़ी रात गये, गाना गाता हुआ, नशे में धुत् वह जमादार लौटता और तब उनके मारपीट, गाली-गलौज और प्रेम-प्यार का खेल शुरू होता। यह सब दहशतनाक था और जब तक वे सो न जाते, मेरा सोना असम्भव था।

अक्सर अँगीठी फूँकते-फूँकते मैं थक जाता। कई बार नहीं जलती तो उकताकर छोड़ देता और अन्दर जाकर लेट जाता।

'हम अँगीठी जला दें ?' तभी एक दिन, इसी हालत में जब मैं लेटा हुआ था, मेरे दरवाज़े से झाँकती हुई उस औरत की आवाज़ आई।

मैं उठकर बैठ गया।

वह जवाब के इन्तज़ार में वैसे ही खड़ी थी।

'ठीक है, जला दो।' मैं उठकर चैतन्य हुआ।

उसने जाकर अँगीठी में दो-चार फूँकें मारीं और अँगीठी भक्-से सुलग उठी।

'हमने सोचा, आपको छूत न लग जाय।' उसने उठते हुए कहा।

'अरे नहीं।' लजाते हुए मैंने कहा।

उसे तसल्ली हुई।

'अब जल्दी से रोटी पो लो।' उसने अपने दरवाज़े से कहा।

उस रात मैं बड़ी उधेड़बुन में रहा। मेरी आत्मा में सदियों से बाल की तरह गड़ता हुआ कुछ था। बहुत सारी धूर्त पवित्रताएँ थीं। बहुत सारे नीच धर्म थे, कुंठित मर्यादाएँ थीं। जब वे मार-पीट कर रहे थे, जब वह औरत तकलीफ़ से ज़र्द पड़ी कराह रही थी...खपरैलों के फाँफर से छनकर आती हुई उसकी आवाज़ मुझे लगातार धो रही थी। वह कहाँ जानती थी कि उसने क्या कर दिया है ? वह मेरी आत्मा की आँखें फैलाकर पपोटों के भीतर गड़ते हुए उस बाल को निकाल रही थी और कह रही थी, 'अब खोलो तो आँखें। देखो, दर्द होता है ?'

'नहीं।' मैंने अँधेरे में अपने-आप से कहा और सो गया।

मुझसे रोटियाँ फिर भी नहीं बनती थीं। और सब्ज़ी तो बिल्कुल नहीं। क्योंकि यह एक कला है। कभी-कभी तो जब कुछ नहीं बन पाता तो मैं सुलगती अँगीठी भीतर ले जाता और उसे तापता हुआ, कुड़कुड़ाता हुआ सो जाता।

'हम रोटी बना दिया करें ?' एक दिन उसने फिर सकुचाते हुए कहा।

'नहीं।' मैंने कहा।

उसे धक्का लगा। उसने माथे पर थोड़ा-सा आँचल खींचा और जाने को हुई। वह सदियों के नैराश्य का हल्का-सा रंग था जो अबोले चेहरे पर झलक गया।

'तुम अपने ही चूल्हे पर बना दो, मैं खा लूँगा।' मैंने कहा'

वह चकित-विस्मित-सी खड़ी रही—अविश्वास से भरी हुई एक

अनश्वर आकृति की तरह।

'तुम्हें दो चूल्हे सुलगाने पड़ते हैं न ! और फिर तुम दिन भर झाड़ू-बुहारी करती रहती हो। और बच्चे अलग तुम्हें तंग करते हैं। नहीं...कुछ नहीं होगा। मुझे कोई डर नहीं है।' मैं एक ही बार में बोल गया।

'हमें नरक में न डारो बाबूजी...।' कहती हुई वह चली गयी।

मैंने अँगीठी जलाना बन्द कर दिया और इधर-उधर खाने लगा। कभी नहीं भी जाता और भूखे ही सो रहता। तभी एक दिन उसके बड़े लड़के ने दरवाज़े से झाँका, 'आटा दै देव, अम्मा माँग रही है।'

मैंने झटपट आटा दे दिया।

फिर तो सब कुछ सहल हो गया। अक्सर मेरे पास राशन नहीं रहता लेकिन वक़्त पर ख़ूब चटक-मटक वाला खाना मिल ही जाता। और सबसे पहले मुझे ही। फिर मैंने राशन ख़रीदना बन्द कर दिया। जब पैसे होते, दे देता। न होते, न देता।

अब मेरा अपना एक 'घर' था।

एक दिन मैं बाहर पत्थर की पटिया पर बैठा नहा रहा था। मेरे हाथ मेरी पीठ तक नहीं पहुँच रहे थे। वह देख रही थी कि इस कोशिश में मैं बहुत टेढ़ा-मेढ़ा हो रहा हूँ। वह अपने दरवाज़े से उठकर आयी और बिना पूछे मेरी पीठ मलने लगी।

'बाप रे, कित्ता खून-खच्चर किये हो।' उसने कहा।

मैं चुप था।

इस पर तेल घँस लिओ।' उसने कहा।

मैंने उलटकर देखा तो उसकी आँखें नीची हो गयीं।

'अगर तुम मेरी माँ होतीं...?' मैंने आवेश में थरथराते हुए कहा।

'धत्, ऐसा क्यों बोलते हो ?' उसने कहा।

'तब कितना अच्छा होता।' मैंने फिर कहा।

'कुछ नईं होता, सिर पर मैला ढोवत होतो।' वह निर्विकार भाव से बोल रही थी।

'नहीं, बताओ अगर तुम मेरी माँ होतीं ?' मैंने दुहराया।

'असुभ मुँह से न निकारो, चुप रहो।' उसने कहा

'वह तुम्हें मारता क्यों है ?' मैंने रात की किचकिच की ओर इशारा किया।

'मारेगा नहीं तो मरद कैसा ?' उसने कहा।

मेरी समझ में नहीं आया कि यह व्यंग है या सदियों से दबायी-कुचली गयी मूढ़ औरत के हृदय में मजबूरी में स्वीकृत हुआ गर्व। मैं चुप ही रहा।

'फिर उस आदमी से इतने बच्चे क्यों पैदा करती हो ?' मैंने खीझकर पूछा।

'पेट नहीं है, भक्खर है। आ जाते हैं तो क्या करूँ ?' उसने कहा, 'अब नहा लो।'

ये हमारी औरतें ही हैं—हिन्दुस्तान के इस कोने से उस कोने तक फैली हुईं। अगम वात्सल्य में सिर धुनतीं, अपने अस्तित्व को घुलातीं—अमरत्व के निचाट कोने में सुबकती हुईं। प्यार के अथाह जल में डूबतीं-उतरातीं, ये हमारी माताएँ ही हैं। प्यार के दुस्साहसिक उछाल में कलंक को ठेंगा दिखाती हुईं, ये हमारी प्रेमिकाएँ...ये हमारी बेटियाँ ही हैं, हमारी लगायी हुई बन्दिशों पर हमें क्षमा करती हुईं। ठगी हुईं, उदास खड़ी हुईं—अपने बच्चों, प्रेमियों और अनन्त अजाये पुत्रों और पिताओं की पीठ और आत्मा पर से मैल की परतें उतारती हुईं...

ये हमारी औरतें ही हैं।

७५

पता नहीं, पन्त जी को हमारी इन औरतों के बारे में मालूम था या नहीं। वे प्रेम के बारे में कितना जानते थे ? प्रेम उन्हें मिला भी या नहीं ? क्योंकि प्रेम के बारे में भी वे विस्मय-जनित कल्पना में भीगे हुए दीखते हैं। 'भावी पत्नी के प्रति' भी तो एक विस्मित कल्पना ही है :

प्रिये, प्राणों की प्राण !
न जाने किस गृह में अनजान
छिपी हो तुम, स्वर्गीय विधान !

जबकि प्रेम या दाम्पत्य 'स्वर्गीय विधान' की तरह नहीं होते। उसे खोजना और पाना पड़ता है। और अक्सर जब आप समझते हैं कि आपने उसे पूरी तरह पा लिया है, तभी आप उसे खो रहे होते हैं। पन्त अपनी बाद की कविताओं में भी प्रेम के विस्मय-विमूढ़ स्वप्न को ही बार-बार ढूँढ़ते नज़र आते हैं। कहीं-कहीं वे 'सेक्स' के अतिवादी प्रसंगों की ख़ामख़याली

में उतरते हैं। लेकिन मुझे लगता है कि एक ख़ास किस्म की ख़ाली जगह को, जो उनके भीतर एक ऊँची-नीची लंहर की तरह उठती है, भरने का एक काल्पनिक प्रयास मात्र है। एक बड़बोलापन है, एक वैचारिक आघात है कि देखो, यहाँ भी मेरा दख़ल है। लेकिन ऐसा साफ़-सुथरा, पवित्र आदमी, जो अपने व्यक्तित्व की हर शिकन, हर वक़्त झाड़ता-पोंछता रहता हो—वह प्रेम कैसे कर सकता है ? क्योंकि प्रेम में तो लिथड़ने की गुंजाइश है। प्रेम में अपवित्र और मैला-कुचैला होना पड़ता है। प्रेम में अपने व्यक्तित्व को झुकाना और छोटा करना पड़ता है। अपने को 'नहीं' करना पड़ता है, भूलना पड़ता है—इज़्ज़त-आबरू, घर-द्वार, कविता-कला, खान-पान, जीवन-मरण, ध्येय, उच्चताएँ-महानताएँ—सब धूल में मिल जाती हैं। तब मिलता है प्रेम। और आश्चर्यजनक यह कि मिलते ही उसका खोना शुरू हो जाता है। प्रेम क्षणों में ही नवजात, सुन्दर और अप्रतिम रहता है। फिर भी उस प्रेम को पाने के लिए 'होल टाइमर' होना पड़ता है। जैसे कि शमशेर थे। पन्त तो अपने ही प्रति 'होल-टाइमर' थे। प्रेम—पवित्र और गहन और उदात्त मैलेपन से आलिप्त प्रेम—उनके लिए कहाँ सम्भव था ? पन्त जी के सम्पर्क में आने वाली कुछ औरतें नाराज़ हो सकती हैं इस बात से। ख़ासकर वे, जिनके लिए प्रेम का मतलब एक बेमतलब-सी छुवा-छुवौवल हुआ करती थी। और पन्त जी भी इस खेल में उतनी ही दूर तक मज़ा लेते थे, जितनी दूर तक उनकी साज-सज्जा बिगड़ न जाय।

७६

एक दिन यूनिवर्सिटी से करीब दो-ढाई बजे मैं उनके यहाँ पहुँचा। मैंने घंटी बजायी तो हमेशा की तरह उन्होंने दरवाज़ा खोला। चेहरे पर प्रसन्नता झलकी, जैसे वे सन्नाटे से ऊब रहे हों। वे पीछे घूमे और उनके पीछे-पीछे मैं बैठक में। खटपट सुनकर शान्ता जी ने झाँका और थोड़ी अस्त-व्यस्त हुईं। यह उनके आराम करने का समय था। जब से वे बीमार हुए थे, उनकी पहले से ही निश्चित दिनचर्या और अधिक कस दी गयी थी। हर काम और उठना-बैठना एकदम तय। ऐसे में कोई आ जाय तो शान्ता जी की चिढ़न स्वाभाविक थी। लेकिन पन्त जी ? उनकी तो जैसे मौज हो जाती थी। इसीलिए थोड़ी-थोड़ी देर में शान्ता जी भीतरी बरामदे से आवाज़ लगाती रहती थीं—'ददा क्या हो रहा है ?' जैसे पन्त जी कोई छोटे-से बच्चे हों।

पन्त जी ने यूनिवर्सिटी का हालचाल पूछा, 'सभी लोग ठीक हैं वहाँ ?'

'मूर्खता की भनभन है केवल। जी बहुत ऊबता है।' मैंने कहा।

'नहींईं...बड़े विद्वान लोग हैं। उन्हें सदा प्रणाम करो।' उन्होंने प्रणाम की अपनी चिरपरिचित मुद्रा बनायी, 'और कुछ मत देखो' वे आँखों पर हथेलियों को ले गये, 'कुछ मत सुनो' और 'कुछ मत बोलो।' अभिनय करते हुए वे हँसे।

मैं चुप, उन्हें देखता रहा।

'बड़े लोग हैं, साहित्य का रख-रखाव करते हैं।' वे फिर बोले।

'क्या बड़े लोग हैं !' मैं फिनफिनाया।

'चुपचाप पड़े रहो, अपना काम करो' उन्होंने बहुत-बहुत नर्म लहज़े में कहा।

तब तक चाय आ गयी।

'जानते हो, अश्क जी महान लेखक हैं।' पन्त जी ने सहसा अत्यन्त गम्भीर होकर कहा।

मैं चकित, उन्हें परखने लगा।

'हाँआँ, सचमुच।' उन्होंने मुझे स्तब्ध देखकर फिर कहा। वे बिल्कुल मुस्कुरा नहीं रहे थे।

'आपको कैसे मालूम ?' मैंने पूछा।

'उन्होंने ही तो बताया। कल आये थे। घंटों बैठे रहे।' वे खुलकर बच्चों की तरह हँस रहे थे।

'ददा, क्या हो रहा है ?' उधर से शान्ता जी की आवाज़ आयी।

मुझे लगा, यह मेरे जाने के लिए इशारा है।

'तुम्हारा सबसे प्रिय तीर्थ कौन-सा है ?' पन्त जी ने एकाएक पूछा।

मैं चकमे में पड़ गया—'तीर्थ ? क्या मतलब ?' मैं चुप ही रहा।

'कभी तीर्थ को गये हो ?' उन्होंने फिर सवाल किया।

'हाँ, लेकिन दूसरों की खातिर।' मैंने कहा। बाद के दिनों में बुढ़ऊ अक्सर मुझे लेकर यहाँ-वहाँ जाते रहते थे।

'तो यही तो पूछ रहा हूँ—तुम्हारा सबसे प्रिय तीर्थ कौन-सा है ?' पन्त जी अपने सवाल पर डटे हुए थे। सहसा मुझे ध्यान आया कि वे नहीं

चाहते कि मैं अभी चला जाऊँ। वे गप को चालू रखना चाहते थे।

'वहाँ कभी नहीं गया।' मैंने कहा।

'कहाँ ?' पन्त जी बोले।

'वहीं।...लेकिन मेरे एक नहीं, दो तीर्थ हैं।' मैंने फिर कहा। शान्ता जी आयीं और लौट गयीं।

'कौन-कौन से ?' पन्त जी विस्मय की अपनी उसी चिरपरिचित मुद्रा में आ गये।

'यास्नाया पोल्याना'—एक। और 'लेनिन का शवाधान'—दो।' मैंने कहा।

'तुम्हारा तीर्थ बाहर 'है'।' उन्होंने 'है' पर ज़ोर देकर कहा।

मैं चुप रहा।

'चाय फिर पी जाय ?' उन्होंने पूछा।

'नहीं, रहने दीजिए।' मैं अस्त-व्यस्त हुआ।

'नहीं, पी जाय।' वे अपने षड्यन्त्र पर मुस्कुराये।

'ठीक है।' मैंने हामी भरी। हालाँकि वे चाय में अक्सर साथ नहीं देते थे।

'और साबरमती ?' वह तीर्थों का तीर्थ है।' उन्होंने कुछ यों कहा, जैसे किसी बच्चे को कहानी सुनाने जा रहे हों।

'मैं नहीं गया।' मैंने कहा।

'लेकिन मैं तो 'वहाँ' हो आया। मैंने लेनिन को देखा। क्या आदमी था !—मनुष्यत्व का सर्वश्रेष्ठ श्रृंगार !' उन्होंने आश्चर्य में दोनों हाथ फैला दिये।

तुम अस्थिशेष : तुम अस्थिहीन
तुम शुद्ध-बुद्ध आत्मा केवल
हे चिर पुराण, हे चिर नवीन . . .

'क्या यह लेनिन पर लागू नहीं होता ?' मैंने उद्धृत करते हुए कहा।

'लेनिन तो सिर्फ 'चिर नवीन' थे और रहेंगे।' उन्होंने बात में काट-छाँट की।

और क्या-क्या देखा वहाँ ?' मैंने पूछा।

'बहुत कुछ...गोर्की इन्स्टीट्यूट। लेकिन वहाँ की 'लेवेटरी' ? अरे बाप रे, यहाँ से भी ज़्यादा गन्दी। दुर्गन्ध इतनी कि नाक पर रूमाल रखो...तब भी साँस रुकती-सी लगे।' उन्होंन नाक बन्द कर ली, छोड़ी और फिर हँसे।

शान्ता जी बैठक में आयीं। एक अनचाहा नमस्कार हुआ। फिर मैं उठकर चला आया।

७७

वे लेनिन के शवाधान को हटा सकते हैं, 'यास्नाया पोल्याना' का कुछ नहीं बिगाड़ सकते। टॉल्सटाय ज़ारशाही और ऑर्थोडॉक्स चर्च को ही ठेंगा नहीं दिखाते, साम्राज्यवादियों, विचारधारा के एकतंत्र अधिकार के लोलुपों और उनके दलालों को भी अँगूठा दिखाते हैं। टॉल्सटाय किसी के निकटतम वास करते हैं तो वह महान लेनिन के ही, जिनके लिए हमारे कवि ने कहा था कि वे 'मनुष्यता के सर्वश्रेष्ठ श्रृंगार' हैं। चाहे वे कुछ भी करें, चाहे वे मेरे जैसे अनेक भारतीयों के उस अदेखे तीर्थ को लाल चौक से हटाकर दफ़ना ही क्यों न दें, वे लेनिन के विचारों पर शव-साधना नहीं कर सकते। साम्राज्यवाद के इन अघोरी तांत्रिकों का भाँडा बहुत जल्दी फूटने वाला है। जो भी विचार मनुष्य के विरुद्ध जाता है, वह ख़ुद को चाटना शुरू कर देता है। लेनिन और टॉल्सटाय मनुष्यता के ब्रह्माण्ड में, अपने-अपने ढंग से, एक नये अछूते ब्रह्माण्ड की रचना करते हैं। यह टॉल्स्टाय ही हैं जो कहते हैं कि 'आनन्द एक निषेधवादी शब्द है।' और फिर उसी रचना ('युद्ध और शान्ति') में उसी के साथ यह भी कि 'जहाँ जीवन है वहीं आनन्द है।' वह बूढ़ा, ठिगना और कुरूप आदमी अपने अन्तर्मन के सौन्दर्य और सत्य के भीतर से एक अभूतपूर्व 'द्वन्द्व' की रचना करता है। क्या रूसी उस 'डाइलेक्टिक्स' को पहचानने में असमर्थ हैं ? नहीं। वे केवल उपभोक्तावादी, साम्राज्यवादी ज़हर के सम्मोहन में फ़िलहाल तितर-बितर हो गये हैं। मुक्ति—तथाकथित मुक्ति उन्हें अभद्र और अराजक बना रही है। अमानवीयता, वहशीपन और उन्माद का एक दौर तारी है। कविता 'लाल चौक' से ग़ायब हो गयी है। कविता नेख़्लुदोव की तरह ग़ाफ़िल है। रूसियों की ज़िन्दगी फड़ पर बैठी है।...लेकिन वही बूढ़ा आदमी है जो तातारों की तरह अस्सी वर्ष की उम्र में घोड़े की पीठ पर बैठा हुआ भागता है और एक वृक्ष की उभरी हुई जड़ पर बैठकर अपने सघन और दुर्दम्य एकान्त में मनुष्यता का वसीयतनामा लिखता हुआ नज़र आता है। वही है जो मृत्यु को इतने शानदार ढंग से आमंत्रित करता है। जो इतिहास की व्याख्या करते हुए कहता है कि 'उसकी गति सदा किसी एक ही दिशा में सरल रेखा की तरह नहीं होती। इतिहास तो एक लहर है जो

कभी पश्चिम से पूर्व और कभी पूरब-से पच्छिम की ओर 'मार्च' करती हुई दिखाई देती है।'

इस वक़्त इतिहास की लहर पश्चिम से पूर्व की ओर उतर रही है। यह एक चढ़ाई है—एक अन्धा आक्रमण, जिसने टॉल्सटाय के 'मधुमक्खियों के छत्ते' को निगल लिया है। मुक्त अर्थ-व्यवस्था का यह खेल मनुष्यता के अधिकांश हिस्से को ग़ुलाम बनाने की एक ख़तरनाक साजिश है। विचारों के जनतंत्र की हाय-हाय मचाने वाला पश्चिम, दरअसल, अपने समानान्तर किसी भी दूसरे विचारतंत्र को सहन करने के लिए तैयार नहीं है। तब अगर वह कुच्ची-कुच्ची आँखों वाला बाज़नुमा आदमी अगर बाक़ायदा चुनी हुई संसद को भंग करता है तो उसे मदद दो। वह कोई भी गुनाह करे, हमारे पचपन जोड़ी जूतों का ख़रीदार तो है। वह हमारे लिए तस्कर, उठाईगिरे, हत्यारे, लम्पट, डकैत, दलाल और लुटेरे तो पैदा कर रहा है। लेनिन भी कहते हैं कि 'इतिहास हमेशा अग्रमुख ही नहीं होता, कभी-कभी वह पीछे की ओर भी कुदान भरता है।' क्यों ? अपने अन्तर्विरोधों और सत्याभासों से निपटने के लिए...अपने परिशोधन के लिए। अपनों से सवाल करने और संघर्ष के लिए सन्नद्ध होने के लिए। यही है वह पिछाड़ी कुदान जो अपना खेल दिखा रही है, और इतिहास की हास्यास्पद आवृत्ति का वह चिड़ीमार, महान लेनिन के शवाधान को हटाने के लिए रूसियों की 'नसें टो रहा' है। ज़ाहिर है कि इस खेल में 'ख़ून में डुबकियाँ' तो लगानी ही पड़ेंगी। यह वो वक़्त है जब अत्याचारी इतिहास के भीतरी अँधेरों की थोड़ी ओट चाहते हैं। हमारा कवि ठीक ही कहता है :

युग-युग के सत्याभासों से पीड़ित मेरा अन्तर
जन-मानस गौरव पर विस्मित : मैं भावी चिन्तन पर।

७८

अपने निचाट बुढ़ापे में हमारे बुढ़ऊ एक गीत गाया करते थे। बड़े मधुर सुर में, जैसे निर्गुन गा रहे हों। न जाने उस गीत का रचयिता कौन था ! उसमें व्याकरण का खुल्लमखुल्ला उल्लंघन था। लेकिन उसकी शब्दावली को समादर दिलाने और परम्परा की पाँत में बिठाने के लिये उसे बार-बार ओंकार की सहज ध्वनि 'म्' से सजाया गया था। जैसे वह व्याकरणहीन शब्द-बन्ध कोई वैदिक मंत्र हो। और उसका गायक—वह बूढ़ा, जर्जर

किसान-ऋषि, जो स्वयं उसके स्वर और शब्द-विन्यास पर सम्मोहित था या उसका अर्थ भी समझता था, यह आज तक नहीं मालूम। लेकिन उस 'सबद' की उदास, गुनगुन ध्वनि आज भी कानों में ज्यों की त्यों अँटकी हुई है:

भा अस्त दिनम्।
भा अस्त दिनम्, भा अस्त दिनम्
हिमबान सरिस भारी भरकम
भा अस्त दिनम्।
भा अस्त दिनम् भा अस्त दिनम्
प्रलयम् प्रलयम्, प्रलयम् प्रलयम्।
भा अस्त दिनम्।

७९

सुबह अख़बारों में वह असम्भव-सी ख़बर थी—'सुमित्रानन्दन पन्त नहीं रहे।' अलग-अलग शब्द-बन्ध और छोटे-बड़े मृत्यु-लेख। लेकिन एक ही सनातन अर्थ को ध्वनित करते हुए। मैं अख़बार लिए-लिए चौके तक गया। निर्मल को बताया। उसे लगभग समझ में नहीं आया कि वास्तव में हुआ क्या है ? मैंने फिर से दुहराया तो वह ठक् हो गयी।

'मत पढ़ो।' उसने कहा।

उसने आटे में सना हुआ हाथ धोया, झटपट साड़ी बदली और बाहर आयी।

'चलना है ?' उसने कहा।

ऐसे अवसरों पर अक्सर मैं झुठलाने की दुनिया में चला जाता हूँ। अपने को भुलावा देता रहता हूँ। क्या यह ख़बर ग़लत नहीं हो सकती ? क्या ऐसा नहीं हो सकता कि यह एक दु:स्वप्न हो और हम जाग जायँ और फिर राहत की साँस लें—मन में बार-बार यही आ रहा था। मैं भीतर गया, फिर बरामदे में आया, यह तय पाने के लिए कि मैं जगा हूँ। सुबह है और यह जो अख़बार मेरे हाथों में है, यह सपने में नहीं है। और जब मेरा भुलावा चुक गया, जब दु:स्वप्न किसी भी तरह सम्भव नहीं हो पाया तो मैं थस्स-से बैठ गया। कहाँ जाया जा सकता है ? कैसे सामना किया जा सकता है ? मैंने किस-किस तरह से उन्हें देखा है—चलते-फिरते, थिरकते, बतियाते,

हँसते, विस्मय की अनन्त-असम्भावित मुद्राओं में, प्यार की दुलराती नृत्य-मुद्रा में चहकती उँगलियों के साथ—और इस सब कुछ को शव में बदल जाने की अकस्मात स्तब्धता ? अब भागने को मन होता है। जलती चिताओं के आसपास मन मारे बैठे सदियों गुज़र गये। सदियों गुज़र गये उस धारा पर आँखें टिकाये जो शव-स्नान के वक़्त फूलों के गजरों को बहा ले जाती है। नहीं, अब और नहीं। लेकिन जाना तो था ही और यह ख़बर उतनी ही सच थी, जिस तरह कि वह सुबह और बदन को दोहरा करती ठण्ड और बादलों के भीतर ही भीतर चढ़ता हुआ ठण्डा सूरज और खुखरी चुभोती हवाएँ और पेड़ों की अँधेरी हरियाली। सब कुछ तो वैसे ही था—फिर क्यों ? फिर क्यों...क्यों आखिर ?

वे अक्सर 'आकाशवाणी' जाते थे। निर्मल उन्हें स्टूडियो में ले जाती। वे रास्ते चलते, सभी को अपनी 'आत्म-नमस्कार' की मुद्रा से स्तब्ध और चकित करते (**'वही विस्मय का शिशु नादान'**) स्टूडियो में जाते। कविताएँ पढ़ते और फिर अपने बालों पर बड़ी अदा से रखी हुई गोल, टेढ़ी टोपी को ठीकठाक करते बाहर आते।

'कैसी रही कविता ?' जैसे वे अनजान बनकर पूछते।

'बहुत अच्छी।' निर्मल कहती।

'तुम ठीक हो ?' वे पूछते।

'हाँ'

'और बच्चे ?'

'वो भी ठीक हैं।'

'मेरे पास भी अब एक छोटी बच्ची है।' वे मुग्ध होकर कहते।

वहाँ कहीं जगह नहीं थी। पूरी सड़क पर, स्कूल की चारदीवारी से लगी-लगी, उधर कचहरी और इधर मुख्य सड़क तक कारें और स्कूटर और साइकिलें। और ठठ् के ठठ् लोग। उस पूरे परिसर में लोग ही लोग। शान्त, स्तब्ध, विश्वास-अविश्वास की निराकार बैकुण्ठ-मुद्राओं में लोग ही लोग। 'सब कुछ क्षणिक है', 'सबको एक न एक दिन जाना ही है' की मौन स्तब्धताओं में थिर—इधर-उधर टहलते हुए लोग ही लोग। ऊबते हुए, औपचारिकता में पधारे हुए लोग। और भरपूर प्रसाधन में तर महिलाएँ—सुबकती हुई, नयन-नीर में लस्त-पस्त।

'क्या अन्दर जाना सम्भव है ?' मैंने एक परिचित-अपरिचित से पूछा।

'वे लोग किसी को भीतर जाने ही नहीं दे रहे हैं।' उन्होंने कहा।

'क्या उन्हें देख नहीं सकते ?' मेरी पत्नी ने मुझसे पूछा।

'पता नहीं क्या कर रहे हैं ?' उन महाशय ने कहा, 'बेकार है।' कहते हुए वे बाहर जाने लगे।

'वहाँ क्या हो रहा है ?' तब मैंने किसी दूसरे सज्जन से पूछा।

'पहाड़ियों का मामला है।' वे झुँझलाए हुए निकल गये।

'क्या आपने उन्हें देखा ?' मैंने पूछा।

'अन्दर जाने को मिले तब न। वे ही कन्धा देंगे, वे ही सब कुछ करेंगे। अजीब लोग हैं।' उन्होंने पलटकर कहा।

'तब बाहर ही इन्तज़ार करते हैं—बिमान आने तक।' मैंने पत्नी की ओर देखते हुए कहा।

'मैं तो जाऊँगी।' उसने 'जाऊँगी' पर ज़ोर देकर कहा और तीर की तरह भीड़ को चीरती हुई आगे बढ़ गयी।

हम दो-एक लोग जोशी जी के फाटक से लगकर खड़े हो गये।

थोड़ी देर में वे आये। उनको कन्धा देने वालों की उस पहली झलक में एक भी लेखक नहीं था। अमृत राय भी नहीं जो उनके इतने प्रिय थे। वे लोग जल्दी-जल्दी उन्हें फाटक से बाहर ले गये। अब वहाँ कुछ भी नहीं था। मैं जानता था कि यह भीड़ मिनट-भर में छू-मन्तर हो जायेगी।

न जाने क्यों एक दूसरे सन्दर्भ में, विस्मय-विमुग्ध प्रेम के क्षण में लिखी उनकी कविता की पंक्तियाँ याद आयीं :

उड़ गया अचानक, लो भूधर
फड़का अपार पारद के पर
रव शेष रह गये हैं निर्झर . . .

मैंने याद करने की कोशिश की—आज कौन-सी तारीख़ है ?

२८ दिसम्बर, सन् १९७७ ई०।

'तुम घर चली जाओगी ?' मैंने पत्नी से पूछा।

'हाँ।' उसने सिर हिलाया, 'लेकिन...।'

'मैं जाऊँगा।' मैंने कहा।

'ठीक रहना।' उसने जाते-जाते कहा।

ऊपर वह पुल का खंखड़ कंकाल खड़ा था। संगम की ओर से आती हुई ठण्डी, सरसराती, बदन को चीरती हुई हवा थी और बूँदाबाँदी...। टूटकर बरसने-बरसने को आतुर आसमान था। और कुछ लोग थे—बहुत थोड़े लोग। वह भीड़ छँट गयी थी जो वहाँ आकुल-व्याकुल पसरी हुई थी। अब वहाँ उनको आँख-भर देखा जा सकता था। कम-से-कम तब, जब उन्हें